I0669333

Veröffentlicht von
DREAMSPINNER PRESS

5032 Capital Circle SW, Suite 2, PMB# 279, Tallahassee, FL 32305-7886 USA
www.dreamspinnerpress.com

Ein neues Kapital
Urheberrecht der deutschen Ausgabe © 2022 Dreamspinner Press.
Originaltitel: New Leaf
Urheberrecht © 2021 Andrew Grey
Original Erstausgabe. September 2021
Übersetzt von Nora Lys.

Umschlagillustration
© 2021 L.C. Chase
http://www.lcchase.com
Umschlaggestaltung
© 2022 L.C. Chase
http://www.lcchase.com
Die Illustrationen auf dem Einband bzw. Titelseite werden nur für darstellerische Zwecke genutzt. Jede abgebildete Person ist ein Model.

Deutsche ISBN. 978-1-64108-509-0
Deutsche eBook Ausgabe. 978-1-64108-508-3
Deutsche Erstausgabe. November 2022
v 1.0

Gedruckt in den Vereinigten Staaten von Amerika.

EIN NEUES KAPITEL

ANDREW GREY

Für Karen und Martin. Ihr bedeutet mir alles. Ich liebe euch beide!

1

„Wie ist es gelaufen?", fragte sein Agent Julio, sobald er sich meldete. „Hatte ich recht? Ich wusste, dass das eine großartige Chance für dich ist." Heiter und fröhlich plapperte er weiter.

Schließlich hielt Dex Grippon es nicht länger aus. „Würdest du bitte einfach aufhören!"

„Was?", fragte Julio gekränkt.

„Es ging um einen Porno", erwiderte Dex. „Sie wollten einen attraktiven, gut gebauten Kerl für die Hauptrolle in einem Pornostreifen. Anscheinend haben sie beschlossen, dass sich mit Pornos mehr Geld verdienen lässt als mit den beschissenen Horrorfilmen, die sie vorher produziert haben. Anstelle der spärlich bekleideten Mädchen, die vor einem Monster mit Kettensäge flüchten, gibt es jetzt nackte Mädchen, die vor einem Monster davonlaufen und wenn es sie fängt … geht's zur Sache." Dex verdrehte die Augen. Noch nie im Leben hatte er sich so geschämt. „Als ich zum Vorsprechen erschienen bin, kam eine barbusige Frau zu mir, hat sich über die Lippen geleckt und mich aufgefordert, mich hinzusetzen. Dann nahm sie breitbeinig auf meinem Schoß Platz und fing an, mich zu begrapschen." Dex konnte hören, wie sich Julio am anderen Ende bemühte, nicht zu lachen.

„Hast du das Vorsprechen zu Ende gebracht?", fragte er mit quietschender Stimme. Dex merkte, dass er kurz davor war, zusammenzubrechen.

„Erstens: Ich will in keinem Porno mitspielen."

„Nicht Manns genug dafür?" Es fehlte nicht mehr viel, und Julio würde völlig explodieren.

Dex hätte ihn am liebsten durchs Telefon erwürgt. „Du musst wissen, dass ich in dem Bereich ein wahrer Gott bin. Aber mein Mr. Happy spielt nicht mit Titten und Muschis. Zweitens: Dass die Rolle, von der ich seit Monaten erzähle, dass ich sie so gut wie sicher habe, zu einem Film mit dem Titel „The Bare Witch Project" gehört, möchte ich meiner Mutter nun wirklich nicht erklären müssen."

Das war's – Julio konnte sich nicht länger zusammenreißen. Gelächter drang aus dem Telefon, gefolgt von einem lauten Rumms, weiterem Gelächter und einem Quietschen. „Tut mir leid."

„Du bist von dem verdammten Stuhl gefallen, stimmt's?", wollte Dex wissen.

„Ja", gab Julio immer noch lachend zu.

Dex musste selbst lächeln. Sogar er musste zugeben, dass es lustig war. Er hätte ebenfalls gelacht, … wenn er nicht den Großteil seines Benzingelds dafür eingesetzt hätte, für das blöde Vorsprechen aus dem Tal zu kommen. Und wofür?

Für nichts. Jetzt würde er die nächsten zwei Wochen Instant-Nudeln essen müssen, um die Miete zahlen zu können und seine ohnehin schon stark belastete Kreditkarte nicht noch weiter zu strapazieren. „Arschloch. Warum genau gebe ich mich noch mal mit dir ab?"

„Weil ich dein bester Freund bin", gluckste Julio.

Julio war ein äußerst erfolgreicher Agent, der mit Hollywoods Schickeria zusammenarbeitete. Dex hatte er angenommen, weil sie vor vier Jahren – bevor Julio Glück gehabt und den neuesten Hollywood Liebling aus einem Provinztheater in Van Nuys unter Vertrag nahm – befreundet gewesen waren.

„Und eine Nervensäge. Mir ist klar, dass ich auf deiner Prioritätenliste nicht allzu weit oben stehe, aber du könntest mir wenigstens helfen."

„Süßer … Babe … ich helfe dir. Ich dachte wirklich, das wäre etwas Seriöses." Er verstummte, als das Telefon ein Geräusch von sich gab. „Hör zu, ich muss einen anderen Anruf entgegennehmen. Da ist ein Regisseur, der Georgie für einen Spielfilm haben möchte. Ich werde dich in den Deal einschieben. Es wird ein paar kleiner Rollen geben, bei denen wir dich einsetzen können. So bekommst du die Möglichkeit, beim Regisseur Eindruck zu hinterlassen. So fangen viele Leute an."

Dex seufzte. Derartiges machte er schon seit Jahren. Natürlich musste er sich den Erfolg hart erarbeiten, aber zu mehr schien es einfach nicht zu reichen. Mit zwanzig und gierig auf Erfolg mochte es okay sein, sich von Instant-Nudeln zu ernähren. Bei einem Mann in den Dreißigern hieß das nur, dass er Hunger hatte … und das war echt traurig.

Vielleicht war es an der Zeit, einfach aufzugeben. Jahrelang hetzte er jetzt schon von Vorsprechen zu Vorsprechen ohne dass etwas passierte. Dex sah immer noch gut aus und fiel auf. Allerdings nicht auf die Art und Weise, auf die er hoffte – und nie auf eine Art und Weise, die tatsächlich zu etwas führte. „Danke." Bevor er noch etwas hinzufügen konnte, hatte Julio aufgelegt und Dex hielt sich ein stummes Telefon ans Ohr. Er warf es aufs Sofa und ließ sich in den Sessel sinken, nur um kurz darauf aufzuspringen, weil sich eine Sprungfeder in seinen Hintern bohrte.

„Scheiße!", knurrte er. Sein Leben war definitiv nicht so verlaufen, wie gehofft. Er lebte in einer heruntergekommenen Wohnung, die er mit genau vier Schritten vom Schlafzimmer bis zur Küche durchqueren konnte. Seine Möbel stammten aus Secondhandläden … und … na schön, manchmal vom Sperrmüll. Die gemeinnützige Tafel war nichts im Vergleich zu seinen Schränken: drei Packungen Nudeln, eine Packung Salz und eine Schublade mit Würzmitteln, die er sich reinziehen konnte, sollte er wirklich verzweifelt sein. Das war keine Art zu leben für einen Mann von fast zweiunddreißig.

Dex schaute auf die Uhr und beschloss, dass er sich genauso gut für die Arbeit fertigmachen konnte. Wenn er früh dort war und sich jemand krankgemeldet hatte, bekam er vielleicht ein paar zusätzliche Tische und konnte mehr Trinkgeld verdienen. Zumindest konnte er dort essen. Das war doch schon mal was. Er zog sich um und vergewisserte sich im Spiegel, dass sein Aussehen in Ordnung war. Dann verließ er die Wohnung, ging die vier Stockwerke hinab auf den Bürgersteig und stieg in sein Auto.

„Bitte, Baby. Sei lieb zu mir. Ich verspreche auch, dich an der Ecke zu tanken."

Als er den Schlüssel herumdrehte, erwachte der alte Motor zum Leben. Er fuhr vom Parkplatz zur Tankstelle, wo das Auto an einer Zapfsäule lautlos zum Stehen kam. Wenigstens eine Sache war heute gut gegangen. Dex zog sein Portemonnaie hervor und gab seine letzten fünf Dollar für Benzin aus. Dann machte er sich auf den Weg zur Arbeit, wo er dank des Verkehrs gerade noch rechtzeitig ankam. Nachdem er sich eingestempelt hatte, begrüßte er die ersten Gäste und machte sich an die Arbeit.

NACH MITTERNACHT stolperte Dex zurück in seine winzige Wohnung in einem nördlichen Vorort von LA. Es hatte anständig Trinkgeld gegeben und sein Bauch war voll, sodass zumindest sein Magen ihn nicht die ganze Nacht lang hassen würde. Nachdem er sich ausgezogen hatte, ließ er sich mit dem Gesicht zuerst auf das Bett fallen und war bereits eingeschlafen, bevor das Federn aufgehört hatte.

Fast sofort – zumindest kam es ihm so vor – begann das Telefon neben seinem Kopf zu klingeln. Dex fuhr aus dem Schlaf. Hoffentlich war es Julio mit einem weiteren Vorsprechtermin. „Hallo?" Er befand sich bereits auf halbem Weg ins Badezimmer, als ihm bewusstwurde, dass die Person am anderen Ende weinte. „Entschuldigung … ähm."

„Dexter, hier ist Jane … Du musst sofort nach Hause kommen." Urplötzlich richtete er seine komplette Aufmerksamkeit auf das Gespräch. „Es geht um deine Mutter …" Sie konnte kaum sprechen, doch Dex' Magen krampfte sich zusammen. Jane gehörte zu den Menschen, die alles so nahmen, wie es kam. Ihre Stärke und Gelassenheit wären einer Hemingwayfigur würdig gewesen. Sie war die Lebensgefährtin seiner Mutter. Dexters Vater war vor zehn Jahren gestorben und danach hatte seine Mutter beschlossen, sich selbst gegenüber ehrlich zu sein. Ein Jahr später hatte sie Jane kennengelernt und seitdem waren die beiden zusammen. Dex war nie stolzer auf seine Mutter gewesen und hatte sie nie mehr geliebt, als sie beschlossen hatte, ihr Leben auf ihre Art zu leben, auch wenn er und Jane anfangs nicht oft einer Meinung gewesen waren.

„Was ist passiert?" Nur mit Mühe gelang es ihm zu sprechen. Wenn Jane am Telefon so erschüttert klang, musste es schlimm stehen.

„Sie hatte letzte Nacht einen Schlaganfall. Wir haben sie ins Krankenhaus gebracht. Sie liegt jetzt auf der Intensivstation, aber du musst so schnell wie möglich herkommen. Brauchst du Hilfe bei der Flugbuchung?"

3

Dex versuchte sich zu erinnern, ob sich auf seiner Kreditkarte noch genug Guthaben für einen Flug befand. Angesichts der Tatsache, dass es ein Last-Minute-Flug wäre, vermutlich nicht. „Ich weiß es nicht."

„Ich besorge dir ein Ticket und maile dir die Details. Ich werde den frühestmöglichen Flug buchen, du solltest also schon mal anfangen zu packen. Okay?" Sie klang so erschöpft, wie Dex sich fühlte.

„Ja. Wie schlimm steht es?"

Jane antwortete nicht sofort. „Komm einfach so schnell du kannst." Damit beendete sie den Anruf.

Dex eilte in sein Schlafzimmer, zog den Koffer unter dem Bett hervor und warf Kleidung hinein. Eine halbe Stunde später rief ihn Jane erneut wegen der genauen Einzelheiten zu seinem Flug an. Zusätzlich hatte sie ihm eine E-Mail geschickt. Ihm blieben vier Stunden bis zum Abflug, sodass er nur Zeit hatte, auf der Arbeit anzurufen, um Bescheid zu sagen, was los war; seine Vermieterin zu informieren, dass er weg sein würde, damit sie sich um seine Post kümmerte und sich dann auf den Weg zum Flughafen zu begeben. Er wusste, dass er sich den gesamten frühmorgendlichen Flug nach Baltimore über Sorgen machen würde. Was, wenn er es nicht rechtzeitig schaffte?

„JANE, ICH bin fast in Carlisle", erklärte Dex ihr, als er am folgenden Nachmittag an einer Tankstelle hielt, um die Toilette aufzusuchen und sich die fünfte Tasse Kaffee zu besorgen. „In weniger als einer halben Stunde bin ich da."

Es fiel ihm schwer zu begreifen, dass er wieder dort war, wo er aufgewachsen war: dreißig Kilometer westlich von Harrisburg, einer weder zu großen noch zu kleinen Stadt. Irgendetwas an diesem Ort gab jedem das Gefühl, willkommen zu sein, und ihm gelang der feine Grat aus einem einzigartigen Mix an Orten und Menschen. Die Stadt war alt – so alt, dass Schilder kennzeichneten, wo George Washington einst zur Kirche gegangen war. Das Dickinson College hielt sie jedoch jung, obwohl es selber fast so alt wie die Stadt war. Die Steine des alten Gerichtsgebäudes wiesen Kriegsschäden auf, aber nur eine Straße weiter machten neue Szenekneipen gute Geschäfte. Große Geschäfte boten ihre Waren am Rande der Stadt an, während Antiquitätenläden, ein restaurierter Filmpalast mit Theater und sogar ein Bonbonladen in der Innenstadt florierten. Irgendwie war es Carlisle gelungen, sich nur so weit zu ändern, dass es mit der Zeit mithalten, aber dennoch an seinen Wurzeln festhalten konnte.

Dex verdrängte den Anflug von Heimweh und richtete seine Aufmerksamkeit wieder auf die vor ihm liegende Aufgabe.

„Okay Süßer. Ich sage deiner Mom Bescheid. Komm direkt ins Krankenhaus. Wir sind in der zweiten Etage, auf der Intensivstation. Sag einfach den Krankenschwestern, wer du bist, dann lassen sie dich rein." Sie schien kurz davor, in Tränen auszubrechen. Dex wischte sich über die Augen,

4

beschleunigte den Leihwagen, so schnell er wagte, und ließ die vertraute Szenerie vorbeifliegen.

An der Abfahrt vom Highway 81 verspürte er Dankbarkeit, als die Ampel im richtigen Moment auf Grün schaltete und ihm erlaubte, bis zum Krankenhausparkplatz durchzufahren. Dort angekommen eilte er hinein und hoffte, dass er daran gedacht hatte, den Motor auszustellen. Nachdem er den Hinweisen zur Intensivstation gefolgt war, blieb er an der Rezeption stehen. Eine Krankenschwester führte ihn sofort zu seiner Mutter.

Er betrat das Einzelzimmer, in dem sie mit geschlossenen Augen auf dem Bett lag, während Jane ihre Hand hielt. Dex gab sich Mühe, die Maschinen um sie herum zu ignorieren und sich nur auf seine Mutter zu konzentrieren. Die einzige Person, die immer an ihn geglaubt hatte, egal wie dumm einige der Dinge gewesen waren, die er getan hatte. „Sie weiß, dass du hier bist", sagte Jane und legte sanft die Hand seiner Mutter in seine.

„Hi Mom." Sie bewegte leicht die Finger. „Ich bin's, Dex. Tut mir leid, dass es so lange gedauert hat." Sie drückte erneut, ihre Augen blieben jedoch weiterhin geschlossen. „Kannst du die Augen öffnen, damit ich dich sehen kann?"

Dieses Mal erhielt er keine Antwort. Dex hob den Blick zu Jane, die sich an die Wand neben der Tür gelehnt hatte.

„Du musst wieder gesund werden", fuhr er fort. „Ich bin jetzt zu Hause, und wir beide können all die Dinge tun, die du magst. Wir können in den Park gehen und die Gänse zurück ins Wasser scheuchen, damit sie nicht überall hin kacken. Oder wir zählen, wie viele Entenküken es dieses Jahr gibt." Er lächelte, als sie erneut leicht seine Hand drückte. Dex schluckte krampfhaft und bemühte sich, nicht komplett zusammenzubrechen. Seine Mutter war immer so voller Leben gewesen. Jane und sie besaßen ein kleines Haus in Carlise, dicht am Letort Creek. Jedes Jahr versammelten sich die Gänse in ihrem Garten und schissen überall hin. Es war ein ständiger Kampf zwischen seiner Mutter und diesen Kackmonstern. Seine Mutter erledigte die gesamte Gartenarbeit und sorgte dafür, dass der Garten wie eine Sehenswürdigkeit aussah. Nun ja, abgesehen von den Gänsetretminen.

„Möchtest du irgendetwas haben?", fragte Dex in dem verzweifelten Versuch, ihr eine Reaktion zu entlocken.

„Süßer, sie ist hier und kann dich hören. Rede einfach mit ihr", sagte Jane leise, blieb aber dicht an der Wand stehen. Vermutlich brauchte sie sie, um sich gerade zu halten. „Sie kann dich hören."

Also erzählte Dex seine Geschichte vom Pornovorsprechen. Er bildete sich ein, dass seine Mutter seine Hand fester drückte und hoffte, dass sie innerlich lachte. Er redete von der Arbeit und den Menschen, die er getroffen hatte. Dann ließ er Jane wieder seinen Platz einnehmen. Ihm ging langsam die Puste aus und etwas Kaffee würde ihm vermutlich guttun.

Er eilte davon und fand eine Kaffeemaschine, an der er zwei Tassen holte.

Zurück im Zimmer fand Dex Jane mit gesenktem Kopf vor, die Hand seiner Mutter in ihrer. Die Maschinen waren verstummt.

Es dauerte eine Sekunde, bevor er realisierte, dass sich seine Mutter nicht mehr unter ihnen befand. Irgendwie gelang es ihm, die Tassen abzustellen, bevor er auf dem Stuhl in sich zusammensackte. „Es tut mir leid, Mom", sagte er leise.

Jane hob den Kopf. „Nein Süßer. Sie hat gewartet, bis du hier warst. Erst als sie deine Stimme gehört hat, konnte sie gehen. Das war ihr letzter Wunsch." Jane legte die Hand seiner Mutter auf die Bettdecke und erhob sich, um Dex in die Arme zu nehmen. „Ich glaube, sie hat nur so lange ausgehalten, weil sie auf dich gewartet hat."

Dex nickte und hielt sie fest. Er war jetzt alleine. Er hatte seine Mutter zwar schon seit langer Zeit nicht mehr tagtäglich gebraucht, aber gewusst, dass sie für ihn da gewesen war. „Ich bin froh, dass ich rechtzeitig hier war." Dadurch hatte er die Chance gehabt, sich zu verabschieden, und das war das Beste, auf das er hatte hoffen können. „Und wie geht es jetzt weiter?"

„Alle Vorkehrungen sind getroffen worden. Deine Mom und ich haben alles im Voraus geplant. Ich rufe das Bestattungsinstitut an. Sie werden sich um alles kümmern."

Dex nickte. Jane war immer die Königin der Listen, der Planung und der Vorbereitung gewesen.

„Wir können uns jetzt von ihr verabschieden und dann zum Haus fahren." Sie löste sich von ihm und tätschelte seine Schulter. „Ich gebe dir ein paar Minuten alleine mit ihr." Nachdem sie das Zimmer verlassen hatte, nahm Dex neben seiner Mutter Platz.

Er wusste nicht, was er sagen sollte. Für ihn war seine Mutter bereits gegangen. Hier bei ihr zu sitzen, war nicht wichtig. Schweigend saß er da. Als Jane zurückkehrte, gab er ihr ebenfalls ein paar Minuten, bevor sie gemeinsam das Krankenhaus verließen.

„Ich bin im Krankenwagen mitgefahren und war nicht zu Hause, daher ..."

„Ich habe einen Mietwagen." Dex führte Jane zum Auto und fuhr sie nach Hause.

Sobald sie das Haus betraten, schien Jane in sich zusammenzusacken. Dex konnte es ihr nicht verübeln. Er war ebenfalls erschöpft. „Leg dich hin. Ich koche Tee."

„Da drinnen sind Zutaten für Sandwiches, falls du Hunger hast." Sie verschwand. Dex holte sich etwas zu trinken, machte sich schnell ein Sandwich und legte sich auf das Sofa. Als er die Augen wieder öffnete, war es dunkel.

Jane kam die Treppe herunter in die Küche geschlurft. Kurz darauf stieg ihm Kaffeeduft in die Nase. Stöhnend stand er auf, schlenderte in die Küche und setzte sich an den Tisch. „Sie wird mir fehlen." Ja, er sprach das Offensichtliche aus.

„Ich weiß. Mir auch", erwiderte Jane leise. Dex war sich bewusst, dass es für Jane sehr viel schwerer war als für ihn. Er kannte die tragischen Geschichten über

Janes Leben, bevor sie seiner Mutter begegnet war. Sie saß am Tisch und Tränen rannen ihre Wangen hinab. Dex stand auf und umarmte sie. „Sie war …" Jane brach komplett in Tränen aus.

Dex erwiderte nicht, dass er das wusste. Jane brauchte nicht seine Anbiederung, nur seine Unterstützung. Sie war gut zu seiner Mom gewesen und gut zu ihm. „Du und ich sind nicht immer gut miteinander ausgekommen, vor allem am Anfang, aber du bist zu einem wichtigen Teil meines Lebens geworden, genauso wie zu dem meiner Mutter. Wir sind eine Familie." Er schloss die Augen, und gemeinsam trauerten sie um den wichtigsten Menschen in ihrer beider Leben.

Nachdem sie ein wenig ferngesehen und eine obszöne Menge an Stressessen vertilgt hatten, gingen sie schließlich ins Bett. Es gab einiges zu regeln, und die kommenden Tage würden für sie beide hart werden.

„MÜSSEN WIR uns um den Laden kümmern?", fragte Dex am folgenden Morgen, bevor sich die Menschenmenge ihren Weg durch das Haus bahnte. Dex rechnete fest damit, dass ein stetiger Strom an Freunden seiner Mutter vorbeikommen würde.

„Darüber wollte ich mit dir reden. Deine Mutter hat die Anweisung hinterlassen, dass Hummingbird Books und das dazugehörige Gebäude an dich gehen sollen. Das Geschäft hat sie mit deinem Vater aufgebaut und all die Jahre am Laufen gehalten. Sie meinte, es wäre ihr einziges Vermächtnis an dich." Jane stellte ihre Kaffeetasse ab, öffnete die Schublade unter dem grünen Wandtelefon, mit dem er aufgewachsen war, und überreichte ihm einen Satz Schlüssel.

„Aber Jane, du …"

„Ich habe hier alles, was ich brauche. Und das war ihr sehr wichtig. Sie hat den Laden geliebt, und sie hat dich geliebt. Ich weiß nicht, ob sie je darüber gesprochen hat, aber deine Mom hat deinen Vater über alles geliebt. Sie gehörte nicht zu den Menschen, die heiraten, nur weil es von ihnen erwartet wird." Jane lächelte. „Deine Mutter hat sich einen Dreck um diesen Mist geschert. Sie hat ihn vergöttert und mich ebenso geliebt." Sie seufzte. „Wir hatten beide großes Glück. Aber deine Mom hat mir gesagt, dass das Geschäft dein Erbe ist, sowohl von ihr als auch von deinem Vater."

Dex schluckte. „Das Gebäude hat Mom gehört?" Das hatte er nicht gewusst.

„Ja. Deine Mutter und dein Vater haben es gekauft und danach das Geschäft gegründet. Als frisch Verheiratete haben sie bis zu deiner Geburt in der Wohnung nach vorne raus gewohnt. Deine Mom führte erfolgreich den Laden, während dein Vater am Dickinson gelehrt hat. Sie hatten ein gutes Leben, das noch besser wurde, als du auf die Welt kamst." Jane trank einen Schluck Kaffee und holte tief Luft. „Nachdem du anfingst zu laufen, beschlossen sie, dieses Haus zu kaufen und zu ihrem Heim zu machen." Sie setzte die Tasse ab. „Aber das weißt du mit Sicherheit alles. Ich fahre einfach fort."

„Und nach Dads Tod hat sie dich gefunden." Sie hatte es verdient, einfach zu reden, wenn ihr danach war. Dieses Recht hatte sie sich verdient, weil sie seine Mutter glücklich gemacht hatte.

Jane nickte. „Und sie hat mir hier Liebe geschenkt und ein Zuhause, das sie mir hinterlassen hat." Sie ließ ihren Blick durch den Raum schweifen, musterte die Hühnertapete und lachte auf. „Deine Mom war eine Menge Dinge, aber definitiv keine Dekorateurin. Ich habe versucht ihr klarzumachen, dass man bei der Themenauswahl für ein Zimmer nicht Hühner und Füchse zusammenpackt. Aber sie liebte nun mal beides. Wenn ich hier reinkomme, rechne ich immer noch mit einem blutigen Hühnergemetzel an den Wänden."

„Wirst du es ändern?"

„Nie im Leben", erklärte sie mit einem leisen Schniefen, um dann das Thema zu wechseln. „Die Leute werden schon ziemlich bald vorbeikommen. Ich habe Kyle angerufen, den Mann, der deiner Mutter im Laden geholfen hat. Er wollte ein Schild aufhängen, dass das Geschäft die nächsten Tage geschlossen bleibt. Sobald der Nachruf erscheint, wird es jeder in der Stadt wissen."

„Vielleicht gehe ich später hin und schaue mich dort um." Dex wollte den Laden gerne sehen.

Jane nickte, und er setzte sich wieder hin. „Bist du sicher, dass diese Vereinbarungen für dich in Ordnung sind?"

Dex brummte zustimmend und trank einen Schluck von seinem Kaffee, um sich aufzuraffen, bevor die Trauerparade mit endlosem Essen und leisen Gesprächen darüber, wie besonders seine Mutter gewesen war, begann. „Ja. Ich dachte wirklich, dass alles an dich geht, und sich die Sache damit erledigt hätte." Jetzt musste Dex entscheiden, was er mit dem Buchladen anfangen sollte. Sein Leben war in LA. Vielleicht konnte er das Geschäft verkaufen. Andererseits hatte der Laden vermutlich die ganzen Jahre lang nur dank der Persönlichkeit und Entschlossenheit seiner Mutter überlebt. Er könnte das Gebäude verkaufen. Vielleicht würde ihm das genug Geld einbringen, um sich davon eine Weile Lebensmittel kaufen zu können. Aber es kam ihm wie eine Schande vor, ein Gebäude zu verkaufen, um Essen zahlen zu können. Zum Glück musste er nicht sofort eine Antwort auf alles haben.

„Ich gehe hoch, um zu duschen und mich fertig zu machen. Du weißt doch, wo alles ist? Fühl dich ganz wie zu Hause."

„Danke", erwiderte er leise.

Jane ließ ihn in der Küche zurück, und er erledigte den Abwasch, bevor er ins untere Badezimmer ging … wo er sofort nach Whoville katapultiert wurde. Auch diesen Raum hatte seine Mutter neu dekoriert, inklusive lindgrüner Wände. Überall hingen Hüte, es gab Ausschnitte von Dr. Seuss Figuren und aus unerklärlichen Gründen einen Kater-mit-Hut-Toilettenpapierhalter. Außerdem entdeckte er

Thneed-Handtücher. Auf die Wand vor der Toilette war ein Lorax gemalt, der mit einer Gedankenblase den Bewohner aufforderte, an die Bäume zu denken. Dex setzte sich und lachte, bis ihm die Tränen kamen. Er fühlte sich schuldig, als er nach dem Toilettenpapier griff, um sich damit die Augen zu tupfen.

Er erledigte sein Geschäft und spülte ab. Als er aufstand, um sich die Hände zu waschen, füllte der Horton-Ausschnitt auf der Badezimmertürinnenseite den Spiegel. ‚Ich kann die Whos hören ... und du wasch dir die Hände'. Der Schriftzug stand verkehrt herum auf der Tür, damit man ihn im Spiegel lesen konnte.

Dex wusch sich die Hände, weigerte sich jedoch, eines der Handtücher zu nehmen, die seine Mutter aufgehoben hatte. Er entdeckte eins unter dem Waschbecken, trocknete sich die Hände ab und verließ das Badezimmer. Dann kehrte er in die Küche und damit zur das-Gemetzel-kann-jederzeit-losgehen-Tapete seiner Mutter zurück. Er stützte den Kopf in die Hände und erlaubte sich endlich, das Ausmaß seines Verlusts zu spüren. Wie sollte er nur ohne sie weitermachen?

2

DEX WAR mehr als nur ein wenig überwältigt. Das Haus bildete den Schauplatz einer stetigen Parade an Menschen aus seiner Vergangenheit. Viele davon sahen in ihm immer noch den Zwölfjährigen und bestanden darauf, ihm zu erzählen, wie er als Kind gewesen war. Dex wartete lächelnd ab, bis jedes Gespräch zu seiner Mutter wechselte. Dann wurden ihre Gesichter traurig und jeder berichtete eine besondere Geschichte.

Mit einem Mal zupfte eine Frau an seinem Ärmel, und Dex drehte sich um. Sie war vielleicht etwas über einen Meter fünfzig groß, makellos gekleidet und stark nach vorne gekrümmt. „Deine Mutter hat mir die letzten Jahre erträglich gemacht." Der Blick voller Qual verriet Dex, dass das Leben für sie zu einem Kampf geworden war. „Ich bin ihr auf so viele Arten dankbar." Mit einer Hand umklammerte sie ihren Gehstock wie eine Rettungsleine, mit der anderen tätschelte sie seine Schulter. „Ich habe dich als einen sehr guten Jungen in Erinnerung."

Dex lächelte. „Mrs. Harper, ich habe früher den Rasen für Sie gemäht." Sie hatte ihn gut bezahlt, aber nicht gezögert, ihm die Hölle heißzumachen, wenn er etwas übersehen hatte. Schon damals war sie alt gewesen; jetzt musste sie schätzungsweise um die neunzig sein. Dex konnte sich nicht erinnern, dass sie auch nur einmal nicht gut ausgesehen hatte. Immer hatte sie Kleidung in leuchtenden Farben und perfektes Make-up getragen. So wie jetzt.

„Ja, das hast du. Und du hast mir im Garten geholfen." Sie lächelte. Die Sträucher und Blumen waren ihr ganzer Stolz und ihre Freude gewesen. „Du solltest mal vorbeikommen und ihn dir anschauen."

„Haben Sie ihn erhalten können?"

Sie klopfte ihm auf die Schulter. „Ich mag zwar alt sein, bin aber jeden Tag ungefähr eine Stunde dort draußen. Die Schwertlilien blühen gerade und die Pfingstrosen sind kurz davor." Sie lächelte strahlend. „Und wie ich höre, führst du den Laden weiter."

Das hatte Dex noch überhaupt nicht entschieden, doch er wollte sie nicht korrigieren. Er musste eine Menge Entscheidungen treffen und war nicht sicher, ob er für immer hierher zurückkehren wollte. Andererseits verlief seine Schauspielkarriere im Sand, und er hatte gerade ein Geschäft und ein Gebäude geerbt, in dem er wohnen konnte.

„Das ist so wunderbar von dir. Ich brauche ein paar Bücher und werde in den nächsten Tagen vorbeikommen." Mrs. Harper schenkte ihm noch ein Lächeln, um sich dann langsam zu einem der Stühle zu begeben. Dex blieb völlig perplex zurück.

Die junge Frau in Mrs. Harpers Begleitung lächelte ihn an. Zuerst dachte Dex, sie hätte vielleicht Interesse an ihm. „Deine Mom war für sie ein wahres Gottesgeschenk. Tante Matty hat die meiste Zeit Schmerzen und was deine Mom getan hat ...“ Sie schluckte, lächelte Dex zu und ging, um sich mit ihrer Tante zu unterhalten.

Dex war verwirrt. Er hatte schon mindestens drei ähnliche Gespräche mit anderen Menschen darüber geführt, wie sehr seine Mutter ihnen geholfen hatte. Alle hatten ihm am Ende versichert, wie begeistert sie darüber waren, dass er den Laden übernahm und dass sie kommen würden. Ihn verwirrte allerdings die Tatsache, dass sie ihn jedes Mal so ansahen, als wäre er ein wenig verrückt, wenn er fragte, welche Bücher sie haben wollten, um sie bereitlegen zu können. Und vielleicht war er das ja auch, weil er überhaupt darüber nachdachte, nach Hause zu kommen. Dex begann sich zu wundern.

NACH STUNDENLANGEN Gesprächen fühlte sich Dex völlig ausgelaugt. Außerdem machte ihm der Zeitunterschied zu schaffen. Zum Glück fand er Jane.

„Geh spazieren. Das hier wird bis zur Beerdigung so weitergehen. Deine Mutter wurde geliebt, aber es wird dich erdrücken, wenn du dir keine Pause gönnst.“ Sie lächelte. „Nimm die Schlüssel für den Laden mit, wenn du willst.“

Dankbar ging Dex durch die Hintertür und den Garten und schlängelte sich durch die hintere Gasse zum Laden. Nachdem er die Hintertür aufgeschlossen hatte, trat er ein.

Der vertraute Geruch nach Staub, Büchern und seiner Mutter ließ ihn fast taumeln. Das hier hatte er nicht vergessen. Dex schloss die Tür und schaltete das Licht ein, während er durch das kleine Hinterzimmer voller Kartons und Regale wanderte. Hier hatte seine Mutter nie viel aufbewahrt. Sie hatte immer gesagt, dass sie das hier hinten nicht verkaufen konnte und daher so viel wie möglich von ihrem Bestand vorne behalten. Dex sah sich um und erinnerte sich an die Ecke, in der sie einen Tisch und Stühle aufgestellt hatte. Dort hatte er stundenlang gesessen, seine Hausaufgaben gemacht, gemalt, gebastelt – alles in seiner eigenen Ecke des Ladens. Oh, diese Stunden, die er in diesem Raum zusammen mit seiner Mutter verbracht hatte. Sie war immer zu ihm gekommen, um nach ihm zu sehen, und wenn niemand im Laden gewesen war, hatte sie ihm vorgelesen oder sie hatten zusammen gemalt, bis die Türglocke gebimmelt hatte. Es war so weit gekommen, dass er anfing die Glocke zu hassen, weil das Klingeln bedeutete, dass seine Mom wieder zurück an die Arbeit musste.

Er schaute in einige der Kisten, bevor er durch den Vorhang hinter der Kasse trat. Das Licht war ausgeschaltet, doch die Sonne schien durch die vorderen Fenster. Alles wirkte so, als würde seine Mutter jeden Moment zurückkommen und öffnen. Alle Regale waren ordentlich und selbst das Notizbuch, das sie auf dem Tresen hinter der Kasse aufbewahrte, lag, umgeben von Nippes und

Lesezeichen, an seinem üblichen Platz. Dex hob den Tresen an und senkte ihn nach dem Hindurchtreten wieder. Dann wanderte er durch die Gänge und betrachtete das Regal mit den Kinderbüchern. Die meisten davon hatte seine Mutter ihm irgendwann einmal vorgelesen. Natürlich befanden sich auch neuere darunter, aber er ging weiter und musterte die Regale.

Um die Regale zu füllen, standen mehr Bücher mit nach vorne gerichtetem Einband darin, als er in Erinnerung hatte. In seiner Kindheit war der Laden immer überfüllt gewesen. Jetzt dagegen wirkte es inszeniert, denn hinter den einzelnen Titeln befand sich nichts. Der Lagerbestand, an den er sich erinnerte, war nicht im Geschäft. Vielleicht sah es nur in der Kinderabteilung so aus?

Er ging weiter in den Erwachsenenbereich. Dort entdeckte er nur wenige gebundene Bücher und davon auch nur jeweils zwei oder drei Exemplare. Dex wusste, dass unabhängige Buchgeschäfte seit einigen Jahren dank Amazon eine schwierige Zeit durchmachten, doch immer, wenn er seine Mutter gefragt hatte, wie der Laden lief, hatte sie erwidert, dass alles gut sei. Vielleicht waren die Dinge doch nicht so rosig gewesen, wie sie behauptet hatte.

Plötzlich riss ihn ein Klopfen an der Tür aus seinen Gedanken. Er ging nach vorne, schloss auf und öffnete die Tür. „Kann ich Ihnen helfen? Wir haben die nächsten Tage geschlossen."

„Entschuldigung. Ich bin gerade vorbeigeschlendert und komme immer vorbei, wenn ich in der Innenstadt bin." Der Mann schaute auf und Dex blickte überrascht in das intensivste Blau, das er je gesehen hatte.

„Meine Mutter ist gestorben und …" Verdammt, es war hart, es auch nur auszusprechen. „Der Laden wird bis nach der Beerdigung geschlossen bleiben." Er hielt sich die Hand vor den Mund und zwang sich, nicht zusammenzubrechen. Noch vor ein paar Minuten war es ihm gut gegangen, doch mit einem Mal konnte er die Trauer nicht mehr ertragen.

„Das tut mir sehr leid. Sie war eine nette Frau." Er verstummte, senkte leicht den Blick und schien gleich wieder gehen zu wollen. „Sie sind Sarahs Sohn? Sie hat oft von Ihnen gesprochen und erzählt, dass Sie in Filmen mitspielen." Er lächelte.

Dex schluckte angestrengt. Ihm fiel auf, wie gut dieser Kerl doch aussah, mit der unordentlichen Frisur und dem zerknitterten Hemd, das gerade weit genug geöffnet war, um den Blick auf ein paar braune Brusthaare freizugeben.

„Ja. Ich bin Dex." Es war schön, dass seine Mutter von ihm gesprochen hatte. Auch wenn er nicht wirklich Erfolg in Hollywood gehabt hatte, war seine Mutter dennoch immer stolz auf ihn gewesen. Sein Herz machte einen Satz.

„Ich war Stammkunde bei Ihrer Mutter. Ich versuche, lokale Geschäfte zu unterstützen, und sie hat die gewünschten Bücher für mich bestellt. So hat sie die Aufträge bekommen und nicht die großen Online-Anbieter", erklärte er lächelnd. Dex nickte.

„Hatte sie eine Bestellung für Sie?" Er fragte sich, wo seine Mutter sie hingelegt haben würde.

„Nein. Allerdings gibt es ein paar Bücher, die ich haben wollte. Aber ich kann noch mal kommen, wenn Sie wieder öffnen …" Er beugte sich dichter vor. „Sie öffnen doch wieder?" Das Blau in seinen Augen wurde dunkler. „Das hier ist das einzige Geschäft in der Stadt, das Bücher für mich bestellt. Zumindest die, die ich haben will." Er blickte die Straße hinauf und hinab. „Ich habe eine Schwäche für Liebesromane – der männlichen Art."

„Ich verstehe …"

Der Mann schlug sich die Hand vor den Mund. „Natürlich. Sarah hat mir erzählt, dass ihr Sohn schwul ist." Er räusperte sich. „Tut mir leid. Ich bin Les. Les Gable." Er schüttelte ihm die Hand. „Verzeihen Sie, dass ich Sie aufgehalten habe. Ich werde später wiederkommen." Er verstummte. „Ich muss Ihnen nur noch mitteilen, dass Ihre Mutter großartig war. Sie hat sich um jeden gekümmert. Sie wird mir fehlen." Damit drehte er sich um, winkte und eilte den Bürgersteig hinab.

Dex schloss die Tür und verriegelte sie wieder. Anscheinend war seine Mutter von vielen Menschen in dieser Stadt geschätzt worden. Sie hatte Bücher schon immer geliebt und viel Spaß am Lesen gehabt, etwas, das sie an Dex weitergegeben hatte.

Er ging durch den Laden zurück ins Hinterzimmer. Der Safe stand an der gleichen Stelle wie immer. Er durchforstete sein Gedächtnis nach der Kombination, die sie ihm vor Jahren mitgeteilt hatte. Zum Glück fielen ihm die Zahlen jetzt wieder ein. Er öffnete ihn und schaute hinein. Innen entdeckte er etwas weniger als hundert Dollar, ihr Startkapital für den Tag. Außerdem zog er das Rechnungsbuch heraus. Dann schloss und verriegelte er die Tresortür wieder.

Er war sich nicht sicher, was er noch tun wollte, hatte aber keine Lust zurück zum Haus zu gehen. Die Trauerversammlung war vermutlich immer noch in vollem Gang, doch er hatte genug davon. Seine Mutter war tot, und Dex musste versuchen, den Verlust alleine zu verarbeiten. Er brauchte nicht dutzende Menschen, die über seine Mutter sprachen, um sie zu kennen.

Seine Mom befand sich hier in diesem Gebäude – in jedem Buch und auch in der Art, wie sie jede Wand in einer anderen Farbe gestrichen hatte, weil sie der Meinung gewesen war, dass das fröhlich wirken würde. Das Problem war nur, dass sie die grellsten Farben überhaupt ausgesucht hatte. Dex befürchtete, dass seine Augen zu bluten anfangen würden, wenn er nicht bald etwas dagegen unternahm. Vor allem gegen den grasgrünen Teppichboden. „Mom, ich liebe dich, aber deine Einrichtung ist ein Albtraum", sagte er laut, mit einem Lächeln. So war seine Mutter. Was sie liebte, das liebte sie, und die Meinung anderer Menschen interessierte sie einen Dreck.

Dex stellte die Bücher ab und machte sich auf den Weg ins Bad. Beim Öffnen der Tür keuchte er laut auf. Während das Badezimmer im Haus Whoville gewesen war, entsprach es im Geschäft ganz und gar Alice im Wunderland. Es hatte die gleiche Behandlung erfahren, einschließlich eines Toilettenpapierhalters in Form des verrückten Uhrmachers und eines Herzkönigin-Toilettenbezugs. Über eine Wand hüpfte das weiße Kaninchen, doch es war Alice, die in das Kaninchenloch hinabgesaugt wurde. Dazu gehörte die Aufforderung, abzuspülen. Das hier war seine Mutter auf engstem Raum. Sie konnte außergewöhnlich, aber auch sehr clever sein.

Er schloss die Tür, nicht in der Lage, das Bad zu benutzen und ging das Kassenbuch holen. Es war an der Zeit, zurückzugehen. Immerhin konnte er jetzt die Aufzeichnungen seiner Mutter anschauen und überlegen, ob es sich lohnte, das Geschäft weiterzuführen.

Er hatte eine Aufgabe zu erledigen, etwas, das einige Stunden füllen und ihn davon abhalten würde, vor Trauer zu vergehen. Da der Laden das Erbe seiner Mutter war, musste Dex herausfinden, ob es eine Möglichkeit gab, weiterzumachen. Er zog die Hintertür auf, schloss hinter sich ab und machte sich auf den Weg zurück zum Haus.

Er entschied, einen Umweg einzuschlagen und ging gerade in Richtung Platz, als die Uhr im alten Gerichtsgebäude die Stunde schlug. Lächelnd hielt er an. Er erinnerte sich daran, wie er im Geschäft gewesen war und auf diesen Glockenschlag gewartet hatte. An den meisten Tagen bedeutete ihr sechsmaliges Läuten, dass seine Mom zuschließen, und sie nach Hause gehen würden. Er schüttelte den Kopf, als wolle er die Erinnerungen loswerden. An jeder Ecke schien ihn etwas an sie zu erinnern. Die Bäume waren alle ausgeschlagen und warfen Schatten auf die Straßen. Dex wischte sich über die Augen. Im Geist sah er seine Mom und seinen Dad in ihrem Garten vor sich. Musik wehte aus dem Haus, während sie zu einer Kaskade aus Blütenblättern tanzten.

Damals hatte er das furchtbar peinlich gefunden, vor allem, als seine Mutter sich von seinem Vater gelöst und darauf bestanden hatte, Dex das Tanzen beizubringen. Dex hatte sich vehement dagegen gewehrt. Er hatte nicht tanzen lernen wollen. Aber sie hatte ihn dazu gezwungen. Verdammt, was würde er nicht dafür geben, ein letztes Mal mit ihr zu tanzen.

„Dex?"

Er drehte sich um und schaute erneut ihn Les' blaue Augen. Sein Herz schlug ein wenig schneller, und urplötzlich wurde seine Kehle trocken, vor allem, als er das Verlangen und Interesse darin erkannte. Dex war daran gewohnt, dass ihn Leute sehnsüchtig ansahen. Das hier war jedoch mehr. „Ich komme gerade aus der Bücherei und bin auf dem Weg zurück in meine Wohnung. Und Sie?"

„Ich bin im Laden fertig geworden und fand es an der Zeit, nach Hause zu gehen." Mit einem Nicken deutete er in die Richtung. Les schloss sich ihm an und ging langsam neben ihm her. Dex bemerkte, dass eines seiner Beine steif zu sein schien. Er verkürzte seine übliche Schrittlänge, damit Les ohne Probleme mit ihm mithalten konnte.

Les lächelte ihn an. „Bei jedem meiner Besuche im Laden hat mir Sarah Geschichten über Sie erzählt. Sie meinte, Sie wären Schauspieler in LA."

„In letzter Zeit habe ich leider nicht allzu viel gearbeitet. Es sei denn, man rechnet Pornos mit", gestand Dex mit ausdrucksloser Stimme.

Les stoppte abrupt. „Du hast Pornos gemacht?"

Grinsend schüttelte Dex den Kopf. „Oh Gott. Nein. Mein letztes Vorsprechen sollte eigentlich für eine seriöse Rolle sein, stellte sich aber als etwas ganz anderes heraus. Meine Mutter hat mich immer unterstützt, aber ich glaube nicht, dass ihre Unterstützung so weit gegangen wäre." Er gluckste. „Obwohl mir Mom möglicherweise einfach nur geraten hätte, mein Bestes zu geben und sich dann später ein Exemplar geliehen hätte, um mir mitzuteilen, was ich falsch gemacht habe." Er musste erneut glucksen. „Ich muss sagen, das Peinlichste, was ich mir in Bezug auf meine Mutter vorstellen kann, ist, dass sie losgeht, um sich ein Exemplar von *Shaving Ryans Privates* oder etwas in der Art zu besorgen, damit sie meine Leistung beurteilen kann."

Les lachte auf. „So unterstützt zu werden, muss schön gewesen sein. Ich hatte das nie. Meine Familie war nicht einmal annähernd so aufgeschlossen wie deine Mutter. Meine Verwandten waren sehr berechenbar. ‚Du gehst aufs College, du gehst in die Kirche, du bist nicht schwul oder hast derartige Gedanken.'" Der Humor verschwand aus seiner Stimme, und sein Körper spannte sich an, als er von seinen Eltern sprach.

Dex war immer klar gewesen, dass er Glück gehabt hatte, insbesondere in Bezug auf seine Mom. Manchmal vergaß er jedoch, wie viel Glück. „Ich konnte nie vorhersehen, wie Mom etwas nehmen würde. Weißt du noch, dass man als Teenager unbedingt seine Eltern schocken wollte? Wenn ich das getan hatte, schaute Mom mich an und sagte: ‚Alles in Ordnung, ich unterstütze dich und werde dich immer lieben.' Am nächsten Tag beschloss sie dann, dass das obere Badezimmer einen neuen Anstrich brauchte. Beim Betreten erlebte ich eine Überraschung, weil die Wände tiefschwarz waren … oder neongelb. Das Badezimmer im Flur oben war einmal beides gleichzeitig. Ich denke, das war ihre Art, mich ebenfalls zu schockieren. Und ihre ausgefallenen Dekorationskünste haben meistens ihren Zweck erfüllt."

Les lachte laut auf und die Anspannung verließ seinen Körper. „Sie hat die witzigsten Dinge getan. Als ich einmal in den Laden kam, hatte sie die Regale von einer Wand abgerückt, um sie Barbie-pink zu streichen. Nur um zu testen, wie es aussieht."

„Das ist meine Mom", sagte Dex zustimmend.

„Immerhin mochte sie Farbe. Meine Mutter hat das ganze Haus in dieser Eierschalenfarbe gestrichen. Sie nannte es Weiße Pfingstrose oder so ähnlich, und jede Wand in jedem Raum hatte die gleiche Farbe. Im gesamten Haus. Ich musste sie anbetteln, mich mein Zimmer blau streichen zu lassen. Irgendwann hat sie nachgegeben, aber nur, weil ich versprechen musste, es wieder zu ändern, wenn

15

es nicht gut aussieht. Die Möbel waren in allen möglichen braunen Farbtönen und der Teppich beige. Man kam sich vor, als würde man im Dauerwinter im Wald leben. Moms Idee, Farbe ins Spiel zu bringen, bestand darin, schwarze Akzente zu setzen … weil das zu allem passte." Les begann zu lachen. „Mein Dad hat es gehasst. Also schenkte er ihr zu Weihnachten immer besonders bunten Schnickschnack. Der stand dann eine Weile herum, um irgendwann einfach zu verschwinden." Er lächelte.

„Du machst Witze, oder?", wollte Dex wissen. Als Les den Kopf schüttelte, fügte er hinzu: „Du solltest das Gästezimmer oben sehen. Dort hängt diese psychedelische Tapete, die aussieht, als hätte der Designer in den Sechzigern LSD genommen. Keine Ahnung, wo Mom sie aufgetrieben hat, aber es überrascht mich, dass niemand Anfälle bekam, der dort übernachtet hat." Er schwieg. „Das könnte der Grund sein, warum sie nicht viele Gäste hatte. Sie blieben eine Nacht und haben auf dem Weg aus der Stadt einen Abstecher ins Krankenhaus gemacht."

Grinsend zuckte Les die Schultern. „Du kennst ja den Spruch: Nach drei Tagen fangen sowohl Fisch als auch Gäste an zu stinken. Vielleicht war das ihre Art, den Geruch zu kontrollieren." Er neigte hinreißend den Kopf, und Dex nahm sich eine Sekunde Zeit, den Anblick zu genießen. Les verfügte über ein starkes Kinn und ein ausdrucksstarkes Gesicht, das Dex in seinen Bann zog. Die hohen Wangenknochen verliehen ihm ein beinahe königliches Aussehen, doch seine Augen funkelten schelmisch. Und er hatte einen Sinn für Humor, der notwendig war … und sei es nur, um die Prüfungen und Wirrungen des Lebens zu überstehen. Dex hatte ihn bei seiner Mutter definitiv gebraucht. Sie war manchmal wirklich anstrengend gewesen.

„Das Gästezimmer meiner Mutter …"

„Lass mich raten. Leicht roséfarbenes Cremeweiß", zog ihn Dex auf.

„Jap. Ich weiß noch, als ein Freund zum Übernachten bei mir war. Ich führte ihn in das Zimmer, er stellte die Tasche ab, ließ sich aufs Bett fallen und schlief sofort ein." Er grinste. Dex verdrehte die Augen und fing dann an zu glucksen.

„Deine Mutter war also farbgehandicapt. Und meine ein Farb-Ninja ohne Angst vor irgendetwas." Sie näherten sich dem Haus. Dex stöhnte auf, als ein Paar mit einer Auflaufform hineinging. „Ich schwöre bei Gott, das Haus wird noch explodieren von dem ganzen Traueressen, das die Leute mitbringen." Er klopfte sich den Bauch, und sein Magen geriet bei der Vorstellung leicht ins Schlingern. „Möchtest du eine Schätzung wagen, wie viele Kilo Makkaroni und Dosensuppen bereits ihr Leben gelassen haben?"

Les schüttelte nachdrücklich den Kopf. „Auf gar keinen Fall", erwiderte er und tätschelte Dex beruhigend die Schulter. Die Berührung sandte einen Hitzestrom durch seinen Körper. „Ich muss auch nach Hause. Aber wir sehen uns bestimmt im Laden?" Er schaute Dex fragend an, der nickte, aber keine Anstrengung unternahm, sich fortzubewegen. Es war unglaublich aufregend, sich in diesen Augen zu verlieren, und er hatte keine Eile, in die Realität zurückzukehren. Als

Les sich über die Lippen leckte, fragte sich Dex wie aus dem Nichts, wie er wohl schmecken würde. Der Mann war eine echte Augenweide, und als die leichte Brise seinen Moschusgeruch zu Dex wehte, musste er krampfhaft schlucken. Er wünschte sich mehr, doch es gab Grenzen, was er mit einem Mann, den er gerade erst kennengelernt hatte, tun würde.

Schlimm genug, dass Dex, um sich eine Rolle zu sichern, Dinge getan hatte, die er seiner Mutter nie hatte sagen können. Bei dem Gedanken daran musste er ein Schaudern unterdrücken. Das hier war nicht Hollywood und Les einfach nur ein attraktiver Mann. „Ich gehe lieber rein und vergewissere mich, dass Jane klarkommt."

Les nickte, Dex schüttelte ihm die Hand und zwang sich, sich umzudrehen und ins Haus zu gehen. Die halb geflüsterten Gespräche erdrückten ihn fast. Geschrei könnte er verstehen. In diesem Fall auch Weinen. Aber ein Dutzend geflüsterter Gespräche – jedes davon so leise, dass man es unmöglich verstehen konnte – erzeugten einen verdammt nervigen, dumpfen Lärm.

Er entdeckte Jane mit zwei anderen Damen in der Küche. „Würdest du das bitte ins Wohnzimmer bringen", bat Jane eine der Frauen, nachdem sie eine Auflaufform aus dem Ofen geholt und auf den Herd gestellt hatte.

„Das kann ich doch tun", sagte Dex leise zu ihr.

Jane schüttelte den Kopf und beugte sich dichter zu ihm. „Wenn ich noch eine Minute länger hier sitzen und über Sarah reden muss, wird das Tapeten-Hühner-Gemetzel von mir sein." Sie holte eine weitere Form aus dem Ofen und begann einige Salate aus dem Kühlschrank zu holen.

„Wenn du ihnen etwas zu essen gibst, werden sie nie verschwinden."

„Das ist in Ordnung. Sarah hat mir erzählt, dass ihre Familie das so macht. Vielleicht kannst du dich noch daran erinnern, von damals, als dein Dad gestorben ist. Sie kommen zusammen und bleiben es bis zur Beerdigung. Damit versuchen sie, sich gegenseitig zu trösten."

Das hatte Dex nicht gewusst. Aber jetzt, wo er genauer darüber nachdachte, fielen ihm Zeiten ein, in denen seine Mutter mit seinen Tanten und Onkeln zusammengesessen hatte und dass sie zu ihnen gekommen waren, als sein Vater gestorben war. Anscheinend hatte sie auf die Art ihre Pflicht erfüllt und ihn bei dem ganzen Trauermarathon außen vorgelassen. „Sie werden abends gehen und dann morgen zurückkommen, um bei allem zu ‚helfen‘."

Für Dex wirkte es so, als würde Jane in einen Nervenzusammenbruch ‚geholfen‘. „Komm mit. Es gibt einige Dinge, die ich gerne mit dir besprechen würde", forderte sie Dex so laut auf, dass die anderen es mitbekamen.

„Lass uns in den Garten gehen." Hoffentlich war der Rest der Familie so vernünftig, sie in Ruhe zu lassen.

Vor dem Hinausgehen füllte Dex einige Teller. Jane folgte ihm und sie setzten sich unter den Sonnenschirm auf der großen Terrasse.

„Was brauchst du?", fragte sie, während er einen Teller vor sie schob.

17

„Ein paar Minuten Ruhe", erwiderte er. Janes Schultern sackten herab, als die Anspannung von ihr abfiel. „Einfach nur einen kurzen Moment ausruhen." Sie mussten beide mal durchatmen. Die Veränderung in ihrer beider Leben war gigantisch und der Versuch, die ersten Schritte in einem Haus voller Verwandter zu machen anstrengend.

„Ich habe keine Ahnung, warum deine Tante Grace überhaupt hier ist. Sarah und sie haben sich gehasst, aber jetzt tut sie so, als wären sie beste Freunde gewesen." Sie aß einige Bissen.

Dex stand auf, ging in die Küche, öffnete den untersten Schrank und holte eine Flasche guten Whiskey hervor.

„Das ist keine gute Idee", erklärte Tante Grace, während sie den Tresen abwischte – und sich hoffentlich bald auf den Weg machte.

„Vielleicht nicht für dich, aber ich brauche verdammt noch mal einen." Er warf ihr einen bösen Blick zu, bevor er zwei Gläser nahm und gefolgt von ihrer Missbilligung wieder nach draußen ging.

„Ich dachte mir, wir könnten beide einen gebrauchen." Es war der Lieblingswhiskey seiner Mutter. Dex goss einen Schluck in jedes Glas und reichte eins Jane. „Auf …" Ihn verließen die Worte, seine Kehle zog sich zusammen.

„Die tollste Tussi, die je gelebt hat", half ihm Jane aus. Dex nickte. Das war die beste Beschreibung seiner Mutter, die er je gehört hatte. Sie war überdreht, fröhlich, laut, nachdenklich und immer der Mittelpunkt der Party gewesen. Dex stieß gegen Janes Glas und sie nippten beide einmal kurz, bevor sie den Rest der rauchigen, köstlichen Flüssigkeit in einem Zug hinunterkippten.

Dex stellte sein Glas ab, goss jedem noch etwas ein und drehte dann wieder den Verschluss auf die Flasche. „Ich habe heute einen von Moms Kunden getroffen – Les. Er kam beim Laden vorbei, und später bin ich ihm auf dem Heimweg nochmals begegnet. Er scheint echt nett zu sein."

Jane nickte. „Er ist ein guter Mensch. Deine Mutter hat viel von ihm gehalten. Ich glaube, er ist ein wenig jünger als du." Lächelnd lehnte sie sich über den Tisch zu ihm. „Vor ungefähr zwei Jahren kam er in den Laden, weil er etwas anderes zu lesen suchte. Sarahs Worten nach ist er zum Tresen gegangen und hat leise gefragt, ob sie Liebesromane für Schwule verkaufen würde. Als Sarah an jenem Abend nach Hause kam, hat sie mir alles erzählt. Sie hat ihm geholfen, ein Dutzend verschiedener Bücher zu bestellen, und seit damals kauft er bei ihr. Aber nach diesem ersten Besuch hat deine Mutter einen Regenbogenfahnen-Aufkleber an der Tür angebracht. Die Leute sollten wissen, dass ihr Geschäft ein sicherer Ort ist." Sie senkte den Kopf, ihre Schultern hoben und senkten sich. „Sie hatte das größte Herz von allen Menschen, denen ich jemals begegnet bin."

„Ich weiß. Kannst du dich noch an die endlose Karawane von Streunerhunden und -katzen erinnern, für die sie ein neues Zuhause finden wollte?"

Jane lachte auf, während ihr die Tränen übers Gesicht liefen. „Dieser verdammte gelbe Kater." Sie mussten beide grinsen. Seine Mutter hatte einen zerlumpten gelben Kater gefunden und aufgenommen. Dieser Kater hatte sie abgöttisch geliebt und alle anderen gehasst. „Jedes einzelne Mal, wenn er in meine Nähe kam, hat er sich auf meine Beine gestürzt. Zwei Jahre lang hatte ich Kratzer."

„Jepp. Seinetwegen brauchte ich eine Tetanusimpfung." Aus Gewohnheit bedeckte Dex sein Ohr. Der verdammte Kater hatte liebend gerne von oben angegriffen.

„Er hat auf dem Schoß deiner Mutter gesessen und mich beim Betreten des Raums angefaucht", fügte Jane hinzu.

„Aber er wird nur missverstanden", imitierte Dex seine Mutter. Erneut mussten sie beide lachen. „Und nicht zu vergessen, der kackende Welpe."

„Oh Mann. Dieser Hund hat sich geweigert, rauszugehen. Überall hat er hingekackt – nur nicht aufs Gras. Aber deine Mutter hat diese Düngefabrik geliebt. Sie hat mit mir gestritten, bis sie erfahren hat, dass er ernsthaft krank war und sie ihn von seinem Leid erlösen musste. Sarah hat tagelang geweint, bis sie einen neuen Streuner gefunden hat." Sie griff nach der Flasche und goss sich noch etwas ein. „Ich war einer dieser Streuner."

Das war ihm neu. „Was? Mom hat dich über alles geliebt."

„Das weiß ich. Aber nachdem meine Ehe zerbrochen war, war ich so verloren. Ohne den Laden hätte ich deine Mutter nie kennengelernt. Ich fing an, jede Menge zu lesen, weil ich nichts mit meiner Zeit anzufangen wusste. Wusstest du, dass sie den Lesekreis für klassische Literatur meinetwegen ins Leben gerufen hat? Sie schlug vor, ich solle klassische Literatur von Frauen lesen. Nach Jane Austen, den Brontës und anderen wurden wir Freunde und daraus entwickelte sich langsam mehr. Bei uns beiden gab es nicht einen dieser großen Liebesmomente … es entwickelte sich einfach. Und dann hat sie mich gefragt, ob ich bei ihr einziehen will."

Dex lehnte sich zurück. „Wie kommt es, dass ihr nie geheiratet habt? Ich habe immer gehofft, ihr würdet es tun. Du und Mom wirktet immer so glücklich."

Janes Augen weiteten sich. „Sie dachte, du wärst dagegen, und sie wollte nicht, dass du unglücklich bist." Sie trank einen weiteren Schluck von ihrem Whiskey. „Ich habe wohl angenommen, dass ihr beide darüber geredet habt."

Dex schüttelte den Kopf. „Ich hätte mir gewünscht, für sie einzutreten … verdammt … für euch beide. Ich habe immer gehofft, ihr würdet es einfach tun, aber sie und ich haben nie darüber geredet. Tja, anscheinend falsch gedacht."

„Da haben wir uns wohl beide zum Narren gemacht", stellte Jane fest. Dex nickte und wünschte, er könnte die Zeit zurückdrehen und seiner Mutter sagen, was er wirklich dachte. „Deine Mom und ich hatten ein schönes Leben zusammen. Mir gefällt der Gedanke, dass wir gut füreinander waren, aber du kennst ja deine Mutter. Sie hat allen geholfen, aber vieles für sich behalten."

„Jane", rief Tante Grace von der Hintertür. Ihre Zeit war um. Jane stand auf, und Dex tat es ihr nach. Vermutlich konnten sie dankbar sein, dass sie so lange in Ruhe gelassen worden waren.

3

AN JEDEM anderen Tag wäre Les in seiner kleinen Wohnung, die über einem Restaurant in der Innenstadt und gegenüber des beobachteten Buchladens lag, hin und her getigert. Doch heute schmerzte sein Fuß. Der Buchladen war immer noch geschlossen, und in der Zeitung hatte er gelesen, dass heute Sarahs Beerdigung stattfand. Er überlegte, ob er seine Fähigkeiten nutzen sollte, um durch die Hintertür in den Laden zu gelangen, damit er sich dort umschauen konnte. Es war unwahrscheinlich, dass jemand dort sein würde, und er hätte genug Zeit, alles gründlich zu durchsuchen, um herauszufinden, was Sarah getrieben hatte. Seine Polizisteninstinkte sagten ihm, dass etwas nicht stimmte – vor allem, wenn man die Anzahl ihrer Verkäufe bedachte. Sie hätten nicht ausreichen sollen, um den Laden in den schwarzen Zahlen zu halten.

Das Einzige, das ihn davon abhielt, war die Tatsache, dass er Sarah wirklich gemocht hatte. Sie war ein netter Mensch gewesen und ihr Wunsch, ihm zu helfen, aufrichtig gewesen. Sie waren in gewisser Weise Freunde gewesen.

Les stieß einen Seufzer aus und setzte sich in seinen alten, aber bequemen Sessel.

Bereits als Kind hatte er davon geträumt, Polizist zu werden. Sein Vater war einer gewesen, doch das war nicht der Grund, warum Les zur Polizei hatte gehen wollen. Sein Onkel Mark war dafür verantwortlich gewesen. Nachdem die Beziehung zu seinen Eltern den Bach runtergegangen war, hatte er Les bei sich aufgenommen. Mark war immer überlebensgroß gewesen: stark, kraftvoll, ruhig, nachdenklich, ein großartiger Polizist … sogar heldenhaft. Und so hatte auch Les sein wollen.

Eine Weile war er erfolgreich gewesen, hatte sogar an einem Rauschgiftfall gearbeitet, mit dem er hätte Karriere machen können. Doch am Ende hatte ihn sein Traum, Polizist zu sein, alles gekostet. Wegen eines schiefgelaufenen Einsatzes humpelte er nun und hatte permanent Beschwerden in Bein und Fuß.

Er wünschte sich mehr als alles andere, zur Polizei zurückzukehren, um zu beweisen, dass er immer noch geeignet für den Job war. Und wenn er herausfand, was Sarah getan hatte, um den Laden am Laufen zu halten, würde er diese Chance vielleicht bekommen. Denn sie hatte definitiv etwas getan, und seine Polizisteninstinkte schrien regelrecht, dass es etwas Illegales gewesen sein musste.

Natürlich würde er größtenteils Schreibtischdienst verrichten, weil das Bein nicht viel mehr zuließ, doch zumindest könnte er beweisen, dass er immer noch das Zeug dazu hatte.

Er verspürte keine Begeisterung darüber, die Aktivitäten von jemandem unter die Lupe zu nehmen, den er als Freund betrachtete, doch es bot die Chance – möglicherweise seine letzte – einen Teil seines Lebens zurückzubekommen. Er war kurz davor gewesen, einen landesweiten Drogenring zu sprengen, als er verwundet und aus gesundheitlichen Gründen beurlaubt wurde.

Der Fall war immer noch nicht abgeschlossen, und sein Instinkt sagte ihm, dass Sarah und ihr Laden irgendwie daran beteiligt sein könnten. Obwohl er sich selbst dafür verachtete, dass er so über eine Freundin dachte, wollte sein Argwohn einfach nicht verschwinden.

Les legte den Fuß auf den Couchtisch und seufzte erleichtert auf, als die Beschwerden und Schmerzen etwas nachließen. Er schloss die Augen, und zum millionsten Mal blitzte das Bild von Sarahs Filmstar-Sohn vor seinem geistigen Auge auf. „Mist." Nach einem Blick auf die Uhr stand er auf, die neu einsetzenden Schmerzen ignorierend. Dann zog er sich um, verließ das Haus und machte sich auf den Weg zur großen, historischen Kirche auf dem Platz.

Dort angekommen, setzte sich Les in die hintere Bank am Gang. So konnte er beobachten, wie Dex hereinkam und gemeinsam mit Sarahs Lebensgefährtin Platz nahm. Er wusste schon, dass er sich ein wenig merkwürdig verhielt, aber Dex war der erste Mann, der ihn, seit der Verletzung, beachtete. Les war in die Clubs im nahe gelegenen Harrisburg gegangen, doch die Kerle dort hatten kein Interesse an jemandem gehabt, der sich kaum bewegen konnte. Sie wollten jemanden, der die ganze Nacht durchtanzte und sie dann für sportlichere Aktivitäten mit nach Hause nahm.

Der Gottesdienst begann, und Les dachte an seine Freundin, die nicht länger hier war. Er versuchte, nicht daran zu denken, was Sarah gemacht hatte. Sie war weg und was auch immer sie getan hatte, war wahrscheinlich mit ihr gestorben. Es konnte nichts Gutes bringen, wenn er weiterhin den Laden und dessen Kunden beobachtete, um eine Verbindung zu dem Drogenring festzustellen, der ihn nicht länger interessieren sollte. Doch es fiel ihm schwer, etwas aufzugeben, in das er so viel harte Arbeit gesteckt hatte. Außerdem mochte er Dex. Vielleicht war es ja an der Zeit, all das – einschließlich seiner Besessenheit, zur Polizei zurückzukehren – loszulassen.

Während des Gottesdienstes grübelte er über seine Probleme nach. Vor seiner Verletzung war er ein starker, zäher Polizist gewesen, überzeugt, unfehlbar zu sein. Die kleine Wohnung hatte er ausgesucht, weil er nie zu Hause war. Es war ein Ort zum Essen und Schlafen, während er die Stunden damit verbracht hatte, das zu tun, was er liebte. Aber an einem einzigen Tag hatte sich all das geändert. Jetzt war diese winzige Wohnung sowohl sein Rückzugsort als auch … sein Gefängnis.

Les erhob sich mit den anderen und richtete seine Gedanken wieder in die Gegenwart. Er ging mit der Menge hinaus und in den Gemeindesaal, in dem Essen serviert wurde. Dort holte er sich eine Tasse Kaffee und setzte sich an einen der Tische an der Seite.

Er hatte nicht damit gerechnet, dass sich jemand zu ihm setzen würde, da alle feste Grüppchen zu bilden schienen, doch Dex überraschte ihn.

„Hi, Les." Dex nahm mit einer Tasse Kaffee und einem Teller mit Obst in der Hand Platz. „Danke, dass du gekommen bist. Mom hätte sich darüber gefreut." Er schenkte ihm ein schwaches Lächeln. Sein Mund war angespannt, unter den Augen lagen dunkle Ringe.

„Du scheinst ein paar harte Tage hinter dir zu haben", stellte Les leise fest.

„Ja. Aber zumindest wird es nach all dem im Haus ruhiger werden. Doch jetzt müssen wir lernen, ein Leben ohne Mom zu führen." Er machte einen verlorenen Eindruck.

„Ich weiß, was du meinst. Meine Eltern leben zwar noch, aber ich habe schon einige Jahre keinen Kontakt mehr zu ihnen." Seufzend schob er den alten Schmerz von sich. Er konnte die Einstellung seiner Eltern nicht ändern und würde nicht zu ihnen zurückgekrochen kommen. Da er das auch nach dem Unfall nicht getan hatte, als sie ihm anboten, er könne bei ihnen wohnen, solange er nicht seinen „Lifestyle" in ihr Haus bringen würde, hatte er das jetzt noch weniger vor.

„Vermutlich kann man einen Menschen auf viele verschiedene Arten verlieren", kommentierte Dex leise.

Les nickte. „Ich weiß ja, dass das hier eine Beerdigung ist, aber ich würde wetten, dass wir das traurigste Gespräch hier im Saal führen." Er lächelte, und Gott sei Dank tat Dex es ihm nach.

„Oh Mann, ja. Mom hätte das gehasst. Sie hat das Leben geliebt." Nachdem er einen Schluck Kaffee getrunken hatte, füllten sich seine unglaublich großen und ausdrucksvollen Augen mit Energie und einem Hauch Freude.

„Dann lass uns über etwas Lustigeres reden. Was ist deine Lieblingserinnerung an deine Mutter?" Les lächelte. „Sie hat mir jede Menge Geschichten erzählt, wenn ich in den Laden kam."

Dex gluckste. „Mom hatte für alles eine Geschichte. Einmal fragte ich sie nach Vulkanen, und sie erzählte mir, wie sie nach Hawaii gereist ist und die Vulkane dort besuchte. Sie beschrieb die Lavaflüsse und wie sie in Richtung Meer flossen, wo sie sofort abkühlten und Dampfwolken aufsteigen ließen, die dann mit den Wellen nach oben schwappten." Er beugte sich vor.

„An der Wand im Laden hing dieses Bild eines Koalas. Als ich sie danach fragte, erzählte sie mir, dass sie einmal einen in der Hand gehabt hätte. Sie sagte, er habe lange Krallen und es würde sich anfühlen, als würde man nach Eukalyptus duftende Stahlwolle halten." Les trank einen Schluck Kaffee. „Sie hat in mir tatsächlich den Wunsch geweckt, nach Australien zu reisen." Als Dex lachte, fragte er: „Was?"

„Mom ist nie in Australien oder Hawaii gewesen … zumindest nicht im echten Leben. Sie hat viel gelesen, und fast alle ihre Abenteuer haben in Büchern

22

stattgefunden. Als Kind waren die Geschichten meiner Mutter für mich natürlich die tollste Sache überhaupt. Sie hat mich auf Piratenabenteuer mitgenommen und auf Expeditionen durch den Dschungel Indiens. Sie hat geschildert, wie sich eine Fahrt mit dem Orient Express anfühlte und mir Paris und die Museen dort beschrieben." Sein Gesichtsausdruck wurde weich. „Ich habe ihr immer versprochen, dass ich Jane und sie an all diese Orte schicken würde, wenn ich groß rauskomme." Er seufzte laut auf. „Dazu bin ich nie gekommen."

„Sie ist nie gereist?", fragte Les ungläubig. Es kam ihm merkwürdig vor, dass sie Geschichten von Orten erzählt hatte, an denen sie nie gewesen war.

Dex schüttelte den Kopf. „Oh, in ihrer Vorstellung schon, denn sie hatte ja darüber gelesen. Es dauerte einige Zeit, bis ich begriffen habe, dass Mom die ultimative Stubenhockerin war. Sie hatte kein Interesse daran, irgendwo hinzugehen. Stattdessen lebte sie indirekt durch die Geschichten, die sie las, ohne tagelang packen zu müssen, von Krabbeltieren gebissen zu werden – großen Krabbeltieren – oder sich vor Schlangen oder Spinnen fürchten zu müssen. Und wenn ihr Glas Wein leer war, konnte sie einfach eine Pause machen, eine neue Flasche öffnen und sich dann wieder ihrem Abenteuer widmen. Ich denke, das ist meine Lieblingserinnerung an sie. Sie wollte, dass ich Abenteuer erlebe, daher hat sie gelesen und mir Geschichten erzählt. Ohne sie wäre ich nicht der Mann, der ich bin."

„Redet ihr von Sarah und ihren Geschichten?", wollte Jane wissen, als sie sich zu ihnen setzte. „Sie hat mir mal von dieser Reise erzählt, die jemand auf einem Floß von Peru nach Tahiti … oder so ähnlich unternommen hat. Ich hatte keine Ahnung, dass es sich um eine Reise handelte, die jemand in den Vierzigerjahren unternommen hat. Sarah war eine großartige Geschichtenerzählerin. Ihre Geschichten wirkten immer so real. Dann kochte sie ein tolles Essen, und wir mussten das Haus nicht verlassen." Sie stützte den Kopf in die Hände. „Die werde ich vermissen."

Dex nahm ihre Hand. „Ich auch."

Les wusste, dass er kein Recht dazu hatte, doch er verspürte einen Anflug von Eifersucht auf Jane. Er wollte, dass Dex seine Hand so hielt. Nicht, dass irgendetwas an dieser Reaktion logisch gewesen wäre. Schließlich hatte er Dex erst vor ein paar Tagen kennengelernt und sie waren lediglich nebeneinander hergelaufen und hatten sich ein wenig unterhalten.

„Als ich sie kennengelernt habe, war mir nicht bewusst, dass es nur Geschichten waren. Ich dachte, sie wäre an all diese exotischen Orte gereist. Als sie mir dann die Wahrheit sagte, war ich zuerst sauer auf sie. Aber dieser Teil gehörte zu ihr. Sie liebte Geschichten, und zwar sie zu lesen und zu erzählen."

„Und anscheinend dekorieren", warf Les ein, was zu einer weiteren Runde Geschichten über Sarahs Abenteuer mit Farben und Tapeten führte.

„Ich schwöre", Dex hob die Hand, „als ich nach Kalifornien gezogen bin, hat sie mir eine Kiste mit Tapeten mit Palmen und Surfern geschickt, die sie in einem Katalog gesehen hatte. Sie dachte sich, dass sie toll in meine Wohnung in LA passen würde." Er senkte den Kopf. „Ich brachte es nicht übers Herz, ihr zu sagen, dass ich sie mit Sicherheit niemals anbringen würde. Also habe ich einige Rollen an eine der Wände geheftet, ein Selfie davor gemacht und sie dann wieder eingerollt. Das Zeug liegt immer noch ganz hinten in meinem Schrank. Ich konnte sie einfach nicht wegwerfen. Vielleicht begegnet mir irgendwann ein Kind, dem sie gefällt."

Jane kicherte. „Für sie warst du immer ihr Baby. Es hat keine Rolle gespielt, wie alt du wurdest. Schließlich warst du ihr einziges Kind. Ich glaube, so geht es allen Eltern."

Les spürte einen Kloß im Hals. Er griff nach dem Krug Wasser in der Mitte des Tischs und goss sich ein Glas voll ein. Bedauerlicherweise wusste er aus erster Hand, dass Jane falschlag. Seine Familie lebte nur eine Stadt weiter und dennoch sah er sie nie. „Ich wünschte, ich könnte sagen, dass das zutrifft", sagte er leise, wünschte sich dann jedoch, den Mund gehalten zu haben. Das hier war eine Beerdigung, und Dex und Jane versuchten, mit dem Verlust klarzukommen. Da musste er nicht auch noch seine Last bei ihnen abladen. „Was hat sie noch getan?"

„Sarah war eine unglaubliche Köchin", erwiderte Jane und wischte sich über die Augen.

„Mom hat alle möglichen Bücher gelesen, auch Kochbücher." Dex wandte sich an Jane. „Weißt du noch, als sie ein gebrauchtes Exemplar ‚Die Kunst der französischen Küche meistern' bekommen und beschlossen hat, sich an der Zubereitung von Ente zu versuchen?" Dex lachte auf, und Jane fächelte sich Luft zu.

„Wir hatten Glück, dass bei all dem Rauch nicht die Feuerwehr anrückte. Sarah hat nicht genügend Fett von dem Vogel entfernt und der verdammte Ofen hat fast Feuer gefangen. Beim Öffnen der Tür schlugen ihr Flammen entgegen. Ich knallte sie wieder zu, stellte den Ofen aus und riss mitten im Dezember alle Fenster auf. Im Haus war es stundenlang eiskalt. Gott sei Dank sind die Flammen schnell erloschen, aber das Essen war zu Kohle verbrannt."

„In dem Jahr gab es als Weihnachtsessen was vom Chinesen", fügte Dex grinsend hinzu.

Les hielt sich die Hand vor den Mund, weil er nicht wollte, dass sie ihn lachen sahen. „Ihr macht doch Witze? Das Weihnachtsessen?" Er sah förmlich vor sich, wie der Rauch durch die offenen Fenster strömte und der Feiertag ruiniert war.

Dex nickte. „Wir hatten viel Spaß. Es schneite und Mom stellte Ventilatoren in die Fenster, um den Rauch nach draußen zu leiten. Es dauerte eine Weile, aber nach dem Brandopfer, in Form des Essens, machte sie sauber und bestellte beim Chinesen. Jane ist es dann abholen gegangen."

„Als ich zurückkam, hing der Rauch immer noch in der Luft, aber alles andere war gesäubert, und die Überreste der armen Ente lagen im Müll. Sarah konnte knallhart sein, wenn sie etwas unbedingt wollte." Jane wandte sich Dex zu. „Das hast du von ihr."

Les gluckste, während er den Blick auf Dex richtete. „Gut zu wissen." Er zwinkerte und Dex musste lachen, wobei ihm die Doppeldeutigkeit nicht entging.

„Ich denke, ich muss mich mal unter die Leute mischen", erklärte Jane und erhob sich langsam. Sie sah müde aus, und ihre Füße wirkten bleiern.

„Warum lehnst du dich nicht einfach zurück und entspannst dich ein wenig? Die Leute können doch zu dir kommen", schlug Les vor. „Möchtest du etwas zu essen oder noch Kaffee?" Auf ihr Nicken hin stand er auf und kam mit der Kaffeekanne und einem Dessertteller zurück. Vielleicht half etwas Süßes, ihre Stimmung etwas zu heben. Er stellte den Teller ab und füllte ihre Tasse auf. Als er die Kanne zurückgebracht hatte, bemerkte er, dass andere anfingen, sich zu ihnen an den Tisch zu setzen. Anscheinend hatte er recht gehabt – die Leute kamen zu ihr.

Dex stand ebenfalls auf, um Platz zu machen, und stellte sich neben ihn. Les wusste, dass es nicht der richtige Zeitpunkt war, aber er konnte sich nicht zurückhalten. „Wirst du den Buchladen wieder öffnen?", fragte er.

„Ich habe mich noch nicht entschieden", erwiderte Dex. „Es war Moms Traum und das, was sie liebte. Ich muss erst die Buchführungsunterlagen studieren, um herauszufinden, ob der Laden auf lange Sicht wirtschaftlich ist. Mom hat das anscheinend hinbekommen." Er biss sich auf die Unterlippe. „Ich weiß nicht mal, ob ich überhaupt zurückkehren und hier leben möchte. Ich habe ein Zuhause in LA und …" Er verstummte. „Verdammt, was rede ich denn da. Ich habe dort ein paar Freunde und eine Karriere, die nirgendwohin führt, und das auch in Zukunft höchstwahrscheinlich nicht wird." Er kratzte sich am Kopf. „Ich bin jetzt zweiunddreißig, und es gibt eine ganze Reihe Jüngerer mit frischen Gesichtern und noch frischeren Träumen, die Hollywood im Sturm erobern wollen. Ich gehöre schon fast zum alten Eisen und werde die wirklich guten Rollen, die ich mir immer so sehr gewünscht habe, nie bekommen. Und wenn ich sie nicht bekomme, wozu dann das Ganze?" Dex seufzte. „Vielleicht ist es das Beste, den Laden zu öffnen und es einfach zu versuchen." Er lächelte. „Das größte Angebot in letzter Zeit …?"

Les grinste. „War der Porno?"

Dex nickte lachend. „Genau." Obwohl er lächelte, verrieten die Augen seine Enttäuschung. Für Les war klar, dass die Schauspielerei und Hollywood Dex' Traum gewesen waren. Er wusste, wie es sich anfühlte, wenn einem Traum ein Todesstoß versetzt wurde. Aber das würde er nicht ansprechen.

„Dann lass mich einfach sagen, dass ich hoffe, dass du dich zum Bleiben entschließt." Er ließ sein schönstes Lächeln aufblitzen und erhielt im Gegenzug eins, das ihn fast blendete. Dex sollte wirklich in Filmen mitspielen. Sein Gesicht war außergewöhnlich ausdrucksstark und seine Augen zogen Les geradezu magisch an. Les' Herzschlag beschleunigte sich, und er musste sich in Erinnerung rufen, dass sie sich hier auf dem Beerdigungsessen von Dex' Mutter befanden.

„Ich denke, ich muss mir über eine Reihe von Dingen klarwerden", stellte Dex fest.

„Wenn du Hilfe im Laden brauchst ...", bot Les an. „Im Moment muss ich wegen meines Fußes nicht arbeiten und könnte etwas zum Zeit totschlagen brauchen." Warum hatte er nicht schon früher daran gedacht, im Laden auszuhelfen? Das würde ihm die Möglichkeit verschaffen, sich umzuschauen und Zeit mit Dex zu verbringen. Hoffentlich lag er falsch mit seiner Vermutung, dass mehr hinter dem Laden steckte, als man auf den ersten Blick sah. Das hoffte er für Dex.

„Das wäre schön", antwortete Dex. „Ich muss die Kassenbücher durchgehen, würde aber gerne möglichst vor dem Wochenende wieder öffnen. Und falls ich das tue, möchte ich vorher neu streichen. Der Laden kann ein Aufpolieren vertragen. Die jetzigen Farben verursachen bei mir Augenkrebs, wenn ich mich den ganzen Tag dort aufhalten muss. Vielleicht gelingt es mir ja, mehr Leute anzulocken, wenn ich dem Geschäft eine Verschönerung verpasse, die es einladender wirken lässt."

Les' Meinung nach war das einen Versuch wert. Es war Sarahs Laden und ihr Spiegelbild gewesen. Les verspürte Trauer, dass es nicht so blieb, aber wenn Dex das Geschäft übernahm, musste er ihm seine eigene Note verpassen. „Ich kann ziemlich gut mit dem Pinsel umgehen."

Dex nickte lächelnd. „Ich hätte wirklich gerne Unterstützung, habe aber kein Geld, dich zu bezahlen. Es wäre nicht richtig, dich zu bitten, umsonst zu arbeiten. Vielleicht wenn der Laden geöffnet ist, und ich ein paar Einnahmen habe ..." Er wirkte überfordert.

„Ich will keine Bezahlung. Ich helfe gerne." Hoffentlich klang das nicht zu abgedreht.

„Dann werde ich wohl morgen Farbe kaufen gehen. Es soll fröhlich und strahlend, aber nicht übertrieben aussehen."

„Vielleicht solltest du es mit einem hellen Gelb versuchen", schlug Les vor. „Das macht einen sonnigen Eindruck, wäre aber nicht so hell, dass es grell wirkt."

„Gute Idee. Ich fahre morgen früh beim Baumarkt vorbei und besorge Farbe und Zubehör. Hoffentlich kann ich um neun am Laden sein." Er grinste. „Und ich würde Unterstützung wirklich zu schätzen wissen. Ehrlich."

„Das müsste ich schaffen. Morgen habe ich nichts vor." Er wollte nicht zugeben, dass seine einzigen Pläne darin bestanden, mit hochgelegtem Fuß zu Hause vor dem Fernseher zu sitzen und nichts zu tun. Vielleicht würde ihm eine Aufgabe ganz guttun.

Jane entfernte sich vom Tisch. Dex folgte ihr mit dem Blick. „Okay", sagte er leise. „Danke."

Da anscheinend mehrere Leute gehen wollten, nickte Dex Les zu und gesellte sich an die Tür zu Jane, die den Besuchern für ihr Kommen dankte.

Da es für ihn keinen Grund zum Bleiben gab, ging Les ebenfalls. Zu Hause angekommen, setze er sich sofort hin und legte sein Bein hoch. Für morgen musste er gut ausgeruht sein.

ER HATTE keine Ahnung, warum er derart aufgeregt war, die Wände eines Buchladens zu streichen. Aber Les hatte nicht gut geschlafen. Das konnte zugegebenermaßen daran liegen, dass er nicht hatte abschalten können. Als er dann irgendwann doch eingeschlafen war, war er ständig aufgewacht, um auf die Uhr zu schauen. Irgendwann hatte er dann doch noch ein paar Stunden ohne Unterbrechung geschafft und war erst zum Läuten des Weckers um kurz nach acht aufgewacht.

Sein Fuß bereitete ihm keine Beschwerden – eine sehr gute Sache, schließlich hatte er am Vortag viel Zeit drauf verbracht. Er ging ins Bad, um sich fertig zu machen. Als er gerade mit dem Zähneputzen fertig war, klingelte sein Telefon.

„Hey, Tyler", meldete sich Les, ohne auf das Display zu schauen. Niemand sonst rief ihn um diese Tageszeit an. Tyler, ein guter Freund mit riesigem Herz, arbeitete in einer im Norden von Carlisle gelegenen Klinik, die kostenlose Tests auf verschiedene Krankheiten anbot, viele davon sexuell übertragbarer Natur. Doch wenn man sie als Fachklinik für sexuelle Krankheiten bezeichnete, bekam man von Tyler einen kalten Blick, der selbst das Wasser am Äquator zum Frieren gebracht hätte.

„Du bist wach." Er war immer zu fröhlich, um viele Worte zu verlieren. „Anthony und ich grillen heute Abend, und wir dachten, dass du vielleicht mitmachen willst. Ich habe dich doch nicht geweckt, oder?" Das fragte er immer, fuhr dann jedoch fort, bevor Les antworten konnte. „Wir sind nur zu zweit, und haben dich nicht mehr gesehen, seitdem du verletzt wurdest, dich dieser Mistkerl Chad verlassen hat und du dich in deiner Höhle verkrochen hast."

Bei der Erwähnung seines Ex verspürte Les Zorn. Zwei Jahre waren sie zusammen gewesen und Les hatte es für eine ernsthafte Beziehung gehalten. Doch weit gefehlt. Wie sich herausstellte, hatte Chad, während Les ihm sein Herz geschenkt und eine gemeinsame Zukunft geplant hatte, seins in der ganzen Stadt eingesetzt, bei jedem Kerl, den er finden konnte. Les hatte keine Ahnung gehabt, dass, während er Überstunden machte, um die finanziellen Mittel für ein gemeinsames Leben zu haben, Chad diese Zeit zum Ausgehen genutzt und sich ein eigenes Leben aufgebaut hatte. Die Tatsache, dass Les in einem Krankenhausbett lag und nicht laufen konnte, hatte er genutzt, um ihm die Nachricht zu überbringen, dass er ihn verlassen und einem Typen nach New York folgen würde. Am selben Tag sowohl seine Karriere als auch den Mann, den er liebte, zu verlieren, hätte Les fast umgebracht. Aber er hatte überlebt. Vielleicht war es an der Zeit, einen Schritt nach vorne zu machen. „Das wäre schön. Heute helfe ich einem Freund beim Anstreichen. Wann soll ich da sein?"

„Ein Freund? Welche Art Freund? Ist er der ‚der-lass-es-uns-wild-treiben-und-dann-verpiss-dich-Typ‘ oder der ‚küss-mich und-schau-mich-verliebt-an-Typ‘? Oder ein Freund-Freund, so wie ich? Obwohl es natürlich niemanden wie mich auf der Welt gibt. Anthony sagt immer, ich sei einzigartig.“ Tyler stoppte kurz. „Denkst du, er meint das als Kompliment? Ich werde es einfach als Kompliment betrachten, weil er mich liebt.“

Der Planet war nicht bereit für zwei Menschen wie Tyler. Les hatte Tyler in seiner Anfangszeit als Polizist kennengelernt. Damals hatte er einen Anruf wegen eines Überfalls entgegengenommen und am Tatort angekommen einen auf dem Boden liegenden Mann vorgefunden. Auf diesem größeren Mann hatte Tyler gesessen und auf ihn hinab gestarrt. Zuerst hatte Les Tyler für den Verdächtigen gehalten, aber nein. Anthony hatte die Polizei gerufen, weil der Mann auf dem Boden versucht hatte, Tyler auszurauben, der ihn daraufhin mit einem Tritt in die Eier und einem Kniestoß in den Magen außer Gefecht gesetzt hatte. Tylers einzige Bemerkung, als er von dem Kerl heruntersteig, lautete, dass er seinem Selbstverteidigungstrainer jetzt wohl eine Dankeskarte schicken müsse.

„Darf ich jetzt auch mal was sagen?“, fragte Les.

Tyler gluckste. „Du bist so witzig. Natürlich darfst du. Obwohl du die meiste Zeit ziemlich still bist.“

„Vielleicht liegt das daran, dass ich nicht zu Wort komme.“ Les hörte, Anthony im Hintergrund rufen: „Lass den armen Mann reden. Es ist erst acht Uhr dreißig und der arme Les hatte vermutlich noch nicht einmal einen Kaffee. Außerdem muss er dich nicht immer über seine Freunde und darüber, was er tut, berichten.“

„Natürlich muss er das. Ich bin sein Freund und falls dieser Kerl von der ‚lass-es-uns-wild-treiben‘ Sorte ist, muss ich sicherstellen, dass Les geschützt ist.“ Er sprach wieder ins Telefon. „Komm heute in der Klinik vorbei und hol dir ein paar Kondome ab. Nur für den Fall.“

Les wusste nicht, ob er lachen sollte. „Tyler, er ist ein Freund. Ich habe ihn erst vor Kurzem kennengelernt. Seiner Mutter gehörte ein Buchladen in der Innenstadt, aber sie ist kürzlich gestorben. Ich helfe ihm beim Streichen, damit er wieder öffnen kann.“

„Sarahs Laden?“, fragte Tyler. „Sie ist tot?“ Er schwieg einige Sekunden, und Les fragte sich, ob Tyler ihr nahegestanden hatte. Seit er ihn kannte, hatte Tyler nie, niemals geschwiegen. „Das ist wirklich schrecklich. Meine Oma hat mir dort immer Bücher gekauft. Einige davon habe ich immer noch irgendwo in einem Karton …“ Er verstummte und Les meinte, ihn schlucken zu hören. Doch nur Sekunden später war der alte Tyler zurück. „Trotzdem solltest du nur für den Fall ein paar Kondome holen.“

„Ich denke nicht, dass das nötig sein wird. Dex ist unglaublich heiß. Er dreht in Hollywood Filme.“ Les dagegen war ein Kleinstadtmann. Er wusste, wer er war, aber auch, dass sich Typen wie Dex für gewöhnlich nicht für Männer wie ihn interessierten.

„Warum nicht? Wegen deines Fußes?" Er gab ein abfälliges Geräusch von sich. „Also bitte. Du bist echt heiß. Wenn ich nicht Anthony hätte, und er nicht so ein absolut umwerfender Kerl wäre, der mich scharfmacht, ohne es auch nur darauf anzulegen, wäre ich auf jeden Fall an dir interessiert." Er redete weiter. „Das meine ich ernst. Du bist ein guter Fang. Du wirst herausfinden, was du willst und toll darin sein. Das weiß ich einfach. Manchmal habe ich ein Gespür für solche Dinge und gerade jetzt überkommt mich eins."

„Tyler, du musst zur Arbeit. Du hast den armen Les wegen des Essens gefragt, weißt du noch?" Les vernahm im Hintergrund Anthonys Stimme. Manchmal glaubte Les, dass Tylers Lebensgefährte ein Heiliger sein musste, weil er Tylers wilde Energie und dessen Neigung, in Fettnäpfchen zu treten, ertragen musste. Aber Tyler war auch aufrichtig und fürsorglich und ein wahrer Freund. „Oh ja. Kommst du zum Essen? Bring deinen Freund mit. Das wäre toll. Dann könnte ich ihn nach seinen Absichten fragen."

Im Telefon ertönte ein Knistern. „Bitte bring deinen Freund mit, wenn du magst. Ich verspreche, dass sich Tyler benehmen wird." Anthony war ein netter Mann, der Tyler abgöttisch liebte. Wo Tyler überdreht war, war Anthony zurückhaltend. Sie passten perfekt zueinander.

„Ich frage ihn, ob er Lust hat", stimmte Les zu.

„Gut. Und jetzt mach weiter und starte deinen Tag. Tyler muss seinen straffen kleine Hintern zur Arbeit befördern und ich meinen in mein Büro, damit ich heute etwas geschafft bekomme." Zusätzlich zu der Arbeit in der Klinik war Tyler auch Berater am Dickinson College. Anthony dagegen schrieb Kolumnen für mehrere Sportmagazine und verbrachte daher viel Zeit vor dem Fernseher. Les hätte nie geglaubt, dass die beiden so perfekt zusammenpassen würden. Aber sie liebten sich sehr, und jeder schien genau das zu sein, was der andere brauchte. „Komm zum Essen, und ich werde versuchen, Tylers Verhör auf ein Minimum zu reduzieren. Und bring deinen Freund mit, falls er Lust hat … und wenn du glaubst, dass Tyler ihn nicht vergrault."

„Hey, ich bin nett." Tyler musste sich das Telefon zurückerobert haben.

„Und verflucht angsteinflößend. Aber ich werde schauen, ob er kommen möchte." Les legte auf, machte sich dann fertig, fuhr zum Laden und parkte dahinter. Er wollte Kraft sparen – und seinen Fuß schonen – um Dex zu helfen, und rechnete damit, dass sie durch die Hintertür kommen und gehen würden.

Les klopfte an die Hintertür und wartete auf Dex. Als sich innen nichts bewegte, klopfte er erneut. Gerade, als er beschloss, zum Vordereingang zu gehen, öffnete Dex die Tür. „Hey. Komm rein." Nachdem Les eingetreten war, schloss Dex die Tür hinter ihm ab. „Ich habe heute Morgen die Farbe besorgt." Er ging voraus in den vorderen Teil, in dem die Regale hervorgezogen worden waren, um den Zugang zu erleichtern. Zum Glück erstreckten sich die wilden Farben nicht die ganzen Wände hinab.

„Du hast schon viel geschafft", stellte Les fest, während er einen Farbeimer betrachtete. „Helles Buttergelb."

„Ja. Dein Vorschlag hat mir gefallen. So bleibt der Laden hell, und es ist nicht so aufdringlich wie einige der jetzigen Farben. Ich habe auch eine farbige Grundierung, die wir zuerst auftragen können, damit die alte Farbe nicht durchschimmert." Er zog eine Rolle Plastikfolie hervor, mit der sie alles abdeckten. „Du weißt, dass du das nicht tun musst."

Les zuckte mit den Achseln und versuchte, sich zu entscheiden, was er sagen sollte. „Ich habe jede Menge freie Zeit. Mein ganzes Leben lang war ich sehr aktiv, aber nachdem ich verletzt wurde, habe ich viel Zeit zu Hause vor dem Fernseher verbracht. Früher bin ich am Wochenende Halbmarathons gelaufen. Jetzt kann ich auf absehbare Zeit nicht arbeiten. Ich könnte an einem Schreibtisch Papierkram bearbeiten, aber dann müsste einer der Anderen seinen Platz räumen. Also verbringe ich stattdessen jede Menge Zeit damit, zu Hause rumzusitzen."

„Ich weiß die Hilfe wirklich zu schätzen", erwiderte Dex mit einem breiten Lächeln, das bei Les zu einer trockenen Kehle führte. Dex hatte etwas an sich, das seinen Herzschlag beschleunigte. Wieder hoffte er, dass im Laden alles mit rechten Dingen zuging. Ja, er hatte einen Verdacht, was Sarah getan haben könnte, um ihn am Laufen zu halten, doch je mehr Zeit er mit Dex verbrachte, desto mehr wünschte er sich, damit falschzuliegen. „Es wird einiges mit der Leiter erledigt werden müssen, aber das kann ich machen. Ich habe mir überlegt, dass ich anfange, und du dann die Farbe aufträgst. Ich habe eine ausziehbare Stange mitgenommen, sodass du auf dem Boden bleiben kannst und trotzdem bis ganz oben hinaufreichst."

„Klingt gut." Les schluckte krampfhaft, um seinen Mund zu befeuchten.

„Auf dem Tresen dort drüben steht eine Kühlbox. Bedien dich einfach. Und in der Tasche sind ein paar Sandwiches und andere Sachen, die Jane gemacht hat."

„Wie geht es ihr?" Les öffnete die Dose mit der Grundierung, rührte sie ein wenig um, goss die Farbe dann in den Farbbehälter und schüttete etwas in eine Tasse für Dex, der auf die Leiter stieg und begann, die Deckenkanten zu streichen.

„Einigermaßen. Ich glaube, sie fühlt sich ein wenig verloren, aber was soll man auch sonst erwarten? Mom war bis zu ihrem Schlaganfall gesund, von daher kam das für uns beide völlig überraschend. Immerhin sind alle Vorkehrungen im Vorfeld erledigt worden, sodass Jane nicht Unmengen an Entscheidungen treffen musste."

„Wie lange waren die beiden zusammen?" Les hatte seine Walze fertig vorbereitet und folgte Dex, indem er die alte Farbe so gut er konnte überstrich. Die

Grundierung ließ sich zwar gut verteilen, doch als sie mit der ersten Wand fertig waren und mit der nächsten begannen, wurde der Geruch immer penetranter.

„Ungefähr zehn Jahre. Mein Vater starb ca. ein Jahr, bevor sie sich kennenlernten. Es war eine harte Zeit für sie. Sie musste gleichzeitig mit dem Verlust klarkommen und damit, sich in eine andere Frau verliebt zu haben. Aber Mom hat das auf ihre übliche Weise getan, vor allem seit sie sich ihrer Gefühle für Jane bewusst geworden war." Dex stieg erneut auf die Leiter, und Les bewunderte, wie gut sich die alte Jeans um den Hintern schmiegte. Dex verfügte über einen unglaublichen Körperbau aus breiten Schultern, engen Hüften und einem festen Hintern, den Les liebend gerne umfasst und nicht mehr losgelassen hätte. Er schüttelte den Kopf und versuchte, diese Gedanken zu verscheuchen.

Les wusste, dass er gut aussah und hatte nie irgendwelche Probleme gehabt, Männer anzulocken. Mit dem Unfall hatte sich all das jedoch geändert. Jetzt brauchte er die meiste Zeit Hilfe, um sich fortzubewegen, und damit stand die Nacht durchzutanzen nicht mehr zur Debatte. Er konnte zwar auf die Krücke verzichten, doch wenn er sie benutzte, wurde sein Fuß so weit entlastet, dass er ein wenig aktiver sein konnte.

Les war es zunehmend mehr leid, ständig zu Hause zu sitzen. Er würde nicht wieder joggen gehen oder stundenlang durch die Wälder wandern können. Auf ebenem Terrain konnte er laufen, aber damit hatte es sich auch schon. Und selbst dann begann nach einer halben Stunde sein Fuß zu schmerzen. Nach Aussage der Ärzte würde sein Leben von nun an mit großer Wahrscheinlichkeit so aussehen. Sie hatten alles getan, um seinen Fuß zu retten, aber der Schaden, den die Kugel angerichtet hatte, würde ihn den Rest seines Lebens begleiten.

„Fiel es dir schwer, dich daran zu gewöhnen, dass dein Mom mit Jane zusammen ist?", fragte Les und verlagerte das Gewicht auf seinen guten Fuß, während er systematisch die Grundierung auftrug. Ab und zu schaute er zu Dex hinüber, unfähig ihn nicht anzusehen.

„Zuerst ja. Ich wusste, dass ich schwul bin, begriff aber nicht, wie meine Mutter von meinem Dad zu Jane wechseln konnte. Ich glaube, am Anfang war ich ziemlich fies. Jetzt bedaure ich das, weil ich weiß, dass es Mom ziemlich wehgetan hat. Jane war hartnäckig und wollte nicht zulassen, dass mein schlechtes Benehmen irgendetwas beeinflusst. Sie blieb so, wie sie ist – nett und liebevoll – und ehe ich es richtig mitbekam, hatte sie mich für sich gewonnen." Er war mit der Deckenkante fertig und stieg von der Leiter, um bei der Ecke weiterzumachen. „Jetzt schäme ich mich, dass ich damals so reagiert habe. Jane war so gut für meine Mutter. Sie waren gut füreinander. Mom war glücklich und nur das hätte zählen sollen."

„Ich kann verstehen, dass du sie abgelehnt hast. Du warst schließlich selber gerade erst erwachsen geworden und hast unter dem Tod deines Dads gelitten."

„Ja, aber Mom hat ebenfalls gelitten. Ich hätte das Ganze mal aus ihrer Perspektive betrachten sollen." Er beendete die Arbeit an der Wand. „Jetzt ist Jane Familie, genau wie es Mom war, und ich kann mir nicht mehr vorstellen, wie es ohne sie war. Mom war lustig und konnte schrullig sein." Er deutete in den Laden. „Jane ist besonnen und beständig. Zusammen waren sie unglaublich." Er wandte sich ab, und Les sah, dass er sich über die Augen wischte. „Wenn du etwas zu lachen und einen Einblick in Moms Sinn für Humor haben willst, wirf einen Blick ins Bad."

Les strich die Wand zu Ende und ging zum Bad. Er trat hinein und lachte. „Diese Alice, die ins Loch runterrutscht, ist echt gelungen. Du musst eine tolle Kindheit gehabt haben." Er kam zurück und nahm die nächste Wand in Angriff. Mit dem ersten Anstrich war er zur Hälfte fertig, doch sein Fuß begann bereits zu schmerzen.

Dex und er unterhielten sich, bis sie die erste Schicht aufgetragen hatten, dann zog Les einen Stuhl herüber, setzte sich und legte den Fuß hoch. Erleichtert seufzte er auf. Dex brachte ihm eine Flasche Wasser und stellte die Kühltasche zwischen sie.

„Ich werde einen Keil unter die Hintertür schieben, um sie offen zu halten, sonst sind wir am Ende noch völlig high." Er verschwand und Les ließ den Blick schweifen.

Wenn er herumschnüffeln wollte, wo sollte er anfangen? Ziemlich unwahrscheinlich, dass hier vorne etwas Illegales vor sich gegangen war. Er würde einen Blick in das Hinterzimmer werfen müssen. Nicht, dass Les eine Ahnung hatte, wo er anfangen sollte. Und er wollte Dex nicht verärgern. Was, wenn er etwas entdeckte? Spielte das jetzt wirklich noch eine Rolle? Dex' Mutter war tot, und was auch immer sie getan haben mochte, war mit ihr gestorben. Dex war schließlich nicht für das verantwortlich, was seine Mutter getan hatte, um das Geschäft am Laufen zu halten. Vermutlich war es am besten, wenn er seinen Verdacht einfach fallen ließ.

Ein Windhauch wehte an ihm vorbei. Tief atmete Les die frische Luft ein. „Das fühlt sich gut an."

„Draußen weht ein angenehmer Wind", berichtete Dex, während er sich auf den Stuhl neben ihm setzte und erneut die Kühltasche öffnete. Les schloss die Augen und ließ die frische Luft über sich streichen. „Die Grundierung ist schon halb getrocknet. Es wird nicht mehr lange dauern, bis wir die Farbe auftragen können." Er lächelte. „Ich denke, es wird gut aussehen."

„Du hast dich also entschieden, den Laden weiterzuführen? Oder machst du das in der Hoffnung, einen Käufer zu finden?", fragte Les, während er sich in dem relativ kleinen Raum umschaute.

Dex schwieg eine Weile. „Ich weiß es nicht. In LA hält mich nichts, und das hier ist mir irgendwie einfach in den Schoß gefallen. Einerseits konnte ich es nach dem Schulabschluss kaum erwarten, diese Stadt zu verlassen, und bin sofort nach Hollywood verschwunden. Ich wollte dort groß rauskommen, koste es, was es wolle. Und das könnte immer noch passieren. Ich liebe die Schauspielerei und habe immer davon geträumt, in Filmen mitzuspielen. Schauspielern ist aber härtere

Arbeit als den meisten Leuten bewusst ist, und die Rollen zu bekommen, die ich wirklich will, ist größtenteils Glückssache und hängt davon ab, wen man kennt." Er zuckte mit den Schultern, legte die Füße hoch und trank einen Schluck Wasser. Les beobachtete, wie sich seine Kehle bewegte und fragte sich, wie diese vollen Lippen wohl schmecken mochten. Seiner Meinung nach taten ein paar Träumereien keinem weh. Das wäre auch vermutlich alles, was ihm bleiben würde. Dann durften es verflucht noch mal auch gute sein.

4

DEX SENKTE die leere Wasserflasche und wandte sich Les zu. Eine Sekunde lang fragte er sich, ob ihn der Kerl anstarrte. Nicht, dass es Dex etwas ausmachte. Les war ein gut aussehender Mann, sah jedoch etwas mitgenommen. Das war vielleicht nicht die beste Beschreibung. Les sah definitiv gut aus, wirkte aber wenig neben der Spur. „Wo war ich stehengeblieben?" Les fächerte sich Luft zu, während Dex die Flasche Richtung Papierkorb warf. Sie segelte hinein und er grinste.

„Den Laden behalten …", half ihm Les.

„Richtig. Mom hat mir nicht nur den Laden, sondern das gesamte Gebäude hinterlassen. Und im Moment steht eine Wohnung frei, in die ich ziehen kann, während ich gleichzeitig Miete für die anderen Parteien kassiere. So trägt sich das Gebäude im Grunde selber. Was den Laden angeht, bin ich mir einfach nicht sicher. Mom hatte ihn so lange ich denken kann und schien immer klarzukommen."

Les beugte sich etwas dichter zu ihm. „Dann überlegst du hierzubleiben? Zumindest um zu sehen, ob du das Geschäft zum Laufen bringen kannst?" Die Vorstellung schien ihm zu gefallen.

„Ich denke schon. Im Moment habe ich nicht wirklich einen Grund, nach Kalifornien zurückzukehren. Die Möbel aus meiner dortigen Wohnung möchte ich nicht behalten, und ein Freund wird dafür sorgen, dass der Rest meiner Sachen hierher verschickt wird … einfach nur, damit ich ihn nicht ständig nerve, mir einen Job zu beschaffen. Er ist nämlich gleichzeitig auch mein Agent. Ich schätze, er wird einen Freudentanz aufführen, weil er mich endlich aus seiner Kartei bekommt." Dex seufzte, da das traurigerweise der Wahrheit entsprach. Seine Chancen, jemals in Hollywood groß rauszukommen, nahmen Jahr für Jahr ab. Vielleicht war es die ganze Zeit nur ein Wunschtraum gewesen. Wenn er sich voll reinhängte, konnte er sich hier mit dem Laden seinen Lebensunterhalt verdienen und eine Zukunft aufbauen. „Manchmal ist eine Veränderung gut." Er zog eine Schüssel mit Obst aus der Kühltasche und bot Les etwas an. „Was hast du gemacht … bevor du dir den Fuß verletzt hast?"

Les zögerte. „Ich habe in der Strafverfolgung gearbeitet. Ich wollte nie etwas anderes machen. Ich bin auf die Polizeihochschule gegangen und war danach ein paar Jahre bei der Polizei. Am Anfang beinhaltete das allerdings zum Großteil den Verkehr zu regeln und solche Sachen." Dex hatte den Eindruck, dass Les nicht oft über das Geschehene redete.

„Du musst nicht darüber sprechen, wenn du nicht möchtest." Les sollte sich nicht unter Druck gesetzt fühlen.

„Schon okay. Die Therapeutin, zu der ich eine Weile gegangen bin, meinte, ich müsse mich öffnen." Schulterzuckend fuhr er fort: „Vielleicht hätte sie mehr Verständnis gehabt, wenn sie angeschossen worden wäre und ihr Fuß und ihre Karriere von Dreckskerlen, die eine Tankstelle an der Autobahn überfallen haben, um Geld für Drogen zu bekommen, zerschmettert worden wäre. Diese Kids waren so dumm … Wie auch immer, ich war einfach nicht schnell genug." Er stöhnte auf. „Ich hätte es kommen sehen und die ganze Sache verhindern müssen."

Dex erkannte Schuldgefühle in Les' Gesicht. Doch so, wie er das sah, war es ein Unfall gewesen. So ein Mist passierte einfach. Oh Mann, das sollte auf jedem seiner Hemden stehen, in jeder einzelnen Farbe des Regenbogens. „Du bist also Hellseher? Was ist mit deinem Partner?"

„Was?", erwiderte Les. „Nein, natürlich nicht. Mein Partner hat sie verhaftet." Er zögerte kurz. „Wir waren noch nicht sehr lange Partner, und ich habe den Großteil der Lauferei übernommen." Er seufzte. „Lass es uns dabei belassen, dass er nicht der beste Partner der Welt war. Zumindest nicht, so weit ich mich erinnere. Die Einzelheiten sind immer noch etwas unscharf. Ich spiele im Kopf immer wieder durch, woran ich mich erinnern kann, nachdem ich angeschossen wurde, und versuche mir einen Reim auf alles zu machen."

„Wie hättest du es denn dann kommen sehen sollen?" „Ich weiß." Dex stand auf und wühlte hinter dem Schreibtisch herum, bis er das Gesuchte gefunden hatte. Dann ließ er den Stapel Tarotkarten auf Les' Schoß fallen. „Vielleicht solltest du die benutzen. Mom hat darauf geschworen. Sie hat sie vor einigen Jahren auf einer Auktion gekauft."

Les nahm sie aus der Packung. „Sie sind ziemlich dick." Vorsichtig blätterte er durch die Karten. „Warum sehen einige von ihnen anders aus?"

„Sie hat erzählt, dass fünfzehn Karten fehlten, als sie den Stapel gekauft hat. Daher hat sie sie selber nachgemacht, indem sie dieselbe Rückseite verwendete und die Vorderseiten zeichnete, um das Kartendeck zu vervollständigen. Moms Meinung nach sind sie etwas Besonderes und ziemlich alt. Sie hat sich riesig gefreut, als sie mitbrachte. Anscheinend wusste sie als Einzige bei der Auktion, was das für Karten sind." Dex hatte keine Ahnung, was seine Mutter darin gesehen hatte. Er wusste nur, dass sie zu den wertvollsten Besitztümern seiner Mutter gehörten. Wenn Kunden sie darum gebeten hatten, hatte sie ihnen manchmal im Laden daraus die Karten gelesen. „Mom hat sie in ihrer Nähe aufbewahrt, in einem verschlossenen Kästchen hinter dem Tresen."

Les musterte die Karten aufmerksam. „Sind sie italienisch?" Dex nickte und Les reichte sie zurück. „Sie sind schön. Du solltest sie ausstellen. Vielleicht unter Glas auf dem Tresen, damit du sie auch siehst. Auf die Art hättest du deine Mutter in deiner Nähe."

Dex legte sie in die Schachtel mit dem Seidenpapier und stellte sie zurück hinter den Tresen.

„Du versuchst mir also mitzuteilen, dass niemand in die Zukunft schauen kann, stimmt's?"

„Ding, ding, ding. Du hast den Preis gewonnen. Ein Stück Ananas." Les lächelte über Dex' Versuch, die Stimmung aufzulockern. „Wenn du den Hauptpreis möchtest, gestatte mir eine Frage. Hast du dich am Tatort an die Vorschriften gehalten?"

„Ja, ich habe getan, was ich tun sollte. Bei der folgenden Untersuchung wurde ich vollständig entlastet. Aber ich werde das Gefühl nicht los, dass ich mehr hätte tun können."

Dex lächelte ihn an. „Ich wette, du warst – bist – ein unglaublich guter Polizist." Er tätschelte Les' Bein und stand dann auf. „Ich fange mit den Kanten an der nächsten Wand an. Bleib einfach hier sitzen und lass mich etwas vorarbeiten." Er bereitete die Farbe vor und machte sich an die Arbeit.

„Weißt du, wie lange es her ist, seit mich jemand berührt hat?"

Dex stoppte mitten in der Streichbewegung, den Pinsel nur zwei Zentimeter von der Wand entfernt.

„Seit dem Unfall niemand."

Dex drehte sich zu Les um. Der Mann schaute zwar in seine Richtung, doch Dex war sich ziemlich sicher, dass Les ihn nicht sah. „Ich war ein paar Jahre mit einem Mann zusammen. Chad. Er war toll ... dachte ich ... und es schien etwas Ernstes zu sein."

„Und als er gehört hat, dass du verletzt wurdest, ist er abgehauen?", fragte Dex.

„So in der Art, ja." Les erhob sich langsam. „Ich bin Polizist und sollte eigentlich über eine bessere Menschenkenntnis verfügen ... aber anscheinend habe ich die nicht. Und ja, er verschwand wie ein Furz im Wind. Kam mich nicht einmal im Krankenhaus besuchen. Stattdessen hinterließ er eine Nachricht auf der Mailbox, dass es nicht funktionieren würde und nur zu meinem Besten sei. Blah, blah, blah."

„Weißt du, wo er wohnt?" Dex drehte sich wieder zur Wand. „Du könntest ... keine Ahnung, sein Kennzeichen überprüfen und einen AAB auslösen."

„Es heißt APB – All Points Bulletin – Fahndungsaufruf – und warum?"

Dex strich weiter. „Nein, ein AAB. All Asshole Bulletin – Totales-Arschloch-Aufruf. Du könntest einen an die gesamte Menschheit rausgeben, damit jeder weiß, dass man diesem Kerl aus dem Weg gehen sollte. Wo hast du ihn kennengelernt?"

„In einem Club in Harrisburg. Wir haben getanzt und uns amüsiert. Keine schnelle Nummer. Ich denke, deshalb mochte ich ihn. Wir haben geredet und hatten Spaß. Bis zu unserem ersten richtigen Date haben wir uns nicht mal geküsst. Ich dachte, dass ich Glück hätte."

Dex nickte. „Ich verstehe. Er war ein getarntes Arschloch. Das sind die schlimmsten."

Les lachte, bis er husten musste. „Du machst Witze."

„Nö. Du musst wissen, dass es drei Arten Arschlöcher gibt. Die an vorderster Front sind leicht zu erkennen. Du weißt schon, der Typ, der dir vor dem Supermarkt den Parkplatz klaut. Sie tummeln sich in Clubs, erreichen aber nichts, weil jeder weiß, dass sie Arschlöcher sind. Für sie besteht die einzige Chance auf Erfolg darin, zur Sperrstunde herumzuhängen und die Betrunkenen mit beeinträchtigtem Urteilsvermögen abzuschleppen."

Als Les erneut lachen musste, fuhr Dex fort. „Dann wären da noch die Typen, die ihr Arschlochsein erst zeigen, wenn du sie mit nach Hause nimmst, wo sie sich in Egoisten mit Wecker am Schwanz entpuppen. Sobald er losgeht, sind sie weg." Dex machte eine kurze Pause, damit Les wieder zu Atem kommen konnte. „Die dritte und schlimmste Art bilden die getarnten Arschlöcher. Sie locken dich an und geben vor, nett und geduldig zu sein. Doch sobald etwas passiert, sind sie raus aus der Tür. Weg und tschüss, und du bekommst nur noch mit, wie ein Arsch in enger Jeans um die nächste Ecke verschwindet."

„Oh Gott." Les schnappte nach Luft. „Ich bin all diesen Typen mehr als einmal begegnet."

„Das sind wir alle, Süßer. Das sind wir alle. Ich war in Clubs auf der Melrose Avenue in LA und während man dort am Tisch sitzt, ist man nur damit beschäftigt, festzustellen, welche Arschlochart gerade vorbeigegangen ist. Dort scheinen sich die Arschlöcher wie die Karnickel zu vermehren." Er zuckte mit den Achseln und fragte sich zum ersten Mal, warum er sich so sehr an das Leben dort geklammert hatte. „Die Stadt ist riesig, und alle scheinen sich in einem geradezu hektischen Tempo zu bewegen." Da Dex mit der Kante der ersten Wand fertig war, erhob sich Les, um die Farbe aufzubringen.

„Die Farbe gefällt mir. Sie ist hell, aber gleichzeitig beruhigend", erklärte Les. „Das ist eine richtige Buchhandlungsfarbe."

Dex trat einen Schritt zurück und war zufrieden mit dem, was er ausgesucht hatte. Einem Teil von ihm kam es allerdings vor, als würde er einen Teil seiner Mutter überdecken. Aber jetzt war es zu spät, damit aufzuhören. Außerdem hatte Dex nicht die Absicht, den einen Raum, der die Persönlichkeit seiner Mutter am besten zeigte, zu verändern: das Alice im Wunderland Bad. Das war zu durchdacht, um es anzurühren. „Das stimmt." Er stieg auf die Leiter, um die Deckenkanten zu streichen und einige Unregelmäßigkeiten auszubessern.

„Entschuldige. Du hattest gerade von der Stadt erzählt", sagte Les.

„Ja. Ich fand es schwer, Menschen kennenzulernen. Ich bin in Clubs gegangen, aber es war schwierig, ein Gespräch mit jemandem anzufangen, es sei denn, es drehte sich um Sex und darum, wo man hingehen sollte … so was in der Art. Ich tanze gerne, daher habe ich das oft getan und einige Aufmerksamkeit erhalten." Er stieg hinab und schob die Leiter weiter, um sich dann erneut seiner Arbeit zu widmen. „Aber es war ziemlich eindeutig, dass ich, wenn ich mehr wollte, irgendwo anders danach würde suchen müssen. Und ich hatte keine Ahnung, wo."

„Aber es hat dir gefallen?", wollte Les wissen.

„Kalifornien ist eine Zeit lang mein Zuhause gewesen, und ich hatte ein paar feste Freunde, allerdings nichts Dauerhaftes. Ich habe einen Agenten, aber das hilft nicht viel. Ich scheine nicht über das zu verfügen, nach dem die Castingagenturen suchen – was auch immer das sein mag. Vielleicht hatte ich das nie. Es gehört so viel Glück dazu, dort rein zu kommen. Es dreht sich nur darum, wen du kennst oder zu wem du Zugang hast. Klar, einige Leute haben Glück und kommen groß raus. Ich bin nur nicht sicher, ob ich dazu bestimmt bin, einer von ihnen zu sein." Er kletterte nach unten und schob die Leiter wieder ein Stück weiter. „Vielleicht ist es an der Zeit, dass ich mit der Jammerei aufhöre und einen Weg finde, hier etwas zu erreichen." Dank seiner Mutter hatte er die Chance, sich etwas aufzubauen. Dex' Meinung nach war er es ihr schuldig, es wenigstens zu versuchen. „Ich denke, es ist an der Zeit, weiterzuziehen. Ich bin immer noch jung, und es ist noch nicht zu spät, einen neuen Traum zu finden." Schließlich sah es definitiv nicht so aus, als ob sich der alte erfüllen würde.

Dex beendete die letzten Arbeiten oben an der Wand und schob die Leiter aus dem Weg, um den Rest zu erledigen.

„Das ist gut", sagte Les ziemlich ausdruckslos.

„Habe ich etwas Falsches gesagt?", fragte Dex.

Les stellte die Walze in den Farbbehälter. „Wie kannst du deinen Traum so einfach aufgeben? Ich meine, es ist schön, dass du hierbleiben und das von deiner Mutter Aufgebaute bewahren willst. Vermutlich kann ich es nur einfach nicht nachvollziehen." Er nahm die Walze wieder hoch und begann mit mehr Nachdruck als zuvor, Farbe auf die Wand aufzutragen. „Ich will immer noch wieder als Polizist arbeiten und würde fast alles dafür geben. Wenn du beim Film groß rauskommen willst …"

„Ich habe es jahrelang versucht. Aber es ist ja nicht so, als würde ich meinen Traum aufgeben – ich glaube vielmehr, dass der Traum mich aufgegeben hat. Ich bin zu mehr Vorsprechen gegangen, als du dir überhaupt vorstellen kannst, und habe so viele Rückmeldungen bekommen, dass es schwer ist, den Überblick zu behalten. Du bist zu jung, zu alt, zu groß … zu klein … zu blond … zu dunkel. Du verfügst nicht über das richtige Aussehen. Deine Beine sind zu kurz. Deine Stimme ist nicht tief genug. Sie ist zu tief. Nenn mir einen Grund, und ich habe ihn mit Sicherheit schon gehört." Dex legte den Pinsel ab und hockte sich auf eine der Leitersprossen. „Ich glaube, man kann nur ein bestimmtes Maß an Ablehnung ertragen. Vor allem für Dinge, auf die man keinen Einfluss hat. Doch selbst wenn ich hierherziehe, habe ich nicht vor, die Schauspielerei aufzugeben. Ich werde weiter schauspielern und habe vielleicht ja sogar wieder etwas Freude daran." In den letzten Tagen hatte Dex viel nachgedacht und war zu dem Entschluss gekommen, dass dies vielleicht die beste Lösung darstellte. „Mom hat mir die Möglichkeit gegeben, etwas ganz anderes anzufangen."

„Ich finde es einfach furchtbar, dass jemand seine Träume aufgibt", erklärte Les leise. „Vielleicht liegt es auch daran, dass ich meinen nicht aufgeben will." Er richtete sich auf und arbeitete weiter. „So lange ich denken kann, wollte ich Polizist werden ... und bin es auch geworden, nur um es mir wieder entreißen zu lassen."

„Vielleicht ist das der Unterschied. Ich habe so oft gedacht, dass ich es geschafft hätte, und dann hat es wieder mit ‚nein, Sie sind zu ...' geendet. Du kannst die Lücken nach Belieben füllen. Oh, ich habe in Filmen mitgespielt, habe Opfer gemimt und geholfen Szenen mit Menschenmengen aufzufüllen und solche Sachen. Ich habe jede Menge Stars kennengelernt und mir verzweifelt gewünscht, einer von ihnen zu sein." Je länger Dex darüber nachdachte, desto egoistischer kam ihm sein Traum vor. „Ich wollte berühmt sein und meine Mutter stolz machen." Er stützte den Kopf in die Hände. „Ich habe nie darüber nachgedacht, dass meine Mutter immer stolz auf mich war." Eine Welle der Trauer überrollte ihn, und Dex war plötzlich versucht, die Leiter umzustoßen und die Farbe gegen die verdammte Wand zu schleudern. Wie hatte er das all die Jahre nicht sehen können? Ganz egal wie schlecht es lief oder was er auch tat, seine Mutter war immer sein größter Fan und seine größte Unterstützerin gewesen. Jetzt, da sie nicht mehr da war, fühlte es sich an, als hätte er wertvolle Zeit vergeudet. Zeit, die er mit ihr hätte verbringen können. „Was soll ich jetzt tun?" Er schien in diesem völlig außer Kontrolle geratenen, emotionalen Hamsterrad gefangen zu sein.

„Ich fürchte, darauf habe ich keine Antwort. Es gibt nichts Tiefgründiges, dass man dir sagen könnte, um den Verlust wettzumachen."

„Es muss doch etwas geben", erwiderte Dex. „Etwas, damit ich mich besser fühle."

Les trug weiter die Farbe auf. „Dir bleibt nur, dich zu beschäftigen. Als ich aus dem Krankenhaus kam, habe ich tagelang in Selbstmitleid gebadet ... na gut, wochenlang. Ich kannte das tägliche Fernsehprogramm besser als der Ansager im Fernsehen. War es Montag, musste es *Hogan's Heroes* sein, am Donnerstag der *Die Nanny* Marathon. Ich habe nichts getan, und das war überhaupt nicht hilfreich."

„*Hogan's Heroes*?" Dex musste lächeln. „Das habe ich schon seit Jahren nicht mehr gesehen."

„Tja, ich schon. Ebenso einen Haufen anderer nervtötender TV-Sendungen. Einfach nur, um die Zeit totzuschlagen. Dann habe ich begonnen, nach draußen zu gehen. Meistens war es nur ein Spaziergang zur Ecke und zurück, weil ich nicht weiter gekommen bin. Ich habe in der Innenstadt gegessen und bin danach nach Hause gegangen. Ich saß zwar alleine, aber um mich herum befanden sich Menschen. Ab und zu habe ich mich mit einigen der Jungs zum Essen getroffen. Das war schön. Jedenfalls habe ich etwas getan und tue jetzt noch mehr." Langsam strich er weitere Farbe auf die Wand „Ich kann nur sagen, dass es besser wird. Ich weiß, das klingt nach einem Klischee, aber es stimmt. Der Verlust wird weniger akut und man lernt, damit zu leben ...“

„Aber in deinem Fall ist niemand gestorben“, warf Dex ein.

„Aber meine Karriere ist einfach so. Ich erhalte weiterhin mein Gehalt, weil der Unfall während der Arbeitszeit passiert ist, aber das hilft mir nicht allzu viel. Ich habe immer noch Schwierigkeiten, bis zur nächsten Straßenecke gehen.“ Er verstummte und Dex spürte, dass mehr hinter der Geschichte steckte.

„Im Krankenhaus habe ich eine Infektion bekommen, die auch meine Lungen geschwächt hat. Wenn ich heute Nachmittag nach Hause komme, muss ich mich hinlegen, weil ich erschöpft sein werde.“ Er beendete die Arbeit an der einen Wand und fing an der nächsten an. Dex stand auf und widmete sich wieder den Kanten. „Klar, es ist niemand gestorben, aber der Prozess und die Trauer sind gleich. Ich habe etwas verloren, das mir sehr wichtig war – einen Teil meiner Identität. Also ja, auch ich habe getrauert und weiß, was du durchmachst.“

„Aber ...“

Les stoppte und drehte sich mit hartem Blick zu ihm um. „Es gibt kein Aber. Deine Trauer ist nicht schlimmer als meine, nur weil jemand gestorben ist. Es zählt lediglich, wie du dich deswegen fühlst. Du hattest deine Mom schätzungsweise fast dreißig Jahre lang. Sie hat dich unterstützt und dir sogar eine potenzielle Zukunft verschafft. Also trauere auf jeden Fall um sie. Aber deine Mom ist immer noch hier. Wir übermalen zwar ihren grauenhaften Geschmack in Sachen Wandfarben, aber in diesem Geschäft wird immer einen Teil von ihr bleiben.“ Les grinste. „Zumindest, solange du das Bad so lässt.“

Etwas von der Dunkelheit, die sich auf ihn herabgesenkt zu haben schien, hob sich ein wenig. „Ich weiß, dass du recht hast. Aber es ist so schwer ...“

Les legte die Walze ab und kam langsam zu ihm herüber. Seinem zögerlichen Gang nach zu urteilen, schmerzte sein Fuß. „Vielleicht musst du dir einfach etwas Zeit geben. Die Beerdigung deiner Mutter war erst gestern. Das lässt man nicht so schnell hinter sich. Ich habe Wochen gebraucht, um einen Weg zu finden, nach vorne zu blicken. Du brauchst das jetzt nicht alles im Schnelldurchlauf zu tun.“

Bevor Dex es mitbekam, hatte ihn Les in eine feste Umarmung gezogen. Es fühlte sich so gut an, festgehalten zu werden. Er vergaß den Pinsel in seiner Hand und schaffte es gerade noch, einen Farbklecks auf Les Rücken zu vermeiden. Das Hemd konnte von Glück sagen, dass er den Pinsel noch rechtzeitig wegziehen konnte. Dex hielt einige Sekunden lang den Atem an, ließ die Luft dann wieder entweichen und schmiegte sich in die Umarmung.

„Es ist in Ordnung, einen Schritt nach dem anderen zu tun und um sie zu trauern. Dafür gibt es kein zeitliches Limit.“

„Vermutlich hast du recht.“

„Und es ist okay, manchmal traurig zu sein. Es ist nicht einfach, und die Trauer wird dich überwältigen, wenn du am wenigsten damit rechnest. Doch es wird besser werden, und du wirst herausfinden, wie du mit deinem Leben weitermachen kannst." Er ließ ihn los.

Dex nickte, wischte sich über die Augen und kam sich vor wie ein Trottel. Er wandte sich wieder der Wand zu. „Musst du dich setzen und den Fuß entlasten?"

„Ich komme schon klar. Wir sind so gut wie fertig. Lass es uns zu Ende bringen." Er widmete sich wieder dem Farbauftrag und Dex den letzten Kanten. Les war direkt hinter ihm und trug die restliche Farbe auf.

Als sie fertig waren, traten sie einen Schritt zurück. Es wirkte hell und fröhlich, und die Wände reflektierten das durch die Vorderfenster hereinscheinende Licht. Der grüne Teppich sah jetzt nicht mehr ganz so grell aus. Dex hatte überlegt, ihn zu ersetzen, doch vielleicht konnte er ihn mit ein paar Teppichen verdecken und die einzelnen Bereiche so besser voneinander abgrenzen. „Es gefällt mir. Tut mir leid, Mom."

„Meinst du wirklich, dass sie sauer wäre?", wollte Les wissen.

Dex schüttelte den Kopf. „Ich denke, sie würde sagen, dass ihr die Farbe gefällt, sie aber etwas zu ernst ist und deshalb Begleitfarben braucht. Oder vielleicht ein paar Hühner oder Füchse." Er erzählte von der Küchentapete, und Les schrie vor Lachen. „Mom hatte ihren ganz eigenen Geschmack. Das hat sie einzigartig gemacht." Dex schaute auf die Uhr. „Komm. Das muss trocknen, da können wir genauso gut alles sauber machen. Es ist kurz nach eins. Das mindeste, was ich tun kann, ist, dir etwas zu essen zu besorgen."

„Das wäre schön." Les setzte sich mit einem Seufzen hin.

„Hast du zu viel gestanden?", fragte Dex.

„Ich muss ihn einfach nur eine Weile entlasten." Er legte den Fuß auf einen der Kartons und lehnte sich zurück. „Das hasse ich am meisten. Ich kann ganz gut laufen und stehen, aber wenn ich zu lange in der Aufrechten bin, scheint sich das Blut dort zu sammeln. Um den Druck zu lindern, muss ich mich setzen und ihn hochlagern."

„Dann bleib hier, ich wasche alles aus, danach können wir los." Dex sammelte die Sachen zusammen und ging ins Hinterzimmer. In der Nähe des Badezimmers befand sich ein altes Waschbecken, in dem er die Utensilien reinigen konnte. Er kickte einen Karton aus dem Weg, legte alles zum Einweichen in das Waschbecken und wedelte mit den Händen, um das Wasser abzuschütteln, bevor er den schweren Karton öffnete.

„Was zur Hölle ist das?" Er musterte den Inhalt und fragte sich, ob er richtig sah.

Der Inhalt bestand aus einem Haufen verschiedener Taschenbücher. Er zog eins hinaus und schlug es auf. „Häh?" Das Buchinnere war ausgehöhlt worden. Bei einem weiteren war es das Gleiche. Es befanden sich ungefähr ein Dutzend Bücher darin und jedes war zerstört worden … oder was immer das war. Er legte sie zurück, stellte den Karton zur Seite und reinigte die Pinsel und Farbbehälter.

Dann quetschte er die Farbe aus der Walze, wickelte sie in Plastikfolie und warf sie weg. Den Rest spülte er aus und legte es zum Trocknen. Den Karton stellte er in die Nähe der Hintertür. Er hatte vor, auf dem Weg nach Hause ein Taschenbuch mit zu Jane zu nehmen, um herauszufinden, ob sie etwas darüber wusste. Warum hätte seine Mutter einen Haufen Bücher so bearbeiten sollen, dass sich Sachen darin verstecken ließen?

Mist, vielleicht befanden sich im Laden noch weitere solcher Sachen? Sollte er sich die Regale genauer angucken? Dex wischte sich die Hände ab und schüttelte den Kopf. Das war eine dumme Idee. Er würde Les warten lassen. Aber vielleicht konnte er die Bücher hinter dem Tresen genauer untersuchen.

„Brauchst du Hilfe?", fragte Les.

Dex schloss den Karton. „Ich bin sofort wieder da." Ein Buch ließ er oben auf dem Karton liegen, um es später mitzunehmen. Er wusste nicht, warum er mit einem Mal so nervös war. Vielleicht, weil Les Polizist gewesen war und ihm irgendetwas an der Situation nicht ganz koscher vorkam. Oder vielmehr merkwürdig roch. Dex nieste zweimal und kehrte zum wartenden Les zurück.

„Bist du so weit? Ich denke, ich kann alles bis morgen so lassen. Bis dahin ist die Farbe getrocknet, sodass ich die Regale zurückstellen und alles durchgehen kann, um zu sehen, was da ist und wie sich eine große Wiedereröffnung veranstalten lässt."

Les stellte seinen Fuß zurück auf die Erde, Dex schnappte sich die Kühlbox und die Tasche mit den Snacks und führte Les nach draußen. Unterwegs griff er nach dem ausgehöhlten Buch und legte es in die Tasche. Dann schloss er die Hintertür ab. „Wie wäre es mit dem Café Belgie? Dort gibt es ein tolles Mittagsmenü. Ich finde, wir haben uns die Pommes redlich verdient. Zumindest hoffe ich, dass sie immer noch so gut sind."

„Die liebe ich", erklärte Les mit einem Stöhnen.

Dex war klar, dass Les Fuß schmerzen musste. „Mein Auto steht direkt dort drüben." Er deutete auf den Mietwagen. Nachdem sich die Autotüren piepsend entriegelt hatten, verstaute er die Sachen im Kofferraum, und Les stieg ein. Nachdem auch Dex ins Auto geklettert war, fuhren sie los. Das Restaurant befand sich nur wenige Straßen entfernt. Sein Karma musste gut sein, denn er fand direkt davor einen Parkplatz.

„Hey, Les", begrüßte ihn der Kellner beim Hineingehen und umarmte Les flüchtig. Dann wandte er sich Dex zu. „Ich bin Billy. Herzlich willkommen."

„Dex."

„Sarahs Sohn", fügte Les hinzu.

Billys Miene wurde traurig. „Es tut mir so leid wegen deiner Mom. Sie war eine großartige Frau. Ich habe mit unseren Söhnen oft ihren Laden besucht. Erst letzte Woche sind wir dort gewesen, um uns umzuschauen. Ich habe das Geschäft immer geliebt." Er führte sie an einen Tisch. „Sie war eine lustige Frau, die stets Zeit für ein Schwätzchen hatte. Ich schwöre, dass sie dadurch mehr

Bücher verkauft hat. Betreten habe ich das Geschäft, um mich nur umzuschauen, aber verlassen habe ich es mit einigen Romanen, die sie mir empfohlen hat. Sie wird uns fehlen."

„Dex wird den Laden wiedereröffnen", erzählte Les, während sie Platz nahmen. „Wir haben gerade neu gestrichen."

„Aber hoffentlich nicht das Bad?", fragte Billy schnell. „Das war eine von Sarahs tollsten Kreationen. Sie hat sehr lange daran gearbeitet."

„Nein", erwiderte Dex. „Ich würde mich selbst verabscheuen, sollte ich jemals Alice und ihre Freunde verletzen. Aber der Rest des Ladens konnte eine Auffrischung vertragen." Es war schon komisch, dass alle in der Stadt über das Bad Bescheid zu wissen schienen. „Ich hoffe, dass ich dieses Wochenende eröffnen kann. Ich weiß noch nicht, wie die Feierlichkeiten aussehen werden, aber ich hätte gerne etwas, das an Mom erinnert."

„Dann werden wir dort sein. Sie war eine tolle Frau." Billy überreichte ihnen die Speisekarten und verschwand dann wieder. Dex und Les besprachen, was sie wollten und als Billy zurückkam, gaben sie ihre Bestellungen auf.

Dex musterte Les und überlegte, was er sagen sollte. Doch er hatte keine Lust auf Smalltalk und die Arbeit den ganzen Vormittag über hatte ihn müde gemacht. „Tut mir leid. Meine Konversationskenntnisse scheinen den Geist aufgegeben zu haben."

Les lächelte. „Man muss nicht jede Minute mit Gerede füllen. Harry, mein erster Mentor bei der Polizei, hat Schweigen gehasst. Er hat über alles geredet, sogar über die Bäume, an denen wir vorbeikamen."

„Die Bäume?", fragte Dex.

„Ja. Über eine Sache hat er sich nur zu gerne aufgeregt. In der Stadt gibt es einen Ausschuss für Schattenbäume, aber der regelt nur, was die Hausbesitzer mit den Straßenbäumen tun dürfen. Die anderen … nun ja, es ist ihnen zuwider, Bäume zu fällen, daher haben wir einige der seltsamsten Gebilde, die man sich vorstellen kann. Er hat Carlisle als den Bezirk der Frankensteinbäume bezeichnet. Wenn wir also durch die Stadt fuhren und nichts los war, wies er mich auf all die merkwürdigen Bäume hin. Zum Beispiel der Ahorn in der North Street, der so oft vom Energieversorger gestutzt wurde, dass die Baumkrone inzwischen die Form einer Schüssel hat. An einigen Orten steht nur ein halber Baum, aber weil er lebendig ist, gestattet der Ausschuss nicht, dass sie ihn fällen und ersetzen." Les grinste und stöhnte gleichzeitig auf. „Oh Mann."

„Du redest also über die Bäume, obwohl es doch eigentlich darum ging, dass du es manchmal ruhig magst?" Es machte einfach Spaß, ihn ein wenig aufzuziehen.

„Okay. Ich kann also ins Schwafeln geraten. Das habe ich vermutlich bei Harry aufgeschnappt. Ich habe irgendwie gelernt zu reden, um zu Wort zu kommen. Ich schwöre, dass er ansonsten acht Stunden unentwegt geredet hätte." Les beugte sich über den Tisch. „Er begann eine Diskussion über ein Thema, zum Beispiel die verdammten Bäume, dann kam ein Einsatz, und er wurde völlig geschäftsmäßig. Nach Ende des Einsatzes nahm er jedoch nahtlos das Baumthema wieder auf." Les trank etwas Wasser und stellte das Glas wieder ab. Er hielt inne und Dex fragte sich, ob er jetzt an der Reihe war. „Was?", fragte Les. „Ich versuche still zu sein und nicht ins Plappern zu geraten."

„Ich höre dir gerne zu." Vielleicht war es das … vielleicht war Dex aber auch einfach dazu bestimmt, Quasselstrippen in seinem Leben zu haben. Das war gar nicht so schlecht, denn manchmal gab es Zeiten, in denen er nicht in der Lage war, zu sprechen. „Deine Stimme ist wirklich sanft und beruhigend. Aber ich wette, wenn du vollkommen im Polizisten-Modus bist …" Dex erschauderte und fragte sich, woher das jetzt gekommen war. Er wandte den Blick nicht von Les ab, und eine Zeit lang sagte keiner von ihnen ein Wort. Dann lehnte sich Dex über den kleinen Tisch und als Les nicht zurückwich, drückte er seine Lippen auf die des anderen Mannes.

Von der Seite erklang ein leises Aufkeuchen und Dex wich zurück, im Glauben, dass sie mit ihrer öffentlichen Zuneigungsbekundung jemanden beleidigt hatten. Stattdessen sah er jedoch einen lächelnden Billy mit verzückt zusammengefalteten Händen neben dem Besteckschrank stehen. Dann drehte sich der Mann um und verschwand in der Küche.

Les lehnte sich nicht zurück und auch Dex hatte nicht die Absicht, sich zu bewegen. Er strich mit der Hand über die von Les.

Mit dem Kinn wies Les in Billys Richtung. „Er versucht schon seit Monaten, mich zu verkuppeln, aber ich habe mich standhaft geweigert. Daher ist er jetzt mit Sicherheit überglücklich und wird in genau diesem Moment seinem Mann berichten, was er gesehen hat. Sei nicht überrascht, wenn plötzlich Champagner und eine dreiköpfige Band auftauchen." Les schnaubte.

Dex beugte sich erneut über den Tisch. Er schien grünes Licht zu haben, und da er sich dieses Mal nicht so viele Gedanken um den Kuss selbst machte, konnte er die leicht salzige Süße von Les' Lippen schmecken.

„Ihr zwei …", sagte Billy. „Ihr seht so …"

„Sag süß, und du bist tot." Les blickte Billy finster an, der jedoch nur die Augen verdrehte.

„Ich wollte heiß sagen. Echt heiß. Aber da du beschlossen hast, dich wie ein Kotzbrocken zu benehmen, kann ich dein Essen zum Abkühlen auch gerne auf den Tisch dort drüben stellen." Als er sich umdrehte, stöhnte Les auf. Das schien für Billy das Zeichen zu sein, die Teller vor ihnen abzustellen. „Das würde ich nie tun. Darryl wäre sauer. Und wenn es um sein Essen geht …" Er fächerte sich Luft zu. „Ich liebe meinen heißen Koch einfach." Nach dieser kleinen Bekanntgabe hüpfte Billy davon.

„Ist er immer so?", wollte Dex wissen.

„Gott, nein. Die meiste Zeit verhält sich Billy wie ein absoluter Profi. Er ist für den gesamten vorderen Teil des Restaurants zuständig, bringt die Gäste an ihren Platz und überwacht die Kellner. Und er sorgt zu Hause mit Darryl für ein harmonisches Miteinander. Er ist ein glücklicher Mann, der möchte, dass der Rest der Welt genauso glücklich ist wie er. Ich denke, daran ist nichts Falsches."

Dex schnappte sich eine Pommes und warf sie sich in den Mund. Er liebte die innen weichen und außen knusprigen Kartoffelstäbchen. „Warum ziehst du dann ein Gesicht, als ob jemand deinen Welpen getreten hätte?"

Les stieß einen Seufzer aus. „Schau mich doch an. Ich kann nur wenige Stunden schmerzfrei stehen. So lange wie heute war ich seit Monaten nicht mehr auf den Beinen. Ich weiß genau, dass ich heute Abend dafür büßen werde." Er schob den Teller mit Muscheln zur Seite.

„Du darfst dich nicht über deinen Fuß definieren", erklärte Dex. Er versuchte zu begreifen, wie sich Les fühlte, scheiterte dabei aber ehrlich gesagt. Damit hatte er wenig Erfahrung.

„Nein, aber es hat Auswirkungen auf jeden, mit dem ich zusammen bin." Er fischte eine Muschel heraus und aß das Innere. „Gut. Mal angenommen, ich bin mit jemandem zusammen. Er ist in meinem Alter, gesund und voller Leben. Ich wäre doch nur ein Mühlstein um seinen Hals. Ich kann nicht wandern gehen und schaffe nicht mal einen längeren Spaziergang!"

„Wenn du jemandem wichtig bist, wird er dich so akzeptieren, wie du bist." Sobald die Worte seine Lippen verlassen hatten, wurde Dex klar, wie dumm das klang,

„Und was bin ich?", flüsterte Les. „Ich bin ein kaputter Ex-Polizist, der kaum für sich sorgen kann. Die meiste Zeit sitze ich in einem verfluchten Sessel, weil ich den Fuß hochlegen muss. Nach Aussage der Ärzte wird sich das vermutlich nie ändern."

Dex schwieg einen Moment. „Ärzte wissen auch nicht alles. Außerdem ist es nur dein Fuß – nicht dein Verstand oder dein Herz." Als Les ihn anstarrte, starrte er zurück. „Ich habe keine Ahnung, wie du dich fühlst und wünschte, ich könnte etwas tun, um dir zu helfen." Das Problem war, dass er mit dieser Sache überfordert war. Instinktiv wollte Dex das Problem lösen, doch das lag nicht in seiner Macht. Es lag auch nicht in der von Les, und vielleicht war dies das Problem.

„Ja, aber erlaube mir eine Frage. Warum sollte ein aktiver junger Mann mit jemandem zusammen sein wollen, der nicht einmal in der Lage ist, ins Restaurant zwei Straßen weiter zu gehen, wenn er stattdessen jemanden nehmen könnte, der einen Halbmarathon laufen kann?"

Dex begann sein Steak zu schneiden. „Ich weiß es nicht." Er beugte sich über den Tisch. „Vielleicht wissen einige von uns einfach, wie sie ihre Zeit verbringen möchten und mit wem. Vielleicht ist dieser Halbmarathon-Kerl ziemlich cool. Das trifft aber auch auf den Mann zu, der jemandem Hilfe beim Streichen eines Buchladens angeboten hat, obwohl er ihm erst kurz zuvor begegnet ist."

„Aber ich will mehr ..."

Dex seufzte. „Hey, in Sachen mehr wollen, kenne ich mich bestens aus. Ich bin nach Hollywood gezogen und habe in einer briefmarkengroßen Wohnung gelebt, die ich mir kaum leisten konnte, um einem Traum mit winziger Erfolgsaussicht nachzujagen. In der Hoffnung entdeckt zu werden, habe ich gekellnert und in kleinen Theatern mitgespielt. Ich nahm Jobs in Clubs und an Orten an, an denen ich eventuell entdeckt werden könnte. Doch bekommen habe ich lediglich Abnutzungserscheinungen an Rücken und Hintern und Plattfüße vom Abklappern all dieser Orte. Ich kenne mit also bestens mit dem Mehr-wollen aus. Gott, ich kenne es so verdammt gut." Die jahrelange Frustration und die Trauer der letzten Tage nahmen Überhand, und Dex sah nur noch schwarz. Es war fast, als ob die Sonne hinter einer Wolke verschwunden wäre. „Letzten Endes bekomme ich es nicht, ganz egal, wie sehr ich mich auch anstrenge." Er holte tief Luft und versuchte, die Dunkelheit zu vertreiben. „Tut mir leid." Er schob seinen Teller mit dem Steak weg. „Das hat nichts mit dir zu tun."

„Vielleicht hat es etwas mit uns beiden zu tun. Vielleicht sind wir beide gerade einfach beschissen drauf." Les widmete sich wieder seinem Essen und begann langsam zu kauen. Dieses Mal wog die Stille schwer und hielt ewig an.

Schließlich musste Dex einfach etwas sagen. „Vielleicht schleppen wir beide auch Ballast mit uns rum, mit dem wir uns befassen müssen."

Les schnaubte. „Das kannst du laut sagen."

„Aber jeder schleppt Ballast mit sich rum."

„Leider hat meiner die Größe eines Louis-Vuitton-Koffers, vollgepackt mit unnützem Kram und betonschweren Schuldgefühlen", witzelte Les.

„Wenn das so ist, hat meiner die Ausmaße des transatlantischen Gepäcks einer Debütantin aus den Fünfzigerjahren, die ihre Einführung bei der Königin plant", konterte Dex.

„Debra Messing mit dem hellblauen Gepäckberg, der sich auf der Flughafenkarre in *Wedding Date* stapelt", setzte Les noch eins obendrauf.

„Tatsächlich? Wie wäre es mit Scarlett O'Hara und Rhett Butler, die auf dem Weg nach New Orleans eine separate Kabine nur für das Gepäck nehmen müssen?", fragte er mit hochgezogener Augenbraue. Les blieb der Mund offen stehen.

„Verdammt, du gewinnst. Du hast mehr als ich." Les verbeugte sich leicht und wedelte mit der Hand.

„Verdammt richtig. Ich habe Jahre damit zugebracht, diesen ganzen Ballast aufzubauen. Ich sollte bei der Realityshow *Leben im Chaos* mitmachen, in einer Folge über emotionalen Ballast."

„Entweder das oder einen Enthüllungsbericht. *Mein Leben als Möchtegern-Pornostar*", fügte Les mit einem Grinsen hinzu, dem sich Dex anschloss. Er zog sein Essen wieder zu sich heran und verbannte den Großteil der Dunkelheit. Sie schien zwar noch in den Ecken des Nachmittags zu haften, doch durch Les' Lächeln und sein Gelächter wurde es besser.

Nachdem sie aufgegessen hatten, lehnte sich Dex in seinem Stuhl zurück. Er war pappsatt und lehnte Billys Dessertangebot ab. „Was hast du den Rest des Tages vor?"

„Ich werde meinen Fuß einige Zeit hochlegen und bin später am Abend bei meinen Freunden zum Essen verabredet." Er atmete tief durch und fuhr fort: „Ich habe ihnen erzählt, dass ich den Tag mit dir verbringe und … tja … sie haben mir aufgetragen, dich zu fragen, ob du nicht auch kommen möchtest. Du musst nicht, wenn du nicht willst. Aber als ich Tyler gesagt habe, dass ich mich mit einem Freund treffe, ist seine Neugier ins Unermessliche gestiegen. Er und sein Partner Anthony sind wirklich toll und seit dem Unfall immer für mich da. Viele meiner anderen Freunde sind einfach in den Hintergrund gerückt, weil sich mein Leben so sehr verändert hat. Aber Tyler und Anthony hatten Verständnis und haben zu mir gehalten. Ich habe sie kurz, nachdem ich wegen der Arbeit hierhergezogen bin, kennengelernt. Seit damals sind wir eng befreundet."

Dex dachte an sein nicht vorhandenes Sozialleben.

„Es ist ganz alleine deine Entscheidung. Du musst nicht mitkommen", sagte Les schnell. „Ich meine … vielleicht war das eine dumme Idee."

Dex berührte Les' Hand. Das wirkte wie ein Aus-Schalter. Er verstummte und erwiderte Dex' Blick. Oh Mann, er könnte sich in diesen unglaublich ausdrucksstarken, tiefen Augen verlieren. „Ich würde gerne hingehen. Wenn du mir die Adresse gibst und mir verrätst, um wie viel Uhr wir dort sein sollen, würde ich gerne mit dir und deinen Freunden essen. Jane trifft sich heute ebenfalls mit einigen Freunden. Anscheinend haben es sich einige von ihnen zur Aufgabe gemacht, für eine Weile ihren Kalender zu füllen."

„Super." Les nannte ihm die Adresse. „Wir sollen gegen sechs dort sein."

„Das ist im Süden der Stadt."

„In der Nähe des Walmart. Die Straße ohne Ampel. Zumindest so weit ich mich erinnere." In Les' Augen funkelte das Licht.

„Dann sehen wir uns dort."

DEX WAR nicht sicher, was er anziehen sollte und wählte daher mit Poloshirt und Khakihose den goldenen Mittelweg. Dann verließ er das Haus und fuhr zur angegebenen Adresse. Es war kurz nach sechs, als er den gepflegten, mit Blumen gesäumten Weg zur Eingangstür hinaufschritt. Er drückte die Klingel und ein paar Sekunden später öffnete sich die Tür.

„Du musst Dex sein. Ich bin Tyler." Ein schlanker, knapp über einsfünfzig großer Mann musterte ihn von oben bis unten. „Schön, dass du kommen konntest. Les hat uns alles über dich erzählt, und ich muss sagen, dem stimme ich zu." Als Les auftauchte, trat er einen Schritt zurück.

„Tyler, verjag ihn nicht."

„Oh bitte. Dieser hinreißende Mann macht nicht den Eindruck, als würde er sich schnell vertreiben lassen." Tyler grinste Dex an, der den Kommentar als Kompliment wertete. „Komm rein. Wir sind hinter dem Haus. Anthony verrichtet seine männliche Pflicht am Grill, und ich bin dabei, einige Drinks zu mixen. Les und ich wollen einen Cosmo, aber du kannst haben, was du willst."

Dex lächelte. „Cosmo klingt toll." Dann wandte er sich Les zu und ergriff dessen Hand. „Du siehst sehr gut aus", flüsterte Dex ihm zu.

„Du ebenfalls", erwiderte Les leise mit leicht feurigem Blick.

Tyler klatschte in die Hände. „Ihr zwei könntet auch nicht süßer zusammen aussehen, wenn ich euch selbst ausgesucht hätte."

„Tyler", mahnte Les sanft. „Kannst du bitte einen Gang runterschalten?"

„Nein, kann er nicht", ertönte eine tiefe Stimme.

„Hallo." Dex drehte sich um, um den Neuankömmling zu begrüßen.

„Ich bin Anthony. Am besten wartest du, bis Tyler etwas runtergefahren ist. Er versucht schon seit Monaten, Les zu verkuppeln." Er reichte Dex die Hand und schlang dann einen Arm um Tylers Taille. „Weißt du Schatz, manchmal brauchen die Leute ein paar Minuten, bis sie sich daran gewöhnt haben, in deinem gleißenden Licht zu stehen."

Tyler lächelte und schmiegte sich in Anthonys Umarmung. Sie waren bezaubernd. Dann nickte Tyler. „Okay, lasst mich die Drinks fertigmachen, danach komme ich zu euch auf die Terrasse."

Anthony drückte Tyler noch einmal kurz, bevor er ihn gehen ließ, und ging dann voran durchs Haus.

Dex blickte sich um und bewunderte das Haus. Es stammte aus der gleichen Zeit wie das seiner Mutter, doch dieses hier war in einem sehr modernen, an die Originalarchitektur angelehnten Stil gestrichen und eingerichtet worden. Es wirkte sehr ansprechend und machte einen gemütlichen Eindruck.

Der Garten war mit den Beeten voll leuchtender Blumen und der mit Steinplatten gepflasterten und mit einer Pergola überdeckten Terrasse in seiner Schlichtheit wunderschön. „Nehmt bitte Platz. Tyler kommt sofort. Ich muss jetzt am Grill nach dem Rechten sehen."

„Kann ich helfen?", fragte Dex.

„Ich komme klar, danke." Er eilte davon und ließ Dex und Les alleine.

Dex schaute sich um und kam sich leicht fehl am Platz vor. Das hier waren Les' Freunde. Vielleicht hätte er einfach zu Hause bleiben sollen. „Wie lange kennst du Tyler und Anthony schon?"

„Seit ungefähr vier Jahren. Das Dickinson College bietet ziemlich viele Programme an. Die meisten davon sind öffentlich. Ich habe Tyler auf einer der Veranstaltungen dort kennengelernt." Er schaute auf, als Tyler ein Tablett mit rosafarbenen Drinks brachte und auf den Tisch stellte, um sie danach zu verteilen.

„Er war so still und ihr wisst ja, dass ich ein riesiges Plappermaul bin. Ich bin zu ihm gegangen und habe ihn gefragt, ob er sich amüsiert", fügte Tyler hinzu.

„Und dann musste ich eingreifen und ihn retten. Ansonsten wäre Les entweder geflüchtet oder hätte Tyler wegen Ruhestörung verhaftet", erklärte Anthony mit hochgezogener Augenbraue.

„Ich rede viel. Was solls. Du liebst mich, und ich habe jede Menge zu sagen." Tyler setzte sich. „Ich arbeite als Berater am College. Dort helfe ich Studenten, die Schwierigkeiten haben, sich an das Leben auf dem Campus anzupassen." Er seufzte. „Das ist der einfache Teil. Außerdem arbeite ich mit Studenten, die versuchen, ein Trauma in ihrer Vergangenheit zu überwinden. Das kann herzzerreißend sein …" Tyler trank etwas von seinem Drink und wurde erstaunlich still.

„Fünfzehn Sekunden", formte Les mit dem Mund, und tatsächlich war der stille, ruhige Tyler wieder verschwunden, als hätte jemand die Stoppuhr danach gestellt.

„Wir hatten eine Party, zu der ich Les eingeladen habe und danach wurden wir Freunde." Tyler hob sein Glas und sie stießen an, Anthony mit seiner Bierflasche. Dann tätschelte er Tylers Schulter und ging zurück zum Grill.

Mit einem Teller Shrimps auf kleinen Spießen kehrte er zurück. „Ein paar Appetithäppchen. In ein paar Minuten legen wir die Steaks auf." Tyler verteilte kleine Teller und Anthony setzte sich zu ihnen.

Das Essen war toll, die Gesellschaft anregend. Dex spürte, wie er sich im Laufe des Gesprächs immer mehr entspannte. „Hast du irgendwelche großen Stars getroffen?", fragte Tyler.

„Ein paar. Aber ich war normalerweise immer im Hintergrund. Sie sind beschäftigt und müssen ihren Job machen, daher wurde uns aufgetragen, sie nicht zu belästigen. Und wie viel Zeit bleibt einem schon zum Reden, wenn man Leiche Nummer Drei spielt? Ich bin wirklich gut darin geworden, stillzuliegen und so zu tun, als würde ich nicht atmen", erklärter er mit einem Schulterzucken.

„Les meinte, dass du den Buchladen in der Innenstadt wieder eröffnest", sagte Tyler, während sein Blick von Les zu Anthony zuckte. Möglicherweise hatte er sich sogar etwas angespannt. Dex war sich nicht sicher.

„Ja. Mom ist gestorben und hat ihn mir hinterlassen."

Anthony nickte. „Das haben wir mitbekommen, und es tut uns wirklich sehr leid. Deine Mom war hier in der Stadt jemand Besonderes. Sowohl Tyler als auch ich haben ihren Laden als Kinder besucht."

„Samstags hat sie immer Geschichten vorgelesen, und Mom hat mich hingebracht und mir ein paar Bücher gekauft. Ich war allerdings schon länger nicht mehr dort", fügte Tyler mit leicht schuldbewusstem Unterton hinzu.

„Das ist das Problem. Das Benötigte lässt sich so einfach bei Amazon oder Barnes and Noble bestellen, dass die meisten Menschen einfach nicht mehr in ein Buchgeschäft gehen. Konventionelle Geschäfte können in Sachen Bestand einfach nicht mithalten. Im Moment gehe ich gerade die Kassenbücher durch und suche nach Möglichkeiten, den Laden am Laufen zu halten. Mom ist allem Anschein nach ganz gut klargekommen. Aber … gut, das werden wir sehen, sobald ich öffnen kann."

„Anthony und ich werden vorbeischauen", versprach Tyler.

„Ich werde dieses Wochenende öffnen. Erst muss ich noch sauber machen und alles wieder an Ort und Stelle stellen. Bis dahin sollte ich das aber hinbekommen haben." Er war entschlossen, das Erbe seiner Mutter zu ehren. Hoffentlich konnte er es auch am Laufen halten.

„Toll", sagte Tyler begeistert. „Les, könntest du mir vielleicht kurz in der Küche helfen?"

„Natürlich", stimmte Les zu.

„Anthony, ich mache die Steaks gleich fertig."

Tyler wartete auf Les. Dex hatte den Eindruck, dass Tyler gar nicht so sehr Hilfe brauchte, sondern viel mehr reden wollte. Und aus seinen Blicken wurde klar, dass Dex das Gesprächsthema war.

5

Tyler holte den Salat und stellte ihn auf die Theke. „Weißt du, manchmal frage ich mich, ob ich Stroh im Kopf habe. Bist du mit Dex befreundet, weil ihm jetzt der Laden gehört? Schließlich weiß ich, dass du ihn beobachtet hast. Benutzt du ihn, um herauszufinden, was bei deiner *Das Fenster zum Hof* Besessenheit vor sich gegangen sein könnte?" Tyler stemmte die Hände in die Hüften. „Ich hoffe nicht. Ich mag ihn."

„Ich auch", erwiderte Les. Er fand es furchtbar, dass Tyler das Bild zusammensetzen konnte. Nach ihrem Telefonat war er davon ausgegangen, dass Tyler vergessen hatte, was Les ihm vor Monaten anvertraut hatte. „Er ist ein guter, fürsorglicher Mensch."

„Aber weiß er, dass du seiner Mutter einer zwielichtigen Aktivität verdächtigt hast?" Tylers vorwurfsvoller Tonfall machte Les nervös. „Sarah war immer so nett zu allen. Ich habe nie verstanden, warum du so fixiert auf diesen Laden warst." Er kam näher, was angesichts seiner Statur nicht bedrohlich hätte wirken dürfen. Doch das war es. Er war normalerweise so gut gelaunt, dass sein finsterer Gesichtsausdruck doppelt ins Gewicht fiel. Und als er die Arme vor der Brust verschränkte, wich Les unweigerlich einen Schritt zurück. Polizist hin oder her.

„Sie hatte extrem wenig Kunden, aber dennoch ist es ihr gelungen, den Laden am Laufen zu halten. Ich habe ihn ein paar Tage lang beobachtet. Die paar Leute, die gekommen und wieder gegangen sind, haben nur wenige Bücher gekauft. Wie soll das das Geschäft getragen haben? Vor allem, da es sich bei den meisten Kunden um kleine alte Damen handelte, die ein oder zwei Taschenbücher gekauft haben?", erläuterte Les. „Es erschien mir verdächtig, und ich bin nun mal Polizist. Ich muss Antworten haben, wenn etwas nicht ganz koscher zu sein scheint. Und du weißt, dass es Gerede gegeben hat. Die Drogendealer, die wir verfolgt haben, als ich verletzt wurde … Ich konnte es nie klar benennen, aber es gab irgendeine Verbindung zu dem Laden. Ich weiß es einfach."

„Du hast dich also mit ihrem Sohn angefreundet, bist sogar so weit gegangen, ihm beim Streichen des Ladens zu helfen, nur damit du hineingelangen und dich umschauen konntest?" Er stieß ein missbilligendes Schnauben aus. „Und was, wenn Sarah tatsächlich etwas getan hat, um den Laden zu retten? Sie war in die Jahre gekommen. Und du hast selbst gesagt, dass die Mehrzahl ihrer Kunden ebenfalls alt war. Was kann sie also getan haben? Hat sie Abführmittel geschmuggelt? Vielleicht aber auch Viagra für die Ehemänner verkauft?" Tyler verdrehte die Augen. „Denkst du, Dex weiß irgendetwas darüber?"

„Natürlich nicht", antwortete Les schnell.

„Du magst diesen Mann also wirklich?", fragte Tyler und Les nickte. „Dann, um es in den Worten des unsterblichen RuPaul zu sagen: ‚don't fuck ist up' – versau es nicht. Was auch immer geschehen sein mag – wenn überhaupt – ist mit ihr gestorben."

„Dex ist ein netter Kerl, und ich mag ihn." Er biss sich auf die Unterlippe.

„Aber du kannst deinen Verdacht nicht einfach aufgeben?"

Les zuckte mit den Schultern. „Ich kann nichts unternehmen. Mir ist nichts Außergewöhnliches aufgefallen, als ich dort war. Aber ich habe ihm nicht deshalb meine Hilfe angeboten. Ich habe es getan, weil Dex nett ist, ein guter Freund werden könnte und …"

„Ja klar. Das kannst du jemand anderem erzählen." Tyler machte eine wegwischende Handbewegung. „Ich kenne dich zu gut. Aber wenn du meinen Rat möchtest – den du vermutlich eh nicht annehmen wirst – lass es einfach sein. Sarah ist tot, und es ist das Beste, sie in Frieden ruhen zu lassen." Er grinste. „Und in der Zwischenzeit können du und ihr ‚Oh -mein-Gott-ist-der-attraktiv-Sohn" euch gegenseitig den Kopf verdrehen und ein paar schlaflose Nächte bereiten." Tyler fächerte sich Luft zu. „Der Kerl sieht verdammt gut aus und er schaut dich an, als wärest du etwas ganz Besonderes."

„Tut er?", fragte Les.

Tyler starrte ihn an, als wäre er schwachsinnig. „Ich glaub's nicht. Er hat diesen weichen, dahinschmelzenden Ausdruck in den Augen, den ich bei Anthony immer sehe. Er mag dich." Drohend hob er den Finger. „Also versau es nicht, sonst versuche ich dich mit einem der Kerle von der Arbeit zu verkuppeln. Sie sind alle ebenfalls Berater, aber keiner von ihnen verfügt über meine Stilsicherheit oder ist auch nur ansatzweise so großartig." Seufzend fügte er hinzu: „Aber sie sind nett, also wird das reichen müssen."

Les hob kapitulierend die Hände. „Schön. Ich höre auf herumzuschnüffeln, wenn du versprichst, keine Verkupplungsversuche zu unternehmen. So, und jetzt: Was soll ich rausbringen, damit es nicht so aussieht, als hätten wir über Dex gesprochen?"

„Kannst du diese Schüssel hier trotz deiner Krücke tragen?" Tyler überreichte sie ihm. Les klemmte sie sich halb unter den Arm und machte sich auf den Rückweg zur Terrasse. Tyler folgte ihm mit einem Teller Steaks. Er stellte die Schüssel auf dem Tisch ab.

„Habt ihr euch gut unterhalten?", fragte Dex grinsend. „Ich schätze, Tyler und du brauchtet eine Gelegenheit, euch auf den neusten Stand zu bringen." Zurückgelehnt auf seinem Stuhl sitzend, die Füße auf einem Schemel abgelegt, in der Hand einen Drink, sah er durch und durch wie ein Filmstar in seiner Freizeit aus.

„Haben wir. Er hat etwas Hilfe bei einem Salat benötigt, aber jetzt ist alles fertig."

„Sobald Anthony die Steaks auf den Grill legt, dauert es noch zehn Minuten bis zum Essen." Tyler deckte mit viel Getue den Tisch.

„Er sitzt nie still", erklärte Les. „Tyler ist sehr lustig. Er und ich sind früher immer tanzen gegangen. Na ja, wir drei. Anthony tanzt nicht viel, aber Tyler und ich haben die Tanzfläche zum Beben gebracht. Das war, bis ..." Les hasste es, dass alles immer wieder auf den Unfall zurückkam. „Tut mir leid."

„Hey", sagte Dex lächelnd und zog ihn ein weniger näher zu sich heran. „Wie wäre es, wenn du aufhörst, dir Gedanken darüber zu machen, was du nicht kannst ... zumindest heute Abend." Er küsste ihn.

Tyler ließ das Tafelsilber klirren und als sie sich zu ihm umdrehten, sah ihn Les einen Jig tanzen.

„Was war das denn?", fragte Anthony. „Das Fleisch ist auf dem Grill und müsste in ein paar Minuten fertig sein."

„Ich bin glücklich. Schau sie dir an. Sie sind so heiß und süß", hauchte Tyler.

„Und du benimmst dich, wie meine ihre Nase in alles steckende Mutter", knurrte Anthony.

Tyler erschauerte und versetzte Anthony einen leichten Schlag gegen die Schulter. „Sei lieb. Ich bin kein bisschen wie deine Mutter. Wage es bloß nicht, mich mit dieser schrecklichen Frau zu vergleichen." Er sah ihn finster an.

„Kommst du nicht mit Darlene klar?", fragte Les.

„Als sie das letzte Mal hier war, hat sie mich als ‚diese Tunte, mit der Anthony sich abgibt' bezeichnet und sich dann gefragt, wann er mich für eine von ihr ausgesuchte vollbusige Frau verlassen würde. Ich habe ihr befohlen, auf ihren Besen zu steigen, bevor sie noch auf dem Scheiterhaufen landet."

„Das hast du nicht gesagt", meinte Dex grinsend.

Anthony stieß einen Seufzer aus. „Das hat er definitiv. Mein Mann und meine Mutter werden nie miteinander klarkommen. Und meine Mutter kann eine spitze Zunge haben. Tyler weigert sich, das einfach kommentarlos hinzunehmen. Unnötig hinzuzufügen, dass der Besuch meiner Mutter nach diesem Austausch noch zwei Minuten andauerte."

„Sie hat es verdient", rechtfertigte sich Tyler mit erhobenem Kinn. „Eine meiner Superkräfte besteht darin, eine Hexe auch als Hexe zu bezeichnen, und diese Frau verdient einen Ritt auf dem Besen." Er schaute hoch. „Obwohl sie es ... irgendwie ... geschafft hat, Anthony gut zu erziehen. Daher kann sie nicht durch und durch schlecht sein. Nur zum Großteil."

„Ich gehe mal lieber schauen, wie weit das Fleisch ist", sagte Anthony und eilte davon.

„Diese Frau ist grauenhaft", meinte Tyler, sobald Anthony verschwunden war. „Die ganze Zeit mäkelt sie an ihm herum, aber er ist viel zu nett, um ihr zu sagen, wann Schluss ist. Aber ich werde ihren hochnäsigen Mist nicht einfach so hinnehmen. Immer wenn sie etwas Fieses zu mir sagt, versuche ich etwas zu erwidern, dass sie dazu bringt, so schnell wie möglich zu verschwinden. Die

Hexenbemerkung war Weltrekord. Sie war in unter zwei Minuten verschwunden." Er wirkte außerordentlich zufrieden mit sich. „Ich schaue mal besser nach, wie lange das Fleisch noch braucht. Bin gleich wieder da."

„Willst du eine Wette riskieren, dass die Steaks völlig durch sind und Tyler mit verträumtem Gesichtsausdruck zurückkommt?", fragte Dex.

Les schnaubte. „Da brauche ich nicht zu wetten. Diese beiden würden alles tun, um einander glücklich zu machen. Es reicht, um einen an die wahre Liebe glauben zu lassen. Darlene Mason ist notorisch kontrollsüchtig und es gewohnt, ihren Willen durchzusetzen. Ihr Mann war vor einigen Jahren Bürgermeister, bevor er an Krebs starb."

„Es muss hart für Anthony gewesen sein, seinen Vater zu verlieren", bemerkte Dex.

„Anthonys Vater lebt noch. Es war der zweite Mann seiner Mutter, der gestorben ist. Anthonys Dad ist ein wundervoller Mann. Er und Anthony stehen sich sehr nahe. Sie gehen zusammen angeln und im Herbst auf die Jagd. Manchmal bringen sie mir etwas Fleisch vorbei. Dann bereite ich es zu und lade sie – und natürlich Tyler – zum Essen ein. Clyde ist einfach großartig und so hilfsbereit und aufgeschlossen, wie man sich nur wünschen kann. Er kommt regelmäßig zu Besuch und ist zu jedem nett. Darlene, auf der anderen Seite, ist eine gelegentlich vorbeischauende Hyäne." Seine Miene wurde finster. „Sie kommt nur vorbei, wenn sie etwas will. Anthony ist nur ein zu guter Mensch, um ihr zu sagen, dass sie verschwinden soll."

„Ich nehme an, du hast sie kennengelernt."

Les nickte. „Sie ist wie ein Hurrikan, und ich habe paar Mal ihren Weg gekreuzt. Einmal habe ich sie angehalten, weil sie über Rot gefahren ist. Sie ist der Meinung, dass die Regeln für sie nicht gelten." Angezogen von dessen Geruch, beugte er sich näher zu Dex. „Ich habe ihr einen Strafzettel verpasst. Hauptsächlich wegen ihrer Einstellung." Dann küsste er Dex. Einfach, weil er es konnte.

„Die Steaks sind fertig", rief Tyler, als er mit geschwollenen Lippen zurückkam und den Tisch überprüfte. Les und Dex warfen sich einen Blick zu und setzten sich an den Tisch.

DAS ESSEN war fantastisch — sowohl Anthony als auch Tyler waren tolle Köche. Es war mit das beste Essen, das Les seit langem gegessen hatte. „Danke."

„Ja, danke, dass ihr mich eingeladen habt", sagte Dex, während die letzten Sonnenstrahlen verschwanden. „Es tut mir leid, aber ich fürchte, ich muss bald los. Morgen muss ich ganz früh in den Laden, weil ich vor der Eröffnung noch alles wieder an seinen Platz stellen und sauber machen muss. Ich wünschte nur, ich könnte den Leuten, die vorbeikommen, etwas Besonderes anbieten. Oder dass ich den Laden zumindest anders und einladender aussehen lassen kann."

„Gestalte die Schaufenster um", schlug Tyler vor. „Du musst sie nicht nur mit Büchern füllen. Die Straße runter gibt es diesen Süßwarenladen, der immer tolle Schaufenster hat. Die Leute bleiben stehen, um sie zu betrachten, und gehen dann meist auch hinein."

„Das ist eine gute Idee. Vielleicht finde ich hinten ein paar Sachen. Mom hat nie etwas weggeworfen und den Bereich über den Bücherkästen hinten habe ich noch nicht überprüft. Vielleicht entdecke ich dort etwas Interessantes." Im Interesse in Dex' Augen spiegelt sich das Feuer der tragbaren Feuerstelle wider, die Anthony geholt hatte. „Ich glaube, Mom hat früher ein paar Stofftiere dort aufbewahrt, die sie zum Geschichtenerzählen genutzt hat. Wer weiß? Sie könnten immer noch dort sein."

„Ich würde vorschlagen, ein Fenster für Kinder zu gestalten, aber wenn du genug Sachen für beide hast ... vielleicht solltest du dann beide damit dekorieren. Besonders, wenn du damit die Erwachsenen sentimental werden lassen kannst", schlug Tyler vor. „Manchmal braucht es nicht mehr, um die Leute dazu zu bringen, anzuhalten und reinzukommen. Sarah wurde älter und hat deshalb einfach nur Bücher in die Schaufenster gestellt. Vielleicht ist etwas Neues hilfreich."

„Ich schätze schon", erwiderte Dex leise. „Ich frage mich immer wieder, wie Mom es geschafft hat, den Laden all die Jahre am Laufen zu halten."

Les rutschte näher. „Sie hatte mit Sicherheit treue Kunden." Er wusste, dass das stimmte. Von seinem Fenster aus hatte er regelmäßig dieselben Leute hereingehen sehen. „Du musst einfach herausfinden, was sie wollen, sicherstellen, dass du es hast und dann Dinge ausprobieren, die neue Kunden anlocken. Ich denke, der Anfang ist, Leute in den Laden zu locken und mit ihnen ins Gespräch zu kommen. Sie werden dir sagen, was sie wollen, wenn du bereit bist, ihnen zuzuhören."

„Das stimmt", sagte Anthony, als sie alle aufstanden.

Les hatte seinen Fuß auf einem der Fußschemel entspannen können, und er fühlte sich ziemlich gut an. „Ich sollte mich auf den Heimweg machen und versuchen, mich etwas auszuruhen. In letzter Zeit habe ich nicht gut geschlafen", gestand er. „Aber das hier war seit langem der beste Tag." Er erhob sich und umarmte Tyler und Anthony fest.

Dex bedankte sich erneut bei ihnen, und sie umarmten sich ebenfalls, bevor sie das Haus verließen und den Weg hinabgingen.

Es war dunkel, und Les erschreckte sich etwas, als Dex' Hände über seine Wangen streichelten. „Ich würde dich gerne fragen, ob du mit zu mir kommst, halte es aber für besser, wenn wir warten." Er küsste ihn und hielt ihn fest. „Ich bin immer jemand gewesen, der sich nimmt, was er will. Aber für uns ist es zu noch früh." Er ließ seine Hände über Les' Rücken gleiten, sodass der andere Mann leise aufstöhnte. Es fühlte sich so gut an, festgehalten und begehrt zu werden, und es gab keinen Zweifel, dass Dex ihn wollte. Es war eindeutig und nachdrücklich zu spüren.

„Dex ... Ich ...“

„Meine Mutter hat immer gesagt, dass die besten Dinge im Leben es wert sind, darauf zu warten. Ich denke, ich kann dich in diese Kategorie einordnen.“ Die Rauheit in Dex' Stimme löste Schauer aus, die seine Wirbelsäule hinauf rannen. „Freitag eröffne ich den Laden und schließe um acht. Würdest du danach mit mir essen gehen?“

Les nickte. Sein Mund wurde trocken, als Dex' heißer Atem über seine Haut tanzte. „Das wäre sehr schön.“

„Großartig. Sollen wir uns am Laden treffen?“ Dex wich ein wenig zurück und die Wärme seines Körpers verschwand. Les nickte erneut. Sein Puls raste. Am liebsten hätte er Dex festgehalten und einfach gesagt, dass sie zu ihm gehen konnten. Aber es gefiel ihm, dass Dex warten wollte. Das machte es besser. Und die Wahrheit lautete, dass wenn er etwas anderes als in der Vergangenheit haben wollte, er seine Verhaltensmuster durchbrechen musste. Er war nie gut im Warten gewesen.

„Wir sehen uns am Freitag“, sagte Les.

„Dann komm. Ich bringe dich nach Hause.“

Sie gingen zu den Autos und stiegen hinein. Die Fahrt dauerte nicht lang und nachdem sie geparkt hatten, verabschiedeten sie sich voneinander. Dex stieg wieder in sein Auto und Les blickte ihm nach, bis er winkend um die Ecke verschwand. Dann erst ging er hinauf in seine Wohnung.

LES BEMÜHTE sich in den nächsten Tagen, nicht den auf der anderen Straßenseite liegenden Buchladen von seinen Fenstern aus zu beobachten. Was auch immer Dex tat, er brauchte keinen stalkenden Les. Nicht, dass er viel erkennen konnte. Dex hatte die Fenster mit Papier abgedeckt, um Spannung zu erzeugen, und Les war mehr als nur ein wenig neugierig, was er sich ausgedacht hatte.

„Wie ich sehe, hat Dex meinen Rat befolgt“, sagte Tyler, der am Donnerstag anrief. „Ich bin am Laden vorbeigekommen, und die Fenster waren abgedeckt.“ Er gluckste. „Ich habe durch die Risse im Papier gelinst, konnte aber nicht allzu viel erkennen. Er hat Veränderungen vorgenommen. Vermutlich werde ich wie der Rest der Stadt mit angehaltenem Atem abwarten müssen, was er gemacht hat.“

„Ich weiß. Ich kann den Laden von meiner Wohnung aus sehen, weißt du noch?“

„Hast du den Artikel im Sentinel gelesen? Es ging um Sarah und darüber, dass Dex den Laden am Laufen halten will, um die Erinnerung an sie zu ehren. Er war nett zu lesen. Ich hoffe, er kurbelt Dex' Umsatz an. Oder ruft zumindest Interesse hervor. Anthony und ich wollen morgen nach der Arbeit vorbeischauen und uns das Geschäft anschauen. Kommst du mit uns?“

„Ich wollte kurz vor Schluss hin. Dex und ich gehen essen.“ Hoffentlich gab es dann einen Grund zum Feiern.

„Ich verstehe." Dex konnte Tylers Grinsen förmlich vor sich sehen. „Bedeutet das, dass ihr von platonischen Freunden zum lass-es-uns-wild-treiben-und-dann-verpiss-dich-Typ werdet?" Er hatte viel zu viel Spaß an der Sache.

„Wie alt bist du noch mal? Zwölf?"

„Es ist einfach nur so lange her", rechtfertigte sich Tyler.

Les stöhnte auf. „Woher weißt du, wie lange es her ist, dass ich mit jemandem zusammen war?", fragte er schärfer als beabsichtigt.

„Das ist offensichtlich", gab Tyler vernünftig zurück. „Niemand, der so mürrisch ist, wie du manchmal, ist regelmäßig mit jemandem zusammen." Er lachte doch tatsächlich.

„Musst du eigentlich nicht arbeiten?" Das war kein Thema, über das er reden wollte. Wenn es zwischen ihm und Dex intimer werden sollte, wäre das allein eine Sache zwischen ihnen beiden. Sein Privatleben ging niemanden etwas an. Tyler war eine Menge Dinge, aber außerhalb seiner beruflichen Blase alles andere als zurückhaltend. Les Vermutung nach war er auf der Arbeit in der Lage, diskret zu sein und die Privatsphäre anderer zu respektieren, doch außerhalb davon schien alles erlaubt zu sein. Wenn er das Bedürfnis hätte, über sein Sexleben zu reden, würde er das ehrlich gesagt wahrscheinlich eher mit Anthony tun. Obwohl ihm die Vorstellung, überhaupt darüber zu sprechen, Schweißausbrüche verschaffte. „Lass das Thema bitte einfach ruhen. Ich habe keine Ahnung, wie es sich entwickeln wird." Dex Worte auf dem Bürgersteig waren ihm die ganze Nacht nicht aus dem Kopf gegangen und noch immer durchströmte ihn diese freudige Energie.

„Okay. Für heute lasse ich es gut sein. Aber du weißt, dass ich die Details erfahren will", stellte Tyler klar. „Und ich bin echt gespannt, wie du aussiehst, wenn du scharf bist." Dem Mann war wirklich gar nichts peinlich. „Ich wette, du bist so süß wie ein kleines Häschen."

Les stieß ein Knurren aus.

„Oh … ein Teddybär. Damit komme ich klar. Und ich wette, Dex auch."

Er verdrehte stöhnend die Augen. „Oh Mann, kannst du bitte einfach aufhören."

„Das könnte ich, aber ich weiß genau, dass du gerade versucht, nicht zu lachen. Weißt du, es ist in Ordnung, glücklich zu sein. Niemand wird dir den Boden unter den Füßen wegziehen, weil es in deinem Leben etwas Freude oder Glück gibt." Manchmal – wenn Tylers Beraterhintergrund durchkam – war er viel zu einfühlsam. „Ich weiß, dass es nicht leicht für dich war." Mit einem Mal wirkte er ernst. „Aber es wird nichts Schlimmes passieren, wenn du dir gestattest, glücklich zu sein."

„Woher weißt du das?"

„Okay, vielleicht weiß ich es nicht. Aber so funktioniert die Welt nicht. Man muss nicht mit wirklich üblen Dingen dafür büßen, dass man glücklich ist. Du hattest den Job, den du immer wolltest, und dann wurde er dir weggenommen. So was kann passieren. Ich wünschte, es wäre nicht so. Aber das bedeutet nicht, dass du aufhörst zu leben, zu lieben oder Menschen in dein Leben zu lassen."

„Ich tue mein Bestes."

„Gut. Anthony und ich werden um sechs den Laden besuchen. Wir kommen vorbei und holen dich ab. Ich habe in der Zeitung gelesen, dass es Erfrischungen und besondere Aktionen für Kinder und Erwachsene geben wird."

Les wusste, dass er nur noch mehr Ärger heraufbeschwören würde, wenn er widersprach.

„Bitte."

Heiliger Strohsack. Tyler tat eine Menge Dinge, aber bitte zu sagen gehörte nicht dazu. Normalerweise bekam er seinen Willen, in dem er seinen Gesprächspartner einfach zermürbte. „Okay, ich warte draußen auf euch, dann können wir zusammen rübergehen. Aber ich will nicht im Weg sein. Versprich mir, dass wir gehen und kurz vor Ladenschluss wiederkommen werden, wenn es zu voll ist. Wir könnten hier etwas trinken oder so." Falls der Laden leer war, konnten sie bleiben, damit er voller wirkte. „Ich möchte, dass es ein Erfolg für ihn wird."

„Ich habe jedem am College erzählt, dass wir den Laden nach der Wiedereröffnung unterstützen sollten und nicht die großen Ketten, da es ihn ansonsten nicht lange geben wird." Les sah Tylers selbstzufriedenes Lächeln förmlich vor sich.

„So, wie ich dich kenne, hast du das wirklich getan."

„Natürlich. Dex ist jetzt ein Freund, und wir unterstützen unsere Freunde. Konventionelle Geschäfte gehören zur aussterbenden Art und wenn wir nicht eine Stadt wollen, in der wir Bücher nur im Internet kaufen können, müssen wir ihn unterstützen."

„Ja, das tun wir. Bis später."

Les setzte sich in seinen Sessel. Er wusste jetzt schon, dass es ein warmer Tag werden würde, und wünschte, er hätte eine Klimaanlage in diesem Raum. Im Schlafzimmer gab es zwar eine, aber sie reichte nicht aus, um die ganze Wohnung zu kühlen. Er hatte überlegt, noch eine zu kaufen, aber das einzige Fenster, vor das er sie stellen konnte, ging nach vorne raus, und er wollte nicht auf das Licht verzichten … oder die Aussicht. Letzten Endes schloss er die Küchen- und Esszimmertür, um dann die Schlafzimmertür zu öffnen. Da die Räume klein waren, konnte er so diesen Bereich kühlen und das musste für seinen Tag zu Hause reichen.

DIE SONNE strahlte immer noch und die Außentemperatur betrug über dreißig Grad Celsius. Zum Glück hatte er den Tag im Kühlen verbringen können. Les zog sich leichte Sachen an und hielt Ausschau nach Anthonys Auto. Als er es erblickte, schnappte er sich seine Krücke und stieg langsam die Stufen hinab auf die Straße. Das gehörte zu den schwersten Dingen. Les war entschlossen, sich nicht alles im

Leben von seinem Fuß diktieren zu lassen. Das hieß jedoch nicht, dass er öfter als unbedingt nötig die Treppen hinauf und hinunter ging.

„Sieh mal", meinte Tyler, nachdem er ihn umarmt hatte. „Es sind jede Menge Leute da, aber es ist nicht überfüllt."

„Vielleicht sollten wir …" Les hatte sagen wollen, dass sie vielleicht lieber warten sollten, doch Tyler überquerte bereits die Straße, sodass Anthony und er folgten.

Die Schaufenster sahen hinreißend aus und zeigten klassische Kinderbücher und einige der Kuscheltiere, die Dex anscheinend gefunden hatte. Ein Fenster hatte er in einen Lesegarten verwandelt, mit Blumen, einigen Büchern und dem Stier Ferdinand als Kuscheltier. In dem anderen war Clifford, der rote Hund, zu sehen, der über unterdimensionierte Möbel tobte, so wie er es in den Büchern tat. Vermutlich hatten sich die Sachen unter den Dingen von Dex' Mutter befunden. Die Leute auf der Straße hielten an, um zu schauen. Einige gingen weiter, andere betraten den Laden.

„Lass es uns anschauen." Tyler hüpfte die zwei Stufen zur Tür hinauf und zog sie auf.

Drinnen ging es zu wie auf einer Party. Ein paar Leute schauten sich um, es gab einen Tisch mit Erfrischungen, und eine Gruppe Kinder saß um Dex herum, der im Schauspieler-Modus mit großartig verstellter Stimme aus *Coco, der neugierige Affe* vorlas. Jane hatte die Kasse besetzt und beobachtete das Treiben.

„Ende", verkündete Dex ein paar Minuten nach ihrem Erscheinen und die sechs Kinder klatschten, standen auf und ließen sich dann von ihren Eltern in den Kinderbereich führen.

„Es scheint ein Erfolg zu sein", stellte Les fest, als Dex zu ihnen kam.

„Ja, es war den ganzen Tag über ziemlich konstant. Ich wollte etwas für Kinder anbieten und habe deshalb das Vorlesen geplant. Außerdem kommen in einer halben Stunde lokale Schriftstellerinnen, die aus ihren Büchern vorlesen und sie signieren", erklärte Dex. Dann lächelte er und entschuldigte sich, um einige Kunden zu bedienen.

„In den letzten Tagen hat Dex einige Lieferungen von Händlern bekommen, sodass er jetzt ein paar topaktuelle und angesagte Titel hat", verkündete Jane. „Sie verkaufen sich gut. Sarah hatte bereits ein paar bestellt und die sind ebenfalls da." Sie wirkte fröhlicher als das letzte Mal, als Les sie gesehen hatte, doch die Trauer in ihren Augen war immer noch erkennbar. „Ich bin so stolz auf ihn, weil er es mit dem Laden versucht. Er hat Sarah so viel bedeutet, und das hier hat ihm wieder Leben eingehaucht." Sie lächelte, dann wandte sie sich ab, um einem Kunden behilflich zu sein.

„Wir gehen stöbern", meinte Tyler. Er und Anthony schlenderten davon. Les blickte sich um, blätterte durch ein paar Bücher und bemühte sich, nicht im Weg zu stehen. Die beiden ortsansässigen Autorinnen – eine schrieb Liebesromane, die andere Thriller – hatten ihre Auslage auf einem gemeinsamen Tisch aufgebaut.

Schon bald signierten sie Bücher und unterhielten sich mit Kunden, was dem Abend noch mehr Energie verlieh.

„Was bedrückt dich?", fragte Tyler, während er dem Stapel, den Anthony trug, ein weiteres Buch hinzufügte.

„Nichts. Das ist toll." Les konnte spüren, wie die Niedergeschlagenheit der letzten Monate zurückkehrte. Er kämpfte dagegen an.

Dex kam zu ihm und sie lächelten sich an. Das half Les, seine Sorgen und den Fuß zu vergessen. Er hätte ihn gerne geküsst, aber das war keine gute Idee. Dex' Blick enthielt jedoch die Einladung dazu und Les wollte das Angebot gerne annehmen … und mehr.

„Haben Sie Gamingzubehör?", wollte ein junger Mann wissen.

„Nein", erwiderte Dex, „tut mir leid, habe ich nicht. Aber ich glaube, in Mechanicsburg gibt es einen Gameshop mit riesiger Auswahl. Wenn man einem ihrer Clubs beitritt, erhält man Zugang zu allen Spielen. Als ich recherchiert habe, was ich eventuell in den Laden aufnehmen kann, bin ich über ihre Website gestolpert."

„Cool. Danke." Der Mann legte ein Buch auf den Tresen, Jane rechnete es ab und Dex entschuldigte sich, um sich um die anderen Kunden zu kümmern.

„Hat er überhaupt mal eine Pause gemacht?", fragte Les Jane.

Sie schüttelte den Kopf. „Wir haben um zehn geöffnet und ich habe ihn nur mit Mühe zu einer Mittagspause überreden können. Er hat mit jedem Kunden gesprochen und sogar eine Kiste für Vorschläge aufgestellt, damit die Leute ihm mitteilen können, was sie gerne im Laden haben würden." Sie seufzte. „Ich glaube, er strengt sich zu sehr an." Dann wandte sie sich wieder dem Tresen zu und beantwortete ein paar Fragen.

Les schlenderte langsam durch den Laden und suchte ein paar Bücher aus, die er beiseitelegte. Dex brachte ihm einen Stuhl. Er kam sich wie ein Idiot vor. Er hätte erst kurz vor Ladenschluss kommen sollen. Jetzt kam er sich wie eine alte Dame vor, die einen Stuhl benötigte, weil sie nicht mehr stehen konnte.

„Ich bin froh, dass du gekommen bist." Dex legte ihm eine Hand auf die Schulter, und mit einem Mal war die Beschämung verflogen. „Es war ein toller Tag."

„Das ist schön. Den Leuten scheint zu gefallen, was du gemacht hast."

„Wir hatten gute Werbung, und viele Menschen sind vorbeigekommen, um Hallo zu sagen." Er beugte sich hinab. „Und ich habe wahrscheinlich heute genug Umsatz gemacht, um neue Bücher bestellen und zusätzliche Dinge für den Laden kaufen zu können." Er lächelte breit und war voller Energie. Les fand das unheimlich sexy.

Kurz vor acht verließen die letzten Kunden den Laden. Tyler und Anthony unterhielten sich mit Dex, tätigten ihre Einkäufe und umarmten ihn. „Viel Spaß."

„Ich werde mich benehmen", flüsterte Les.

„Wag es bloß nicht", erwiderte Tyler, während Anthony ihre Tasche mit den Büchern nahm und sie Arm in Arm hinaus in den Abend traten. Dex schloss mit einem Lächeln die Tür hinter ihnen.

LES WARTETE, während Dex und Jane alles zusammenräumten. „Das war ein toller Tag", stellte Jane fest, während sie begann, den Kassenabschluss zu machen.

„Ich hatte auf etwas Trubel gehofft." Dex grinste und half ihr, alles für den Geschäftsschluss vorzubereiten. Sie ließ die Kassenschublade offenstehen und schloss das Basisgeld im Hinterzimmer ein, während Dex einen Einzahlungsbeleg ausstellte, in eine Banktasche legte und Jane eine gute Nacht wünschte.

„Danke für deine Hilfe heute." Dex küsste sie auf die Wange und sie streichelte seine Schulter. „Ohne dich hätte ich das nicht hinbekommen."

„Sarah hätte sich riesig über all das gefreut. Der Laden ist so wie früher."

„Ich überlege, einen Buchclub ins Leben zu rufen und jede Woche eine Vorlesestunde für Kinder anzubieten. Das hat Mom gemacht, als ich ein Kind war, und ich habe es geliebt. Ich glaube, sie hat es extra für mich gemacht." Er klemmte sich die Banktasche unter den Arm. „Möchtest du mit uns essen gehen?"

Jane schüttelte den Kopf. „Ich werde nach Hause gehen, mir Wein eingießen, etwas Essen warm machen, die müden Füße hochlegen und fernsehen. Ihr jungen Leute amüsiert euch gut."

Als sie den Laden verließ, schaltete Dex das Licht aus. Dann machten er und Les sich bereit zu gehen. Auf dem Weg nach draußen schloss Dex die Tür hinter ihnen ab.

Sie gingen zur Bank, warfen die Tasche in den Nachttresor und gingen langsam weiter den Bürgersteig entlang. „Wie wäre es mit Italienisch?", fragte Dex.

„Kling gut." Sie spazierten bis zum Platz und dann eine Straße weiter zu einem neuen italienischen Restaurant. Sie wurden an den Tisch geführt, der Kellner brachte ihnen Wasser und die Speisekarten und ließ sie dann alleine. „Was lächelt dich an?", wollte Les wissen.

„Ich habe Lust auf Pizza", erklärte Dex.

Sie bestellten eine Meat Lover's Pizza und Getränke. „Ich freue mich, dass die Wiedereröffnung so gut lief. War es so, wie du erwartet hast?"

Dex lächelte. „Es lief besser, als ich dachte. Ich war nicht sicher, ob überhaupt jemand auftauchen würde. Aber wir haben eine Menge Bücher verkauft, und ich habe einige gute Vorschläge bekommen, was die Leute wollen. Vielleicht kann ich eine Möglichkeit austüfteln, permanent neue Ware zu bekommen. Für die neue Ware, die ich für heute bestellt hatte, musste ich Janes Kreditkarte nehmen, habe aber genug verkauft, sodass ich es ihr zurückzahlen kann und noch etwas übrig bleibt. Mom besaß zwar den Laden, aber wir hatten nie viel Geld und was da war, musste an Jane gehen. Also fange ich gewissermaßen von vorne an."

„Ich schätze, es dreht sich alles um die Gelddisposition."

„Genau. Die Autoren haben einige Bücher verkauft, und ich habe zwar eine Provision bekommen, aber nicht viel berechnet. Ich wollte, dass sie gute Geschäfte machen, und sie haben mir einen Gefallen getan. Die Damen haben erzählt, dass sie andere Autoren kennen, sodass ich hoffentlich noch mehr Signierstunden abhalten kann. Lokale Autoren ziehen normalerweise ein paar Leute an." Er war total überdreht. „Morgen gehe ich die Vorschläge durch. Vielleicht sind ja einige hilfreiche darunter. Vielleicht gebe ich noch eine Buchbestellung auf."

„Ich kann dir gar nicht sagen, wie sehr ich mich freue, dass es so gut gelaufen ist." Vermutlich hätte er einigen früheren Arbeitskollegen von der Eröffnung erzählen sollen. Vielleicht würde er ihnen morgen eine Nachricht schicken, damit es sich herumsprach. „Mir gefällt der Gedanke, dass diese Stadt sich der Situation gewachsen zeigt. So wie dieses Restaurant. In diesem Gebäude gab es acht Lokale in ebenso vielen Jahren, aber das hier sieht toll aus und …" Der Kellner nutzte die Gelegenheit, um ihnen ihre Pizza zu bringen, die köstlich roch und Les' Magen zum Grummeln brachte. „Gib nicht auf, es wird schon klappen. Die Leute haben deine Mom geliebt."

„Oh ja, das haben sie. Aber das wird das Geschäft nicht langfristig stützen. Heute Abend habe ich alle Register gezogen, aber das kann ich nicht jeden Tag tun."

„Das Wichtigste ist, das zu führen, was die Leute haben wollen und freundlich zu sein. Den Menschen etwas bieten, was die großen Geschäfte nicht haben: persönlichen Service und ein Gespräch", bemerkte Les. „Lerne deine Kunden kennen, dann werden sie dir treu bleiben." Er teilte für jeden von ihnen ein Stück aus und nahm einen Bissen. „Oh Mann, ist das gut." Die Soße enthielt eine scharfe Note, die ihm ein tiefes Stöhnen entlockte.

„Das ist es." Dex beugte sich vor. „Das meiste Essen hier ist mir viel zu süß. Seit ich weggezogen bin, habe ich herausgefunden, dass Central Pennsylvania in Sachen Essen die große Wüste Amerikas ist, wo Gravy – die überall sonst genutzte Bezeichnung für Bratensoße – der Name für ein Getränk, und Zucker ein Gewürz ist."

Les grinste. Darüber hatte er sich nie Gedanken gemacht, weil er aus der Gegend kam und daran gewohnt war, doch Dex hatte recht.

„Kartoffelsalat und Makkaronisalat sind süß, ebenso der Krautsalat. Manchmal schmeckt es wie eine Süßigkeit."

„Da hast du vermutlich recht."

„Ich habe mir vor meinem Wegzug überhaupt keine Gedanken darum gemacht, aber seit ich zurück bin …" Er schauderte leicht. „Viele Sachen schmecken jetzt einfach nicht mehr richtig. Ich weiß, dass es daran liegt, dass ich etwas anderes gewöhnt bin." Dex aß noch ein Stück von seiner Pizza. Les beobachtete ihn dabei, aß währenddessen langsam weiter und verlor sich in den ausdrucksstarken Augen.

„Kann ich dich etwas fragen?" Les legte sein Stück hin.

„Klar", erwiderte Dex. „Sofern es nichts mit Büchern oder dem Laden zu tun hat. Darüber habe ich für heute genügend Fragen beantwortet."

Les schluckte angestrengt. Daran hatte er überhaupt nicht gedacht, aber nun, da Dex es erwähnt hatte, war er neugierig, ob Dex etwas Ungewöhnliches gefunden hatte, als er die Lagerräume nach Dingen für die Schaufensterdekoration durchsucht hatte.

Les wusste, dass Tyler vermutlich recht hatte, und er seinen Verdacht aufgeben musste. Falls Sarah den Laden mit Nebengeschäften gestärkt hatte, um ihn am Laufen zu halten, war das höchstwahrscheinlich mit ihr gestorben. Aber andererseits vielleicht auch nicht. Dex schien nichts darüber zu wissen und Les hatte keinen Beweis dafür. Es waren alles reine Mutmaßungen. Und wenn er es auf sich beruhen ließ und sich entspannte, würde er vielleicht in der Lage sein, sich zu amüsieren. Dex war ein netter Kerl und schien Interesse an ihm zu haben. Das musste Les einfach nur genießen und den Polizisten sich zum Schweigen bringen. Schließlich lag seine Polizistenkarriere sowieso auf Eis. Trotzdem kam er immer wieder darauf zurück, dass, wenn Sarah etwas Illegales aus dem Laden verkauft hatte, um ihn rentabel zu halten, ihn das möglicherweise zu den Dealern führen konnte, die dafür verantwortlich waren, dass er aus dem Verkehr gezogen worden war. Das allein war es, was ihn anspornte. Sein Bauchgefühl sagte ihm, dass dort irgendetwas vor sich gegangen war. Er wäre ein Narr, das zu ignorieren.

Die Sache hatte aber noch einen weiteren Aspekt. Wenn Sarah irgendwie in den Drogenring verwickelt war, und Dex nichts davon wusste, konnte das Dex in Gefahr bringen. Und das konnte er nicht zulassen.

„Wo bist du?", fragte Dex sanft. „Auf einmal warst du für einige Sekunden ganz weit weg."

„Entschuldige", erwiderte er leise und versuchte, sich an seine Frage zu erinnern. „Oh ja." Er lächelte. „Was hast du in LA in deiner Freizeit gemacht? Ich weiß, dass es eine riesige Stadt ist und es dort alles gibt …"

Dex begann zu glucksen. „Ich habe den typischen LA-Lifestyle gelebt. Ich habe viel gearbeitet, bin zu Vorsprechterminen gegangen. An heißen Tagen bin ich an den Strand gegangen, doch da geht es mehr darum, gesehen zu werden, als ins Wasser zu gehen. Den Großteil des Jahres ist es ziemlich kalt, weil die Strömungen aus Alaska kommen." Er ließ ein Lächeln aufblitzen, das in Les den Wunsch auslöste, sich über den Tisch zu beugen und es mit ihm zu teilen. „Es gibt alle möglichen Touristensachen, aber wie die meisten Leute, die dort wohnen, habe ich kaum etwas davon gemacht."

Les aß ein Stück Pizza. „Und was hast du in deiner Freizeit getan, als du hier gelebt hast?"

Dex lehnte sich weiter über den Tisch. „Iss deine Pizza auf, dann zeige ich es dir", flüsterte er.

Les' Augen weiteten sich und er aß schneller.

Nachdem sie die große Pizza und ihre Getränke restlos verputzt hatten, bezahlte Dex die Rechnung. „Warte hier. Ich laufe schnell zurück nach Hause, um das Auto zu holen, und komme dich dann abholen." Er nahm Les' Hand. „Es wird nicht lange dauern." Mit einem verruchten Grinsen stand er auf und eilte durch die Tür.

Les schaute ein paar Minuten vor sich hinlächelnd aus dem Fenster, erhob sich dann und ging – die Krücke als Balancehilfe nutzend – die Treppe hinunter in die Nacht.

Autos fuhren auf der Straße vorbei und Les lehnte sich gegen das Gebäude, um den Fuß zu entlasten. Wenige Minuten später fuhr Dex in einem alten hellblauen Toyota vor, der seiner Mutter gehört haben musste. Aus irgendeinem Grund hatte Les sich Dex in etwas Sportlicherem und Spaßigeren vorgestellt … und definitiv nicht mit dieser Farbe.

„Ich habe den Mietwagen vor ein paar Tagen zurückgegeben", erklärte Dex, nachdem Les hineingestiegen war und die Tür geschlossen hatte. Dann fuhr er in Richtung Süden aus der Stadt.

„Wohin fahren wir?"

„Du wolltest wissen, was ich in meiner Freizeit gemacht habe, also werde ich es dir zeigen." Les fragte sich, was Dex vorhatte. Im Süden gab es nicht viel, nur ein paar kleine Städte und vielleicht noch die Obstplantagen in Adams County. „Aber …"

„Keine Sorge." Dex bog von der Hauptstraße ab und fuhr Richtung Westen. Bald schon begann die Straße anzusteigen und steiler zu werden. „Als Kind gehörte das hier einem alten Freund und seiner Familie. Soweit ich weiß, ist das immer noch so." Sie folgten der Straße, die an beiden Seiten von dicken Bäumen gesäumt wurde, weiter bergauf. Plötzlich kamen sie ins Freie. Das Gebiet musste irgendwann einmal abgeholzt worden sein, denn als sie weiterfuhren, kamen keine Bäume mehr, bis Dex abbog und parkte.

„Und du bist früher immer hierhergekommen?", wollte Les wissen.

„Ja. Meine Freunde und ich betrachteten es als unseren geheimen Ort. Normalerweise kamen wir nur hier hoch, um zu trinken und manchmal um zu rauchen." Dex grinste im durch die Windschutzeibe fallenden Mondlicht. „Aber darüber sollte ich wahrscheinlich lieber nicht reden, oder Officer?" Dex' Augen funkelten voller Schalk.

„Arschloch", schoss Les zurück. „Ist das alles, was du hier oben gemacht hast?" Die Aussicht war spektakulär, und das Tal hinter ihnen war mit Lichtern übersät, die bis nach Carlisle reichten.

„Nein", flüsterte Dex und beugte sich zu ihm herüber. „Wir sind hier hochgekommen, weil es ruhig war und kein anderer von diesem Ort wusste. Wir haben über all die Dinge geredet, die für einen Jugendlichen in dem Alter wichtig sind." Dex' Finger glitten unter Les Kinn und Les drehte sich zu ihm um, gerade rechtzeitig, dass Dex' Lippen seine fanden.

Les schloss die Augen und gab sich dem Kuss hin. Dex' Lippen waren fest, aber dennoch sanft. Er rückte näher und vertiefte den Kuss, ohne Druck auszuüben. „Ich nehme an, das war dein Rummach-Ort."

„Das war er für die anderen Jugendlichen." Dex wich leicht zurück und schaute Les' an. „Ich hatte nie jemanden zum Rummachen. In der Highschool hatte ich mich noch nicht geoutet. Stell dir diese Stadt vor zwölf, vierzehn Jahren vor. Sie war nicht so offen wie jetzt und ich nicht mutig genug. Ich bin hier hochgekommen, um vor Mom und Dad zu flüchten, hinterher schließlich nur noch vor Mom. Hier habe ich mit meinem Dad gesprochen, nachdem er gestorben war."

„Und du hast mich hierhergebracht?", fragte Les.

„Anscheinend habe ich zu viele Informationen preisgegeben." Er schloss den Abstand zwischen ihnen wieder. „Ich habe dich hierhergebracht, weil ich früher nie jemanden zum Rummachen hatte."

Les schluckte krampfhaft. „Willst du sagen, ich bin der Erste, den du je mit hierhergebracht hast?"

„Genau. Ich habe vorher schon mit Männern rumgemacht ... und jede Menge anderer Dinge getan. Aber ich habe noch nie jemanden mit hierhergebracht. Die Aussicht hatte ich vollkommen vergessen. Obwohl dies das Letzte war, an das ich gedacht habe, als ich in der Highschool war."

„Du hast mich also hier raufgebracht, um mit mir rumzumachen?", fragte Les und schlang die Arme um Dex' Nacken. „Mir gefällt deine Denkweise, und jetzt lass uns damit anfangen." Dann zog er ihn nach unten und kam ihm auf halbem Weg entgegen. Ihre Lippen berührten sich und Les stöhnte leise auf.

Dex' Hand glitt durch sein Haar, umfasste seinen Kopf. Les versuchte, sich zu ihm zu beugen, stieß jedoch mit dem Arm gegen die Konsole zwischen ihnen. Das bekam Les jedoch kaum mit, da er damit beschäftigt war, den Geschmack von Dex' Lippen zu genießen. Er verlagerte sein Gewicht, um den Kuss zu vertiefen, doch der Gurt spannte sich an, hielt ihn an Ort und Stelle fest und wurde bei jeder Bewegung noch straffer. Um beweglicher zu sein, löste Les den Gurt und schaffte es dabei irgendwie, sich den Kopf am Rückspiegel zu stoßen. Er lehnte sich zurück und als Dex sich über die Konsole beugte, um sich dichter an ihn zu drücken, ging urplötzlich die Hupe los. Sie machten beide einen Satz, und Les knallte gegen Dex' Kopf. In diesem Auto gab es ganz offenbar nicht allzu viel Platz zum Rummachen.

Mit einem Keuchen lehnte sich Dex zurück. „Schätzungsweise hat das irgendwie alles besser funktioniert, als wir Jugendliche waren."

Les gluckste. „Oder aber, wir wollten dringender flachgelegt werden." Lächelnd streichelte er Dex' Wange. „Die Idee war süß, und die Aussicht ist spektakulär ... und nicht nur außerhalb des Autos. Aber ..." Er bemühte sich, nicht zu lachen, als er sich über die Stelle rieb, an der er sich den Kopf gestoßen hatte.

„Ich weiß." Dex tat es ihm nach und rieb sich ebenfalls den Kopf.

Les öffnete die Tür und stieg aus dem Auto. Dex ebenfalls und als das Licht ausging, lehnte sich Les gegen die Tür, sodass Dex vor ihm stand.

„Ich glaube, das hier ist sehr viel bequemer."

Les stimmte dem zu und zog Dex dichter zu sich, bis sich ihre Hüften und Oberkörper aneinanderpressten. Himmel, fühlte sich das gut an.

„Jetzt habe ich nur noch einen weiteren Kommentar", erklärte Dex, die Lippen direkt neben denen von Les, sodass sein heißer Atem darüber glitt.

„Und wie lautet der?"

„Ich kann meine Verzweiflung wachsen spüren", flüsterte Dex.

Les schnaubte auf. „Nennt man das jetzt so oder hast du deinen so genannt, weil du eine lange Dürre hattest?"

„Nein, sein Name ist Clarence, aber er wird verzweifelt und wächst definitiv." Dex ließ die Hände über Les' Rücken gleiten, bis sie seinen Hintern umschlossen. Les schloss die Augen und genoss die Berührung. Die Wahrheit lautete, dass er langsam zu zweifeln begonnen hatte, ob ihn jemals wieder irgendwer berühren würde.

„Clarence?" Er küsste Dex und wich dann etwas zurück. „Ich bin nicht sicher, ob ich mit einem Kerl zusammen sein kann, der seinen Schwanz Clarence nennt. Woody vielleicht … meinetwegen Sparky … ich glaube, sogar mit der Römischen Kerze der Liebe könnte ich leben. Aber Clarence?" Trotz der Neckerei verstärkte er seinen Griff.

„Machst du etwa Witze über meinen Schwanz? Du hast ihn bis jetzt noch nicht einmal persönlich kennengelernt, aber beleidigst ihn schon." Dex zog ihn näher an sich, wobei Clarence eindeutig seine beträchtliche Wirkung zur Geltung brachte. Dex eroberte Les' Lippen und presste ihn gegen die Autotür, sodass Les jede Rundung des Metalls an seinem Rücken spüren konnte. So viel zum Thema, zwischen einem Felsen und einem harten Gegenstand eingekeilt zu sein … oder einem harten Schwanz. Aber Les war erregt, und die Temperatur um sie herum stieg von Sekunde zu Sekunde an. Das Zirpen der Grillen verstummte, und sein eigenes leises Stöhnen erfüllte die Dunkelheit. Selbst die in der Luft hängende Süße wurde von Dex' intensivem Moschusduft überlagert. Er drohte, die letzten Überreste von Les' Selbstbeherrschung wegzufegen. Auf der Suche nach mehr presste er sich dichter an ihn und Dex gab ihm mehr.

Denn jedoch wich Les plötzlich zurück. Er brauchte Luft und ein wenig Abstand. Angestrengt schluckend spürte er, wie sein letzter Widerstand zerbröckelte.

„Warum hast du aufgehört?", fragte Dex, ohne zurückzuweichen.

„Weil …" Er verstummte. War es wirklich so schwer, zuzugeben, dass er Angst hatte? Dass die Vorstellung, erneut sein Herz zu öffnen, nur damit es wieder zerschmettert würde, ihn zu Tode ängstigte? Les hatte bereits verdammt viel verloren. Er könnte damit leben, nie jemanden wie Dex in seinem Leben zu haben.

Aber wenn er ihn hineinließ und dann erneut alles verlor, wusste er nicht, wie er verhindern sollte, in Millionen winziger Teile zu zerbrechen.

„Du wirst es mir sagen müssen. Ich kann keine Gedanken lesen", meinte Dex sanft.

„Ich weiß, dass du versuchst, den Laden zu einem Erfolg zu machen. Das bedeutet, dass du die Absicht hast, hierzubleiben." Les kam es vor, als würde er in einem Meer aus Treibsand nach dem einzigen sicheren Weg suchen. So war sein Leben seit dem Unfall, und ihm kam es immer so vor, als ob er nur einen Schritt davon entfernt wäre, verschluckt zu werden und nie wieder zurückzukehren.

„Und über dem Laden gibt es eine freie Wohnung. Ich werde meine Sachen zusammenpacken und hierher transportieren lassen. Das ist sowieso nicht allzu viel. Aber warum reden wir gerade jetzt darüber?" Dex beugte sich erneut vor, seine Lippen kitzelten Les' Hals.

Les umschloss mit den Armen zärtlich Dex' Kopf und streckte den Hals, um ihm besseren Zugang zu gewähren. „Weil …" Er stieß ein Stöhnen aus. „Da gibt es etwas Wichtiges … Du hast gesagt, du könntest nicht meine Gedanken lesen und …"

Dex schnaubte leise. „Ich habe gelogen." Er wich zurück und sah Les an. „Ich kann ganz genau erkennen, was du gerade denkst. Ich kann es auch fühlen. All diese Sorgen bringen dich nirgendwohin."

„Aber ich bin um dich und wegen dieser Sache – zwischen uns – besorgt." Schließlich schnitt er das Thema doch an. „Wenn das zwischen uns nur was Lockeres ist, um Spaß zu haben, dann …"

Dex verstummte und erwiderte dann: „Natürlich macht das Zusammensein mit dir Spaß. Wir hatten sogar Spaß beim Streichen des Ladens. Wer hätte gedacht, dass es interessant sein kann, mit jemandem zusammen zu streichen? Aber das war es. Willst du denn keinen Spaß haben?"

Les seufzte. „So meinte ich das nicht. Im Prinzip meine ich, dass du mich in den Armen hältst, und ich keine Ahnung habe, was für Absichten du hast." Er musste angesichts seiner Worte schnauben.

„Ich würde sagen, dass sie ziemlich eindeutig sind. Aber wenn du es genau erklärt haben möchtest …" Dex küsste ihn erneut. „Ich habe mir gedacht, dass du" – er schob die Hand unter Les' Hemd und ließ sie den Bauch hinauf zum Oberkörper gleiten – „und ich uns besser kennenlernen." Verdammt, Dex schaffte es, Les' Gedanken so zu verwirren, dass er einige Sekunden alles vergaß. Eine einfache Berührung, und Les hob ab. Seine Haut kribbelte und seine Gedanken hatten bereits Flügel bekommen. Anscheinend hatte er es verdammt nötig, doch das war ihm völlig egal. „Ich dachte, wir gehen zu dir, wo ich dir diese Sachen ausziehen kann, und dann sehen wir mal, ob meine Vorstellungskraft als Schauspieler der prächtigen Realität entspricht."

Les legte die Hand auf die von Dex, um sie eine Sekunde am Umherwandern zu hindern. „Genau das muss ich wissen. Ist das hier ein One-Night-Stand oder … mehr?"

Dex nickte. „Ich weiß nicht, was es ist, aber One-Night-Stands habe ich bereits vor einiger Zeit aufgegeben. Ich bin nicht auf der Suche nach schnellem Sex." Les nickte und löste den Griff um Dex' Hand. „Ich hatte den Eindruck, dass das auch auf dich zutrifft."

„Das stimmt. Aber ich bin …" Oh Mann, er musste sich von dem Wunsch nach Versprechungen und Versicherungen verabschieden. Niemand konnte in die Zukunft schauen. Wenn Les die Chance auf etwas aller Voraussicht nach Gutes haben wollte, musste er ein paar Risiken eingehen.

„Ich glaube, ich weiß, was du bist. Und wir können es langsam angehen lassen, falls es das ist, was du brauchst."

Les schüttelte den Kopf. „Ich muss nur wissen, dass du morgen nicht das Weite suchst."

Dex versteifte sich. „Der Kerl, der dich verletzt hat? Ich wünschte, ich könnte ihm eine reinhauen." Er beugte sich vor und flüsterte: „Weißt du, ich war nie gewalttätig, aber ich glaube, wenn du ihn mir zeigen würdest, würde ich ihn an den Ohren packen …" Seine Stimme war sanft und verführerisch „… ihn hochheben und an eine Wäscheleine hängen. Ihn in der Luft zappeln lassen."

Les gluckste. „An dieser Aussage sind so viele Dinge falsch … und du brauchst wirklich Hilfe beim Dirty Talk. Nun, vielleicht auf einen Ameisenhügel binden und mit Honig beschmieren. Das wäre cool. Na ja, gemein, aber trotzdem cool." Er war davon ausgegangen, Dex' Anspielung auf Chad nur schwer ertragen zu können. Die Art und Weise, wie Dex ihn beiläufig abtat, als wäre er nur deshalb wichtig, weil er Les wehgetan hatte, nahm der Erinnerung jedoch etwas vom restlichen Schmerz und ihrer Kraft. Das hatte Les schon seit langer Zeit versucht, und Dex hatte es innerhalb von Minuten geschafft.

Dex saugte an Les' Ohrläppchen. „Vielleicht sollte ich dich nach Hause bringen und mit Honig einschmieren. Ich wette, du bist süß genug. Wenn die Geräusche, die du gerade von dir gibst, irgendeinen Hinweis darauf geben, würde ich sagen, dass du ganz anderes aussiehst, klingst und schmeckst."

Les umfasste Dex' Wangen und küsste ihn leidenschaftlich. „Das ist die Art von Dirty Talk, mit der ich etwas anfangen kann."

Dex ließ die Hände über Les' Bauch hinab zu dessen Gürtel gleiten, fuhr mit zwei Fingern unter den Bund und dann weiter zur Vorderseite. „Das merke ich", hauchte Dex. „Steh einfach still und beweg dich nicht."

„Hm?", fragte Les. Seine Gürtelschnalle klirrte, als Dex sie öffnete. Dann sprang der Knopf an der Jeans auf, und die Spannung um seine Taille ließ nach. „Was tust du?"

„Rumknutschen ist nicht der einzige Grund, aus dem ich dich hierher gebracht habe." Er liebkoste die Haut über dem Bund der Boxershorts und … Les versteifte sich auf mehr als eine Art. Hitze durchschoss ihn. Er kniff die Augen zusammen, wollte, dass Dex weitermachte. Himmel, er wollte berührt werden, sich nicht wie ein verkrüppelter Eunuch fühlen. Er legte die Hand auf die von Dex.

„Was ist los? Soll ich aufhören?"

„Um Gottes willen, nein." Nach Luft schnappend, schlang er eine Hand um Dex' Nacken. „Es ist ..."

„Dann was?", schnurrte Dex in sein Ohr.

„Du siehst mich wirklich", erwiderte Les.

Dex erstarrte und wich leicht zurück. „Natürlich sehe ich dich. Was gibt es denn nicht zu sehen? Oder zu mögen?"

„Nein. Ich meine, du siehst mich wirklich. Vielleicht liegt es an der Krücke, aber manchmal fühle ich mich unsichtbar. Ich bin ein junger Mann, der den Großteil der Zeit Probleme beim Gehen hat. Aber die meisten Menschen können nicht über mein Hinken hinwegsehen. Es ist, als ob ich nicht existiere." Les seufzte auf. „Ich will nicht sagen, dass sie mich wirklich nicht sehen, aber sie beachten mich nicht ... weißt du..." Er zog Dex näher. „Ich soll ein netter Mensch sein, glücklich; begeistert, wenn man versucht, mir zu helfen. Aber nicht in sexueller Hinsicht. Zumindest rechnen sie nicht damit."

Dex war sofort wieder da, presste sich an ihn, die Hände an Les' Taille gelegt, schob er dessen Hose nach unten. „Und du dachtest, ich sehe dich nicht als Sexgott? Denn mit diesen Schultern, der schmalen Taille, deinem ausdrucksstarken Blick und ..." Dex glitt mit der Hand in Les' Unterhose und schloss sie um den Schwanz. „Lass uns einfach sagen, der Sexgott hat jede Menge versteckte Vorzüge."

Les begann zu wimmern, während die Erregung durch seinen Körper schoss. „Dex, wir befinden uns im Freien. Ich bin Polizist ... zumindest war ich das ..." Dex verstärkte seinen Griff und streichelte langsam weiter und verdammt, konnte sich nicht mehr daran erinnern, was er hatte sagen wollen. „Dex ..."

„Was, das ist wirklich illegal?" Dex drückte sich noch näher an ihn, schob Les so gegen das Auto, dass er nicht entkommen konnte. Nicht, dass er das wollte. Die Reibung fühlte sich großartig an und er wollte alles, was Dex ihm geben konnte. „Komm schon. Hier ist niemand, und wir sind hier oben auf dem Gipfel der Welt. Es ist dunkel. Man kann uns nicht sehen, und ich habe dich ganz für mich alleine."

Unter der zunehmenden Erregung begann Les' Bein vor Erregung zu zucken. Er wusste nicht, wie lange er sich noch zurückhalten ... oder wie lange er noch aufrecht stehen konnte. Sein Fuß pochte im Takt zum in seinen Schwanz schießenden Blut und steigerte die Erregung nur noch weiter. „Natürlich ist es illegal, im Freien Sex zu haben – in aller Öffentlichkeit." Leise stöhnte er auf und kniff die Augen zusammen.

„Aber hier ist es nicht öffentlich. Hier ist niemand, der etwas sehen oder hören könnte. Unsere einzigen Zeugen sind die Sterne." Dex begann erneut an seinem Ohr zu saugen. „Lass mich den Sternen etwas zu sehen geben." Er holte Les' Penis heraus und streichelte ihn fester. „Genau so. Lass es einfach zu. Blende alles aus und blicke nach oben. Die Sterne schauen zu, sehen, wie sexy du bist. Dein Fuß kümmert sie nicht. Sie scheinen auf dich und mich herab, ohne Rücksicht auf alles andere." Er saugte fester und Les zog sich gerade so weit zurück, dass er den Kopf drehen und ihn küssen konnte.

„Dex … ich …"

„Lass einfach los. Niemand kann dich hören. Schrei deine Lust einfach in den Himmel."

Les hob den Blick. Dort oben waren Millionen Sterne und während er schaute, schienen sie näher und näher zu kommen.

„Genau so", flüsterte Dex, als es unten an Les' Wirbelsäule zu kribbeln begann. Er erschauderte.

Les biss sich auf die Lippe, als die Intensität zunahm und bevor er wusste, wie ihm geschah, schienen die Sterne überall um ihn herumzuschwirren. „Dex!" Les schloss die Augen, seine Knie drohten unter ihm nachzugeben. Er lehnte sich gegen das Auto, nutzte es als Stütze, um sich aufrecht zu halten und atmete tief ein, versuchte verzweifelt, Luft in die Lungen zu bekommen. „Was machst du mit mir?" Was es auch war, Les war atemlos, fühlte sich jedoch seit langer Zeit wieder lebendig.

„Kannst du stehen?"

Les gelang ein Nicken. Es dauerte ein paar Sekunden, bevor die Welt wieder richtig aussah und als sie das tat, bemerkte er die Sorge in Dex' Augen. Les zog ihn dich an sich und küsste ihn leidenschaftlich. Er war entschlossen, Dex alles zurückzugeben, was dieser ihm gerade geschenkt hatte. Verdammt, es fühlte sich so gut an, wieder auf den Füßen zu stehen, während sich Dex an ihn schmiegte. Les kam es vor, als hätte er einen Teil seiner inneren Stärke wiedergefunden. Seine Verletzung war nun einmal da, aber Les hatte zugelassen, dass sie ihn definierte. Damit musste Schluss sein.

„Mir geht es gut." Himmel, es ging ihm viel besser als gut. Sein Herz raste und seine Brust füllte sich mit der nächtlichen Luft. Er umklammerte Dex mit all seiner Kraft, entschlossen, den Mann so zu halten, wie er es verdiente. Er zog ihn für einen weiteren Kuss zu sich hinab und begann, Dex' Gürtel zu öffnen, als um ihn herum plötzlich etwas aufblitzte.

Es dauerte eine Sekunde, bis Les begriff, dass sich die Lichter nicht in seinem Kopf befanden. Jemand kam den Hügel herauf und sein Schwanz war immer noch im Freien. Irgendwie gelang es ihm, wieder in seine Hose zu gelangen, und Dex zog die Autotür auf. Sie stiegen ein, ließen den Motor an und fuhren los. Auf dem Weg nach unten, begegneten sie dem anderen Auto, als die Kuppe gerade hinter ihnen verschwand. „Stehst du auf Outdoor-Sex? Denn es scheint, dass ich auf Outdoor-Sex mit dir stehe."

Kichernd fuhr Dex weiter bergab. Die Scheinwerfer durchschnitten die Dunkelheit. „Das könnte man so sagen. Ich liebe es, draußen zu sein. Früher war ich mit Freunden in Kalifornien wandern und habe am Strand gezeltet. Das hat mich immer …"

„Geil gemacht?", fragte Les.

„Ja." Er gluckste leise. „Aber ich war nie in der Lage, etwas zu unternehmen. In Kalifornien habe ich meine sexuelle Orientierung nicht wirklich versteckt, bin aber auch nicht öffentlich auf Pride Paraden mitmarschiert. In Hollywood herrscht immer noch eine gewisse Scheu vor schwulen Schauspielern. Egal, wie viele Stars sich auch geoutet haben. Sehr wenige von ihnen waren zuerst geoutet und wurden dann berühmt. Die meisten wurden erst berühmt und haben sich danach geoutet."

Als sie unten am Hügel angekommen waren und zurück in Richtung Stadt fuhren, machte es sich Les in seinem Sitz gemütlich. Er verspürte Zufriedenheit und war überraschend glücklich. „So wird es wohl sein."

„Jetzt, wo ich wieder zu Hause bin, kann ich ich selbst sein", meinte Dex. „Der Druck ist auf vielerlei Arten verschwunden. Ich weiß, dass ich meiner Mom wichtig war und dass ich das Jane ebenfalls bin. Sie hat mir gesagt, dass ich für sie der Sohn bin, den sie nie hatte."

„Glaubst du, sie wollte Kinder?"

„Ich weiß, dass sie das wollte, aber es hat nie funktioniert. Am Anfang habe ich sie ziemlich verletzt, weil ich nicht noch eine Mutter wollte. Mein Dad war gestorben und Mom lebte ihr Leben. Ich habe es beiden übel genommen, es aber am meisten Jane spüren lassen. Doch das ist inzwischen Jahre her, und sie hat mir verziehen, dass ich so ein Arschloch war. Sie, Mom und ich waren eine Familie. Also bin jetzt ich ihre Familie. Aber sie hat mir mal erzählt, dass sie sich immer ein eigenes Kind gewünscht hat." Dex verstummte. „Ich weiß nicht, ob sie nie die Möglichkeit dazu hatte oder einfach nicht in der Lage dazu war." Er hielt vor einer Ampel.

„Hast du je darüber nachgedacht, Kinder zu haben?", wollte Les wissen. „Viele der Jüngeren bei der Polizei haben welche, und ich bin etwas neidisch auf sie." Er wurde ernst. „Ich habe mich immer mit Familie gesehen."

Als die Ampel umsprang, überquerte Dex die Kreuzung. „Ich habe nie darüber nachgedacht. Ich war ein Einzelkind, weil Mom zwei Fehlgeburten hatte. Ich war ihr dritter Versuch und habe ihr anscheinend gereicht, sodass sie aufgehört hat, es zu versuchen. Ich habe nicht viel Zeit mit Babys verbracht, denn in meiner Nähe gab es nicht viele. Ich hatte keine Cousins mit Babys. Ein paar Freundinnen meiner Mutter hatten kleiner Kinder, aber ich hatte nicht viel mit ihnen zu tun." Sein Körper schien sich leicht anzuspannen, entspannte sich dann aber wieder. „Ich muss zugeben, dass mir Babys etwas Angst einjagen. Sie sind so hilflos. Aber vermutlich wäre das bei einem eigenen anders."

71

„Meine Cousins hatten viele Kinder, daher bin ich daran gewöhnt." Er lächelte. „Ich liebe Babys und sie lieben mich. Meine Schwester Maria – sie lebt inzwischen in North Carolina und ihr Mann ist beim Militär – ich habe ihren Sohn Ethan immer ins Bett gebracht, weil ich es als einziger hinbekommen habe, dass er eingeschlafen ist." Er legte die Hand auf Dex' Bein und ließ das Thema fallen. Dex schien es unangenehm zu sein, und Les wollte nichts kaputtmachen. Es war ja nicht so, dass Kinder zu haben ein Dealbreaker war.

Les wies Dex den Weg zur Rückseite seines Hauses, wo er parken konnte. „Brauchst du etwas von den Sachen auf dem Rücksitz?", fragte er beim Aussteigen.

„Nein." Dex spähte nach hinten und griff nach einem alten Taschenbuch mit zerknicktem Buchrücken. Obwohl er es schnell zuklappte, hatte Les mitbekommen, dass es ausgehöhlt worden war. Dex legte es zurück auf den Sitz und erklärte: „Das ist nur Zeug aus dem Laden, das ich mit nach Hause nehmen wollte." Er schloss die Tür und Les folgte seinem Beispiel. „Mom hat einige interessante Sachen im Laden gehabt."

Les gluckste. „Ich wette, das hat sie." Er hoffte, ganz normal zu klingen. Was auch immer dort vor sich gegangen war, Les war sich ziemlich sicher, dass Dex nichts davon wusste. Aber das hieß nicht, dass er nicht beschützt werden musste, wenn es eine Gefahr darstellte.

6

DEX FOLGTE Les, der langsam die Treppe an der Außenseite des Gebäudes hinaufstieg. Die Stufen waren steil und ziemlich schmal. „Normalerweise gehe ich nicht hier lang. Die Treppe an der Vorderseite ist einfacher, aber diese praktischer." Oben angekommen schloss Les die Wohnungstür auf und trat ein. Er bedeutete Dex, ihm zu folgen.

„Geht's dir gut?", fragte Dex, als er an ihm vorbeiging. „Du bist völlig verkrampft." Sobald die Tür ins Schloss gefallen war, zog er Les an sich. „Wir müssen nichts tun, was du nicht willst. Es gibt keine Regel, dass wir überhaupt etwas tun müssen."

Les wirkte ausgesprochen steif, und seine Angst schien immer mehr zuzunehmen. Dex verstand das nicht. Auf dem Heimweg hatte Les die meiste Zeit einen völlig entspannten Eindruck gemacht. Vielleicht lag es an dem Gespräch über Kinder.

Schließlich schien Les es abzuschütteln. „Mir geht es mehr als gut. Wirklich." Die Vorhänge waren geschlossen, und Les dirigierte Dex zum Sofa. „Möchtest du etwas trinken? Ich habe Bier und eine Flasche Wein, Limo, Cola, solche Sachen."

„Das, was du nimmst", meinte Dex. „Soll ich dir helfen?"

„Schon okay." Les ging auf die Krücke gestützt in die Küche. Dex verdrehte die Augen. Natürlich war Les verkrampft. Höchstwahrscheinlich hatte er Schmerzen. Als er mit zwei Bier zurückkam, machte ihm Dex Platz auf dem Sofa.

„Hilft Massage bei deinem Fuß?" Dex dirigierte Les so, dass dessen Fuß auf seinem Schoß lag. Vorsichtig zog er ihm Schuhe und Socken aus und begann sanft über die Haut des vernarbten Fußes und Knöchels zu reiben. Die Striche waren immer noch leicht rosa, begannen jedoch zu verblassen. Er stellte sicher, keine schnellen Bewegungen zu machen.

Les lehnte sich in die Kissen zurück. „Gott, fühlt sich das gut an", seufzte er erleichtert auf, um sich kurz darauf sofort wieder anzuspannen. Wahrscheinlich befürchtete er, schwach zu erscheinen und hasste dieses Gefühl.

„Habe ich dir wehgetan?" Dex stoppte sofort.

„Nein. Es ist nur … Abgesehen vom Arzt lasse ich niemanden meine Füße sehen. Sie sind nicht schön …"

„Es gibt nichts, wofür du dich schämen müsstest und empfindlich brauchst du auch nicht zu sein. Es sind eben Füße. Ich habe die hässlichsten Füße, die es gibt. Schreckliche Füße liegen bei uns in der Familie. Ich hasse es, das zugeben zu

73

müssen, aber bei Familienausflügen mit dem Auto hatte ich den Rücksitz immer ganz für mich. Deshalb habe ich es mir dort gerne gemütlich gemacht."

„Also hast du die Schuhe ausgezogen."

„Ja. Nach zwei Minuten haben meine Eltern geschrien, dass ich sie wieder anziehen soll. Sie meinten, ich würde das Rückfenster zum Beschlagen bringen."

Les seufzte und schloss die Augen. „Also bist du Mister Käsemauken?"

„Das war ich. Ich gehörte zu den Kindern, die immer aktiv sind. Während des Wachstums hatte ich ständig Fußprobleme. Habe ich immer noch. Sie werden trocken und solche Sachen … Oh Mann, das ist ein echt schwachsinniges Gespräch. Füße. Es muss doch interessantere Themen geben." Er rieb weiterhin sanft Les' Füße und hörte auch nicht damit auf, als er sich zu ihm beugte. „Vielleicht könnten wir über das sprechen, was wir vorhin gemacht haben."

„Du meinst deinen Fetisch bezüglich Sex in der Öffentlichkeit?" Les grinste.

„Beschwerst du dich etwa? Ich habe jedenfalls keine Einwände gehört, als du lauthals über den Berg gebrüllt hast." Er glitt mit der Hand Les' Bein hinauf bis unter das Knie und genoss es, wie der Mann unter der Berührung erschauderte.

„Dex, du bist echt unanständig."

„Vielleicht. Aber noch einmal: Ich habe keine Beschwerden von dir vernommen. Allerdings merke ich, dass du scharf wirst."

Les stöhnte leise auf, und Dex ließ die Hand zurück zu Les' Füßen gleiten. Während er einen Schluck von seinem Bier trank, beobachtete er Les, der den Blick nicht abwandte. Er wünschte, er wäre in der richtigen Position, um die Stelle an seinem Hals zu küssen, die sich beim Schlucken bewegte. Verdammt, irgendetwas an Dex machte ihn echt heiß.

„Bist du müde?", wollte Dex wissen.

„Nicht wirklich, aber das heißt nicht, dass wir nicht ins Bett gehen können." Das Funkeln in Les' Augen war der personifizierte Schalk. „Du könntest wieder meinen Fuß reiben …"

Dex schnaubte auf. „Und andere Teile." Er war mehr als bereit, alles an Les zu erforschen.

Dex trank sein Bier aus, und Les tat es ihm nach. Dann wartete Dex, bis Les aufgestanden war. Er überlegte, ihm Hilfe anzubieten, hielt sich jedoch zurück. Les hatte seinen Stolz. Daher wartete er geduldig, folgte ihm ins Schlafzimmer und schaltete unterwegs das Licht aus.

„Ich würde zu gerne wissen, wie du das hier hochbekommen hast." Der Raum war wirklich groß und das Kingsizebett umwerfend. Die prächtige, dunkelgrüne Tagesdecke betonte die hellgrauen Wände.

„Ich hatte Hilfe von einigen Freunden", erklärte Les und setzte sich auf das Ende. „Ich breite mich beim Schlafen gerne aus und …" Er senkte den Blick. Dex kam der Gedanke, dass das Bett vielleicht kurz vor dem Unfall mit dem Gedanken an jemand anderen gekauft worden war.

„Es sieht toll aus." Er setzte sich neben Les und nahm seine Hand. „Wenn es dir gefällt." Das musste nervenaufreibend gewesen sein.

Les stellte die Krücke weg, rutschte wieder aufs Bett und legte den Kopf auf die Kissen. „Es gab so viele Zeiten, in denen ich ein Bett in dieser Größe einfach für dumm gehalten habe und überzeugt war, dass ich es loswerden und mir ein praktischeres und weniger …?"

„Riesiges?", zog ihn Dex auf. Dabei war er alles andere als enttäuscht.

„Ich wollte einsameres sagen. Aber riesig passt auch."

Dex zog die Schuhe aus und legte sich auf den Rücken neben Les. Seine Wortwahl war bezeichnend.

„Ich hasse das wirklich …" Er seufzte und verstummte dann. Dex ließ ihm Zeit, den Satz zu beenden. „Ich habe mich immer gefragt, was ich arbeiten würde, wenn ich kein Polizist wäre, doch selbst nach all diesen Monaten fällt mir nichts ein. Als Kind wollte ich nie etwas anderes werden und durfte es ja dann auch. Weil das jetzt nicht mehr geht, habe ich versucht, etwas anderes zu finden. Ich kann nicht einfach für den Rest meines Lebens zu Hause sitzen. Und das werde ich auch nicht."

Das konnte Dex verstehen. „Schließ die Augen", forderte er ihn sanft auf. „Du sagst, dass du kein Polizist sein kannst. Also vergiss das und stell dir vor, du wärst etwas anderes. Solche Übungen haben wir in einigen meiner Schauspielkurse gemacht. Wir mussten verschiedene Berufe ausüben und in verschiedene Rollen schlüpfen. Du kannst nicht länger den Polizisten spielen, also stell dir vor, du wärst etwas anderes."

Les lag still da und stöhnte dann genervt auf. „Was denn? Ich könnte Krücke, der humpelnde Privatdetektiv sein. Allerdings würde ich auffallen wie ein bunter Hund."

„Entspann dich …" Dex streichelte sanft Les' Arm. „An nichts denken. Du bist an einem sicheren Ort. Du musst nicht auf der Hut sein. Ich bin hier bei dir, und dir wird nichts passieren. Lass dich einfach treiben."

Les lächelte. „Ich wollte Rockstar werden, bin aber unmusikalisch."

„Außerdem kannst du toll küssen. Vielleicht könntest du darauf eine neue Karriere aufbauen."

Les schnaubte. „Genau. Ich könnte Callboy für Leute mit einem Krückenfetisch werden."

Dex erwiderte leise glucksend: „Schließ einfach die Augen und entspann dich. Dies soll eine Visualisierungsübung sein, und ich will mir nicht vorstellen, wie du an einer Straßenecke stehst, mit deiner Krücke aufreizend vor den Autos herumwedelst und Typen fragst, ob sie an einem Treffen interessiert sind." Er verdrehte die Augen, als Les auflachte und seine Schultern hinabsanken. „Okay, lass es uns noch einmal versuchen. Entspann dich und schließ die Augen."

„Ich kann das nicht. Ich sehe nur vor mir, wie ich in bauchfreiem Shirt und enger Jeans, auf die Krücke gestützt, an einer Straßenecke stehe und ausgesprochen viel Ähnlichkeit mit Grandpa Simpson habe."

Dex konnte sich nicht länger zusammenreißen, ließ sich auf das Kissen zurückfallen und schaute lachend an die Decke. „Ich habe versucht, dir zu helfen."

„Ja, das weiß ich. Aber du warst derjenige, der vorgeschlagen hat, ich solle versuchen, mir eine Karriere mit Küssen aufzubauen." Sie mussten beide lachen, verstummten dann jedoch mit einem Mal.

Dex wurde klar, dass eine zehnminütige Schauspielübung Les nicht dabei helfen würde, herauszufinden, welche Richtung sein Leben einschlagen sollte. Das war vermutlich dumm. Les musste es selbst herausfinden. „Ich wünschte, ich könnte dir helfen."

Les seufzte. „Ich glaube, ich muss mir selbst helfen. Ich habe daran gedacht, wieder zur Schule zu gehen. Vielleicht könnte ich Buchhalter oder so was werden."

Dex bezweifelte, dass das die Antwort war. „Worauf du dich verstehst, ist Strafverfolgung. Das hast du einige Jahre gemacht. Also schau dir an, was es dort noch für Bereiche gibt. Vielleicht könntest du unterrichten. Es muss doch noch andere Berufsmöglichkeiten geben."

Les zuckte mit den Schultern. „Ich würde gerne unterrichten, aber dafür war ich nicht lange genug dabei. Mit einem höheren Rang und mehr Dienstjahren wäre das vielleicht möglich." Er verstummte kurz. „Ich hatte in Erwägung gezogen, bei Ermittlungen hinter den Kulissen zu arbeiten."

„Wie sieht es denn mit dem Sicherheitsbereich aus? Hast du schon einmal mit Cyberkriminalität und solchen Dingen zu tun gehabt? Ich wette, dort gibt es jede Menge Möglichkeiten." Dex wollte wirklich helfen, kannte sich aber überhaupt nicht aus. Er drehte sich auf die Seite. „Ich schätze, man könnte sagen, mir sind die Ideen ausgegangen."

„Das ist okay. Ich habe selber keine gehabt und überlege seit Monaten." Les drehte sich mit dem Gesicht so, dass er ihn ansehen konnte. „Irgendwann werde ich es schon herausfinden. Ich muss erst einmal verinnerlichen, dass ich nicht nur aus meinem Fuß bestehe."

Dex nahm Les' Hand und strich sanft mit dem Daumen über die Handfläche. Langsam verringerte er den Abstand zwischen ihnen, wobei Les ihm auf halbem Weg entgegenkam. Dex zog ihn dichter an sich und rollte sie herum, sodass er von Les' Gewicht in die Matratze gedrückt wurde. Les sollte so viel Bewegungsfreiheit wie möglich haben. Es war unglaublich erregend. Abgesehen von dem verletzten Fuß war Les kräftig und stark. Nur wenige Dinge sind so sexy, wie von einem starken Mann in die Matratze gedrückt zu werden.

„Ist das okay?", fragte Les.

Dex lächelte. „Süßer, das grenzt verdammt nah an Perfektion." Er verstärkte den Griff, spreizte die Beine und wand sie um Les' Taille. Mit den starken Armen und den ganzen Muskeln war der Mann definitiv sexy. Dex glitt mit den Händen Les' Rücken hinab und zog ihm das Hemd hoch, bis Les etwas zurückwich, damit Dex es ihm ausziehen konnte. Les war echt zum Anbeißen. Dex wollte alles von ihm, wusste aber nicht, wo er beginnen sollte.

Er drückte die Hand gegen die Brust und spürte die festen Muskeln. „Du bist etwas Besonderes."

„Nicht zu schwer?", fragte Les.

Dex legte den Kopf auf die Seite. „Oh Gott, nein." Am liebsten wäre er an Les emporgeklettert wie an einem Sexbaum. „Wie kommst du denn darauf?" Er streichelte Les' Wangen. „Hat Chad so etwas zu dir gesagt?"

Les nickte. „Er hatte immer Angst, dass ich ihn zerquetsche. Chad war gertenschlank und gelenkig. Er konnte tanzen wie kein Zweiter, war aber definitiv kleiner als ich."

„Nun, ich werde schon nicht zerbrechen." Dex schlang die Arme um Les' Hals. „Warum schlüpfst du nicht einfach aus dieser Hose, ich ziehe meine aus, und dann schauen wir mal, wie sportlich du es angehen willst." Dex liebte Männer, die sich nicht davor scheuten, ein wenig Kraft einzusetzen.

„Ich bin mir nicht sicher …"

„Sei einfach du selbst", schlug Dex vor.

Les glitt vom Bett und zog Schuhe und Hose aus. Dex vergeudete keine Zeit, entkleidete sich ebenfalls und federte auf der Matratze auf und ab. „Yeah … das ist mal ein Ausblick." Les hatte einen umwerfenden Hintern: rund und so fest, dass man Münzen daran abprallen lassen konnte. Dex liebte Männer mit tollen Hintern, und dieser hier war perfekt. Er befahl sich, nicht zu sabbern, als Les sich langsam umdrehte. In seiner gesamten nackten Pracht sah er einfach atemberaubend aus. Dex bekam einen trockenen Mund.

„Das kannst du laut sagen." Les musterte ihn mit durchdringendem Blick von oben bis unten. Es fühlte sich fast an, als würde Les die Hände über ihn gleiten lassen. Intensiv traf es nicht mal annähernd.

„Komm zurück aufs Bett." Dex rutschte hinüber, als Les wieder auf die Matratze kletterte. Sie waren beide hart, und Dex' Schwanz begann zu pochen, als Les näher kam. Er hatte immer wissen wollen, was Les unter seiner Kleidung verbarg und konnte die goldbraune Haut jetzt in voller Pracht bewundern. Dex war entschlossen, so viel wie möglich von ihm in sich aufzunehmen. Er zog Les näher an sich heran, küsste ihn und dirigierte ihn auf sich hinab – Oberkörper an Oberkörper, Hüfte an Hüfte. Les presste sich an ihn, und Dex stöhnte auf. Die Klimaanlage war nicht in der Lage, die in Sekundenschnelle zwischen ihnen auflodernde Hitze zu kühlen. „Verdammt …"

„Gefällt dir, was du siehst?"

„Ja." Er streichelte Les' Rücken hinab und über die kleine Wölbung des festen Hinterns, umfasste die Backen und stöhnte leise in Les' Ohr. „Du bist ein verdammt gutes Paket, und ich unglaublich froh, dass jetzt alles ausgepackt ist." Es fühlte sich an, wie das beste Weihnachten aller Zeiten.

Les lachte. „Du bist selber auch nicht schlecht. Du musst viel trainiert haben."

„Ich wollte Schauspieler in Hollywood werden, dem oberflächlichsten Ort auf der Welt. Es ging nur darum, wie du aussiehst oder wen du kennst. Ich habe mein Bestes gegeben, um immer so gut wie möglich auszusehen. Daher ja, ein paar Stunden täglich im Fitnessstudio waren nichts Ungewöhnliches." Er zog Les für einen Kuss zu sich hinab. Jetzt war nicht die Zeit für Worte, sondern für eine ganz andere Art von Kommunikation. Eine, die jeden Teil ihrer Körper einbezog und bei der ihre Lippen viel heißeren und aufreizenderen Gebrauch machten.

Dex genoss den Geschmack der salzigen Schärfe um Les' Nippel. Als er die Lippen um die Knospe schloss, stöhnte Les leise auf. Dieses tief aus der Kehle kommende Grollen steigerte Dex' eigenes Verlangen nur noch mehr. Les' weiche Haut glitt unter seinen Händen dahin, als er über den starken Körper strich. Er wollte mehr und ließ die Lippen den ausgestreckten Fingern folgen. Mit Händen, Mund und Blicken wollte er sich so lange wie möglich an Les laben. Jede muskulöse Kurve und jede verführerische Vertiefung lockte ihn weiter. Er wollte alles auf einmal, als wäre Les ein Festmahl und er ein Verhungernder.

Dex glaubte, Männer zu verstehen – schließlich war er einer und schlief mit ihnen. Er wusste, was er mochte, also ging er auf Erforschungstour, um zu sehen, wo ihre Vorlieben aufeinandertrafen. Zu seiner Überraschung schienen sie genau übereinzustimmen. Jedes Stöhnen, das er ausstieß, wurde von einer gleichen Erkundung samt lustvollem Zischen begleitet, dessen Echo zu ihm zurückkehrte. Hin und her, zunehmend und nachlassend: Sie nahmen sich Zeit. Dex gefiel, dass es keiner von ihnen eilig zu haben schien. Die kleinen Berührungen und Kniffe wurden immer fester, intensiver und fordernder.

„Dex?", fragte Les mit bittendem Blick und Dex nickte. Les griff zum Nachttisch und zog das Benötigte heraus.

„Ich will dich", flüsterte Dex in den abgedunkelten Raum, strich mit den Händen über Les' Wangen und hinab zu den runden kanonenförmigen Schultern. Der Mann war atemberaubend. Je mehr er erforschte, desto mehr gefiel ihm, was er fand. In Les steckte eine Stärke, von der er vermutlich selber nicht einmal etwas wusste. Dex konnte sie spüren, und sie bestand nicht aus den kräuselnden Muskeln, sondern aus einem inneren Stab aus Stahl, der wegen Les' Unglück ein bisschen gebogen sein mochte, sich aber immer noch dort befand. „Wie willst du mich? Was ist einfacher?"

Les zögerte nicht. „Genau so. Ich will dich sehen können." Langsam und fürsorglich bereitete ihn Les mit verführerischen, bestimmten Bewegungen vor, die Dex mehr als einmal den Blick vernebelten und ihn bereit und hungrig nach mehr werden ließen. Les schien genau zu wissen, wo man berührt und gibt, doch er gab nie genug ... nie alles ... hielt Dex am Rande des Abgrunds – bereit und auf mehr hoffend.

Selbst als Les ihn ausfüllte, die Blicke ineinander versenkt, war es nicht genug. Bis es das dann doch war. Bis Les beschloss, dass es das war, und sich Dex sich fest an ihn klammernd auf den Ritt einließ, der das Bett zum Schwanken brachte und von dem er hoffte, dass er nie zu Ende ging.

Nichts war jemals perfekt, aber das erwartete Dex auch gar nicht. Sex ist chaotisch, schmuddelig und manchmal unbeholfen. Dies hier war all das und noch so viel mehr, dass die Unvollkommenheiten kaum auffielen, weil die Energie, der Schwung und die spannungsgeladene Leidenschaft, die Les erzeugte, die Oberhand gewannen und sie verschlang. Ungehindert zogen Emotionen durch Les' Augen, deren Energie ausgereicht hätte, um eine Stadt mit Strom zu versorgen. Dex nahm sie und gab sie gleich wieder zurück.

Dex hatte nicht damit gerechnet, dass Les so forsch sein würde, doch der Mann hielt seine geballte Kraft immer kurz vor dem Ausbruch, aber trotzdem unter Kontrolle, was unglaublich sexy war. Les ließ ihn seine Stärke sehen und spüren, allerdings nicht in vollem Umfang, sodass er nach mehr verlangte. „Du musst mich nicht behandeln, als wäre ich aus Glas", stellte Dex klar.

„Nun ... ich ...", erwiderte Les.

Dex zog ihn nach unten. „Das meine ich ernst. Ich bin nicht dieser Dingsda. Du wirst mir nicht wehtun, und ich mag es ein bisschen härter. Deine Stärke macht mich an, also verstecke sie nicht. Sei einfach du selbst und nicht eine leise Version davon, weil du denkst, du müsstest jemandem gefallen, der nicht hier ist." Dex begann, ihn leidenschaftlicher und tiefer zu küssen, um Les' Flamme zu schüren. Mit einem Mal erwachte das Feuer sowohl in Les' Körper als auch in seinen Augen zu Leben.

Oh, er war immer noch behutsam, aber sehr viel bestimmter. Auf seiner Brust brach Schweiß aus, der im durch die Gardinen scheinenden Licht glitzerte. Dex klammerte sich fest, als Les ihn auf einen Raketenritt zum Mond und darüber hinaus mitnahm, bis die ganze Welt in Sterne der Lust zersplitterte, und Dex auf die Erde zurückfiel, um umgeben von Wärme in Les' Armen und seinem Bett zu landen.

„WOHIN GEHST du?", fragte Les am folgenden Morgen, als Dex versuchte aus dem Bett zu steigen, ohne ihn zu wecken.

„Ich muss in den Laden. Ich dachte mir, dass du nach letzter Nacht deine Ruhe brauchst." Er beugte sich übers Bett, um Les einen Kuss zu geben. „Außerdem muss ich vorher noch nach Hause, um zu duschen und mich umzuziehen." Er rechnete mit Fragen von Jane und und konnte keine Stammkunden gebrauchen, die darüber spekulierten, warum er noch immer dieselben Sachen trug. „Du hast mit Sicherheit etwas zu tun. Der Laden schließt heute Abend um sechs."

„Was hältst du von einem gemeinsamen Abendessen?", fragte Les. „Oder ist dir das zuviel? Du sollst mich schließlich nicht satt bekommen."

„Nein, das ist toll. Ich rufe dich an, wenn ich zumache, dann können wir uns irgendwo treffen." Sie küssten sich erneut. Dann zog er sich an und ging über die Hintertreppe zu seinem Auto.

Sein Körper schmerzte an Stellen, an denen das schon lange nicht mehr der Fall gewesen war und als er zu Hause ankam, war Jane bereits gegangen. Dex duschte und zog sich um und ging dann zum Laden. Er holte die restlichen Waren aus dem Lager, überprüfte die Preise und räumte sie ein. Da ihm noch etwas Zeit bis zur Öffnung blieb, holte er einige Kisten hervor, die seine Mutter im Hinterzimmer aufbewahrt hatte, und trug sie zum Tresen, um sie durchzusehen.

„Gut, ich werde …" Die erste Kiste erhielt weitere Bücher. Er stellte sie in die Regale und öffnete die nächste. In dieser befanden sich verschiedene Taschenbücher. Er trug sie zu den Regalen mit den Liebesromanen und begann die Bücher einzusortieren. Dabei rutschte ihm eins aus der Hand und fiel auf den Boden. Eine kleine Tüte kam zum Vorschein. „Was zur Hölle ist das?" Er hob Buch und Tüte auf.

Es war nicht schwer zu erkennen, was sich darin befand. Beim Öffnen der Tüte verriet ihm der süßliche Geruch, den er aus dem College und von ein paar Partys in New York kannte, sofort, um was es sich handelte. Dex schloss die Tüte wieder und legte sie zurück in das ausgehöhlte Buch. Dann ging er das Regal durch, um die anderen Bücher herauszuholen, die er gerade erst hineingestellt hatte. Jedes davon war hohl und mit einer ähnlichen Tüte gefüllt.

„Heilige Scheiße", stieß er leise aus, als ihn die Erkenntnis überkam. Jetzt wusste er, wofür die anderen ausgehöhlten Bücher gedacht waren und glaubte zu verstehen, wie seine Mutter den Laden am Laufen gehalten hatte.

Als ein Klopfen an der Vordertür ertönte, hätte er die Kiste beinahe fallengelassen. Dex hob den Blick und sah Les durch die Scheibe lächeln. Fast wäre er über die eigenen Füße gestolpert, als er die Kiste mit den hohlen Büchern schnell hinter dem Tresen verstaute, bevor er die Tür öffnen ging.

„Ich dachte, du bist vielleicht hungrig." Les kam herein und reichte ihm eine Papiertüte. „Ich habe Eier-Speck-Sandwiches zum Frühstück gemacht und dir eins mitgebracht." Er küsste Dex und drehte sich wieder Richtung Tür. „Ich hoffe, du hast einen schönen Tag und verkaufst alles." Damit verschwand er. Dex lehnte sich gegen den Kassentresen und fragte sich, was er jetzt tun sollte.

Er könnte das Gras einfach im Klo runterspülen, dann wäre er fertig damit. Das wäre vermutlich das Schlauste, vor allem, da der Mann, mit dem er sich traf, Polizist gewesen war. Aber was, wenn seine Mutter jemandem etwas für den Stoff schuldig war? Sollte das der Fall sein, könnte er es vielleicht zurückgeben und die Sache damit beenden. Er nahm die Kiste und brachte sie ins Hinterzimmer. Dort bemühte er sich, ein Versteck für sie zu finden, damit niemand darüber stolperte. Schließlich steckte Dex sie in einen schwarzen Müllbeutel und wickelte die Enden darum, bevor er auf einem der unteren Regale verstaute, direkt über dem Boden, ganz hinten und außer Sichtweite.

Jetzt musste er nur noch herausfinden, was er mit dem Wissen anfangen sollte, dass seine Mutter eine Gras-Dealerin gewesen war.

Da es fast neun war, wusch er sich die Hände und die Arme – nur für den Fall. Nachdem er sie abgetrocknet hatte, schloss er die Tür auf, drehte das Schild auf „geöffnet" und hoffte auf Kunden.

DIE GESCHÄFTE liefen nicht wie geschmiert, waren aber stabil. Viele Leute wollten über seine Mutter reden, und Dex fragte sich, welche davon, falls überhaupt, von ihrem kleinen Nebengeschäft gewusst hatten. Er stellte fest, dass er alle mit anderen Augen betrachtete, vor allem das junge, hippe Pärchen, das sofort das Regal mit den erotischen Büchern in Nähe des Tresens ansteuerte. Auch die alten Männer musterte er genau und fragte sich, ob sie nur kamen, weil seine Mutter ihnen zu mehr Freude im Leben verholfen hatte. Er versuchte, sich seine Mutter vorzustellen, wie sie einem Kunden erklärte, dass sie diese Woche „wirklich gutes Zeug" habe.

Dex schüttelte den Kopf. Er musste sich auf seine Aufgabe konzentrieren und durfte nicht über jede eintretende Person spekulieren. Doch immer wieder ging er zurück zu der Kiste unter den Regalen im Hinterzimmer. Was zur Hölle sollte er damit tun? Die Menge in den Büchern würde wahrscheinlich ausreichen, um ihn für einige Zeit ins Gefängnis zu schicken, und jetzt befanden sich überall darauf seine Fingerabdrücke. Das Problem war nur, dass er nicht wusste, was er deswegen unternehmen sollte oder wen er um Rat bitten konnte. Les kam nicht infrage – er war Polizist. Und Dex kannte nicht allzu viele Leute in der Stadt. Die, denen er traute, befanden sich in einem anderen Bundesstaat. Aber er wollte keinesfalls am Telefon über diesen Mist reden.

Jane wusste möglicherweise etwas darüber, aber er hatte Bedenken, sie zu fragen. Wenn sie etwas gewusst hatte, hätte sie seiner Meinung nach früher etwas darüber gesagt. Entweder das, oder sie hätte das Zeug aus dem Laden geschafft. „Verdammt, Mom", murmelte er.

„Wie bitte, junger Mann?", fragte eine ältere Kundin, die gerade an den Tresen trat. Sie ging über einen Stock gebeugt.

„Entschuldigung, ich habe nur laut gedacht. Wie kann ich Ihnen helfen?" Er lächelte.

Die Frau beugte sich etwas näher. „Diese Karten sind so hübsch. Meine Schwester legt Tarot, und ich wette, sie würde sie lieben." Das Lächeln auf ihren Lippen blieb nur kurze Zeit, dann spannte sich ihr Gesicht an, als hätte sie Schmerzen, bevor es sich wieder entspannte.

„Alles in Ordnung?", fragte Dex.

Sie nickte langsam. „Ich bin auf der Suche nach Büchern über homöopathische Medizin", erklärte sie. „Ihre Mutter hatte eine ziemlich umfangreiche Sammlung, und ich versuche, natürliche Schmerzmittel zu finden." Sie lächelte. „Sie sehen ihr sehr ähnlich. Sarah war ein so lieber Mensch und wird vielen in der Stadt hier fehlen."

Er musste schlucken. Ihm wurde warm ums Herz, weil seine Mutter so geliebt worden war. „Ich bin nicht sicher, ob ich etwas hier habe." Dex trat hinter dem Tresen hervor. „Es gibt nur einen kleinen Bereich mit Selbsthilfe- und medizinischen Ratgebern." Er ging hinüber und schaute in die Regale. „Tut mir leid. Ich glaube nicht, dass ich im Moment etwas in der Art hier habe. Ich kann im Katalog nachschauen und versuchen, ein Buch für sie zu bestellen. Wenn Sie sich so lange hinsetzen möchten, schaue ich, was verfügbar ist." Er hatte sich vorgenommen, jedem einzelnen Kunden zu helfen.

„Ich verstehe", erwiderte sie enttäuscht. „Danke, junger Mann." Sie drehte sich um und ging langsam zur Tür. Dex machte sich etwas Sorgen, dass sie es nicht schaffen würde. Jeder Schritt schien eine Qual zu sein. Er eilte herbei, um ihr die Tür zu öffnen.

„Bitte kommen Sie wieder … ich werde alle Bücher bestellen, die sie brauchen." Er wartete, bis sie den Laden verlassen hatte, winkte noch einmal und schloss die Tür. Er sah nach den anderen Kunden und griff dann nach einem Staubwedel. Solange es ruhig war, konnte er genauso gut ein wenig sauber machen.

„WIE LAUFEN die Geschäfte?", wollte Les später am Nachmittag wissen, als er an den Tresen kam. „Ich bin gekommen, um einige Bücher zu bestellen." Er stützte sich leicht auf den Tresen, und Dex fragte sich, ob ihm der Fuß Probleme bereitete. „Ich habe eine Liste geschrieben." Er überreichte sie ihm. „Da ich jede Menge Zeit haben werde, kann ich genauso gut lesen."

„Natürlich." Dex ging fröhlich an den Computer und gab Les' Bestellung auf, zusammen mit einigen anderen Büchern, die er im Laden anbieten wollte. „Wie war dein Tag?"

„Ganz okay. Ich habe ein paar Dinge im Haus erledigt und so viele Idioten-Sendungen angeschaut, dass mein Hirn jetzt Matsche ist. Hast du eine Ahnung, wie viele Einrichtungswettkämpfe, Kochwettbewerbe und sogar Blumenarrangier-Shows es gibt? Genug, um einen in den Wahnsinn zu treiben. Und das Schlimmste ist, dass sie alle so konzipiert sind, dass sie völlig unsinnig und lächerlich sind. Es wird sichergestellt, dass der ungeheuerlichste Teilnehmer gewinnt und der beste wegen eines Formfehlers ins Straucheln gerät." Er schüttelte den Kopf. „Vielleicht sollte ich bei einer Show über Krücken mitmachen. Den Leuten zeigen, wie man sie auf eine Million Arten zur Selbstverteidigung einsetzen kann. Krückentöter." Er schwang die Metallkrücke wie ein Schwert.

Dex meinte glucksend: „Du bist ein Trottel. Und ja, ich weiß bestens Bescheid über lächerliche Fernsehsendungen. Ich habe sogar schon einmal bei einer mitgemacht. Aber irgendwie kann ich mir keine Sendung vorstellen, in der du den Leuten demonstrierst, wie man sich gegenseitig mit einer Krücke verprügelt. Obwohl ich dich gerne im Fernsehen sehen würde."

Die Türglocke läutete und eine Gruppe sich unterhaltender Frauen betrat den Laden.

„Kann ich den Damen behilflich sein?"

„Ich hoffe es. Haben Sie Bücher über homöopathische Medizin?", fragte eine der älteren Damen.

Dex schluckte. „Leider nein. Ich hatte heute schon einige andere Kunden, die interessiert an dem Thema waren. Ich bestelle Ihnen gerne alle gewünschten Bücher, habe aber leider keine im Laden." Er schaute die Frau mit den silbernen Haaren an, während ihre Miene von Verwirrung zu Enttäuschung wechselte.

„Ich verstehe. Dann vielen Dank." Sie drehte sich um, um zu gehen, die anderen im Schlepptau.

„Einen schönen Tag, die Damen", rief Dex mehr als nur ein wenig perplex.

„Danke. Ihnen auch, junger Mann", erwiderte eine der Frauen. „Wir alle haben Ihre Mutter sehr gern gehabt. Sie hat jeder von uns geholfen, und wir werden sie sehr vermissen." Sie verließen das Geschäft. Dex fragte sich, was zum Teufel hier vor sich ging.

„Vielleicht solltest du einige Bücher über Homöopathie bestellen. Klingt, als gebe es einen echten Markt dafür", schlug Les vor. Dex nickte, als weitere Kunden hereinkamen. „Wir sehen uns, wenn du zugemacht hast." Les drückte seine Hand, ging dann langsam zur Tür und verließ mit einem Winken den Laden.

BIS LADENSCHLUSS hatten zwei weitere Kunden den Wunsch nach Selbsthilfebüchern geäußert, und Dex fragte sich, was um Himmels willen er bestellen sollte, um die Nachfrage zu befriedigen. Als er die Türen geschlossen hatte, kümmerte er sich um die Tageseinnahmen. Er war zufrieden und überlegte, am Sonntag einen Teil des Tages dazu zu nutzen, einen Finanzplan aufzustellen und vielleicht zu prüfen, womit sich die Lagerbestände wieder auffüllen ließen. Schließlich wollte er nicht die gleichen Titel, die er bereits verkauft hatte, wieder einführen. Er brauchte Neues als Lockmittel.

„Anscheinend braucht die halbe Stadt Bücher über Hausmittelchen", erzählte Dex Les, während er alles für den Feierabend vorbereitete. „Die andere Hälfte scheint einfach nur gestöbert zu haben, aber ziemlich viele Leute haben Bücher gekauft. Es war wirklich toll."

„Das ist großartig", erwiderte Les lächelnd.

„Jetzt muss ich nur noch herausfinden, wie ich die Begeisterung aufrechterhalte." Er seufzte, denn Begeisterung war das letzte, das er verspürte.

Er war den ganzen Tag auf den Beinen gewesen und hatte seine Energiereserven aufgebraucht. „Ich habe wirklich Angst, dass das Interesse nachlässt, und ich es nicht zurückgewinnen kann. Ich möchte nicht, dass sie den Laden sattbekommen. Es muss immer etwas Neues geben." Ihm rauchte der Kopf. Dex hatte sich nie als Händler gesehen. Ein Geschäft zu führen war nie sein Traum gewesen. Als Kind hatte er Theater gespielt und kleine Geschichten nachgespielt, die er entweder gelesen oder selber geschrieben hatte. Diese Zeit, in der er in andere Rollen schlüpfte, war sein Lieblingsteil des Tages gewesen. Aber einen Geschäftsführer spielen? Das hatte er nie getan. Und jetzt fand er sich im echten Leben in der Rolle des Ladeninhabers wieder.

Les umarmte ihn. „Sei einfach du selbst. Du besitzt diese Aura, diese Bühnenpräsenz. Mach sie zu einem Teil des Ladens."

Seufzend erwiderte Dex die Umarmung. Ihn festzuhalten fühlte sich gut an. „Du rätst mir also zu schauspielern?"

„Nein. Ich will damit sagen, dass du einfach nur der fröhliche, lebenslustige Mensch sein sollst, der du immer bist. Wenn du das durchschimmern lässt, werden die Menschen darauf reagieren. Was die Bücher angeht, nach denen die Leute fragen, da würde ich sagen, du solltest versuchen, das Gewünschte aufzunehmen. Hat jemand eine Bestellung aufgegeben?"

Dex schüttelte den Kopf. „Das war der Teil, der mich verwirrt hat."

„Okay. Nun, manchmal ist es einfach, nach etwas zu fragen. Vielleicht wollten sie nur etwas nachschlagen und gar nichts nichts kaufen. Das ist immer möglich. Warum schaust du nicht in der Bücherei nach? Dort könnte es derartige Fachbücher geben. Dann kannst du deinen Kunden immerhin sagen, wo sie die gewünschten Informationen finden können." Les versuchte zu helfen, aber es war ein langer Tag voller Überraschungen gewesen. Als Dex seufzte, ließ ihn Les los und trat einen Schritt zurück. „Möchtest du mit zu mir kommen? Ich wollte gerade Abendessen machen."

Dex seufzte erneut. „Das würde ich wirklich gerne, aber Jane hat vor einer halben Stunde angerufen und gefragt, ob ich nach Ladenschluss nach Hause komme. Ich glaube, sie weiß nichts mit sich anzufangen." Er biss sich auf die Unterlippe.

„Dann solltest du wirklich Zeit mit ihr verbringen", meinte Les. „Das verstehe ich vollkommen. Sie ist einsam und alleine."

Dex nickte. „Mom ist so plötzlich gestorben … Ich glaube, wir versuchen beide immer noch zu begreifen, dass sie weg ist." Er schickte Jane eine Nachricht, dass er sich auf dem Heimweg befand, aber sie antwortete schnell, dass sie etwas essen und dann ins Bett gehen würde.

Les und ich haben überlegt, essen zu gehen, schrieb er. Hast du Lust, mitzukommen?

Punkte zeigten an, dass sie antwortete. *Hier ist noch so viel. Mehr als ich essen kann.*

Dex zeigte Les die Nachricht. „Wie wäre es, wenn wir zu ihr gehen? Würde es dir etwas ausmachen? Du musst nicht mitkommen, wenn du nicht willst." Dex hasste es, Jane die ganze Zeit allein lassen zu müssen.

„Natürlich nicht. Ich besorge eine Flasche Wein oder so was, und wir treffen uns dort", bot Les an.

Dex brachte ihn zur Tür und erledigte die letzten Arbeiten. Dabei fragte er sich, womit er das Glück verdient hatte, einen so verständnisvollen Mann wie Les gefunden zu haben. Seine Gedanken wanderten aber auch zu der verdammten Kiste. Wenn Les herausfand, was sich darin befand, wäre alles vorbei. Der Mann war Polizist gewesen – und würde immer einer bleiben. Das hatte er Dex bei mehr als einer Gelegenheit erzählt. Daher würde Les etwas Illegales, wie die Menge an Gras, die seine Mutter ohne gültige Lizenz verkauft und anscheinend zur Verfügung gehabt hatte, keinesfalls durchgehen lassen.

Dex wollte gerade das Licht ausschalten, als jemand an der Tür klopfte. Es war die Frau, die früher am Tag da gewesen war. Er schloss auf, und sie kam langsam in den Laden. „Wie kann ich Ihnen helfen?", fragte er. „Ich bin gerade dabei, zu schließen."

Sie stützte sich auf ihren Stock, begann aber erst zu sprechen, als Dex die Tür wieder geschlossen hatte. „Ich weiß, aber …" Ihre Hand zitterte und ihre Augen verrieten ihre Schmerzen. „Ihre Mutter war eine besondere Frau und hat viel für andere Menschen getan." Sie blickte ihn an. „Ich werde sie sehr vermissen."

„Möchten Sie sich setzen?"

„Nein. Danke", lehnte sie, immer noch auf den Stock gestützt, ab. „Es fällt mir nicht leicht, das zu sagen, aber Ihre Mutter hat vielen von uns geholfen." Sie schluckte, und ihre Hand zitterte noch mehr. „Junger Mann, ich bin vierundachtzig Jahre alt, und an diesem Punkt meines Lebens hat mein Körper beschlossen, sich gegen mich zu wenden. In meinem Leben geht es nur noch darum, den Schmerz in Schach zu halten. Es hört nie auf. Ihre Mutter hat mir dabei geholfen. Nun ja, mir und anderen."

„Wie hat sie das getan?", wollte Dex wissen.

„Dieser Staat ist in vielerlei Hinsicht rückständig. Dazu gehört auch die Schmerzbehandlung." Sie stellte ihre Handtasche auf eines der Regale. „Mein Arzt ist ein altmodischer Kauz, aber er tut, was er kann. Ich habe ihn um Hilfe gebeten, doch der alte Langweiler ist Neuem gegenüber nicht allzu aufgeschlossen."

„Warum hören Sie nicht auf, um den heißen Brei herumzureden und sagen mir einfach, was sie wirklich wollen", schlug Dex vor.

„Oh, ein Mann, der gleich auf den Punkt kommt. Mein Mann war auch so. Es gibt eine Sache, die gegen die Schmerzen hilft – Marihuana. Aber ich kann keins für den medizinischen Gebrauch bekommen, weil mein Arzt nicht daran glaubt."

Dex unterdrückte ein Aufjapsen. „Haben Sie es von meiner Mutter bekommen?"

Sie nickte. „Ihre Mom hatte eine Vereinbarung mit einem jungen Mann von außerhalb getroffen, der die Ware liefern sollte. Als ich hier hereingekommen bin, und Sie nicht zu wissen schienen, wovon ich rede, wurde mir klar, dass Sie keine Ahnung hatten. Und ich nehme an, dass sie auch anderen geholfen hat."

Dex hütete seine Zunge. Er war nicht bereit, irgendjemandem zu verraten, was er entdeckt hatte. „Ich verstehe." Er merkte, dass sie ihn beobachtete.

„Ich mag eine alte Frau sein und weiß, dass ich nicht besonders viel hermache, aber ich kann Menschen lesen und spüre, dass Sie etwas gefunden haben." Sie atmete sehr langsam aus. „Sarah war eine gute Frau." Sie schob den Stock etwas zur Seite. „Ich gehe ein Risiko ein, Ihnen das zu erzählen, aber ich habe Marihuana von ihr bekommen. Meines Wissens hat sie selber es nie benutzt, wusste aber von der schmerzlindernden Wirkung. Das ist eines der wenigen Dinge, die es mir ermöglichen, zu funktionieren und aktiv zu bleiben. Meine Arthritis ist so schlimm, dass es Zeiten gibt, in denen mir sogar das Atmen wehtut. So wie jetzt hier zu stehen und zu gehen, ist trotz des Stocks manchmal ein Test, wie viel Schmerz ich aushalten kann." Dex konnte die Qualen, die ihre Augen fluteten, fast körperlich spüren und musste sich beherrschen, nicht einen Schritt zurückzutreten.

„Können Sie denn in diesem Bundesstaat kein medizinisches Marihuana bekommen?", fragte Dex. „Ich weiß, dass es in Kalifornien, wo ich gelebt habe, Abgabestellen gibt, und es ziemlich einfach ist, derartige Produkte in verschiedenen Formen zu bekommen."

Sie schüttelte den Kopf. „Ich habe es endlich geschafft, eine Karte und ein Rezept zu bekommen, kann aber nicht einfach in eine Apotheke marschieren, um es abzuholen. Der Vorgang ist ausgesprochen kompliziert, weil der Bundesstaat es zwar legalisiert hat, die Bundesregierung aber nicht. Und der Staat gestattet es nur zähneknirschend. Deshalb gibt es mehr bürokratische Hürden zu überwinden, als sie sich vorstellen können … Und, junger Mann, meine Tage des Springens sind lange vorbei." Ihre Energie schien zu schwinden. „Tut mir leid, dass ich sie mit meinen Problemen belästige."

Dex wusste nicht, was er sagen sollte. Ein Teil von ihm war versucht, ihr etwas aus dem Hinterzimmer zu geben, aber was, wenn sie die Großmutter eines Polizisten war, der ihn auffliegen lassen wollte? Derartige Dinge befanden sich weit außerhalb seiner Komfortzone. Er hatte überhaupt kein Interesse daran, der Graslieferant kleiner alter Damen zu werden. Doch ein anderer Teil in ihm hätte gerne geholfen. Schließlich war er der Sohn seiner Mutter. „Lassen Sie mich raten: Nach einem Buch über Homöopathie zu fragen, war das Passwort."

„Ich fürchte ja. Das hatte sich ihre Mutter ausgedacht. Ich weiß nicht, ob das schlau war, aber jetzt wissen sie es." Erwartungsvoll starrte sie ihn an, als wolle sie, dass er all seine Geheimnisse verriet. „Ich sollte jetzt gehen. Es tut mir leid, falls ich Sie geschockt oder die Erinnerung an Ihre Mutter verletzt habe. Sie war eine wunderbare Frau und hat das alles nur getan, um den Menschen zu helfen.

Und wenn sie dabei etwas zusätzliches Geld verdient hat ... sie war schließlich diejenige, die das Risiko auf sich nahm." Langsam wandte sie sich der Tür zu. „Was Ihre Mutter getan hat, war ein Segen."

Dex öffnete die Tür und half ihr aus dem Laden. Langsam ging sie den Bürgersteig hinunter. Er schloss die Tür ab und packte seine Sachen zusammen, bevor er das Licht ausschaltete und in die Nacht hinausging, um zum Haus seiner Mutter zu eilen.

Er musste es jetzt als Janes Haus betrachten. Dex musste sich seine Sachen aus Kalifornien schicken lassen und Möbel besorgen, damit er über dem Laden einziehen konnte. Woher er das Geld für all das nehmen sollte, wusste er nicht, doch er musste es tun. Er würde sich etwas überlegen.

„Ich habe mich schon gefragt, ob dir etwas passiert ist", sagte Jane, als er eintrat. „Les ist schon vor zehn Minuten gekommen." Sie umarmte ihn. „Er sitzt hinten im Wintergarten. Ich habe einiges aufgewärmt und dachte, wir könnten dort draußen essen. Es ist ein schöner Abend, mit einer wunderbaren Brise."

„Klingt gut. Ich wurde von einer Kundin aufgehalten." Er stoppte sie, bevor sie wieder in der Küche verschwinden konnte. „Wie hältst du dich? Ist alles okay?" Er wusste, dass die Fragen dumm waren. Natürlich war nichts okay.

„So weit es eben okay sein kann. Ich vermisse Sarah die ganze Zeit, aber nachts ist es am schlimmsten. Tagsüber kann ich mich beschäftigen, doch nachts, wenn es ruhig ist, gibt es nichts, das mich ablenkt." Er nahm ihre Hand. „Es fühlt sich an, als hätte ich ein Loch im Herzen, ohne dass ich etwas tun könnte, um es zu reparieren. Meine Freunde meinen, dass es im Laufe der Zeit leichter wird ... Vermutlich haben sie recht. Aber im Moment ist es beschissen." Sie ging in die Küche.

Dex entdeckte Les auf einem der großen Sessel im Wintergarten hinter dem Haus, den Fuß auf einen Hocker gelegt. „Bleib sitzen." Er beugte sich über den Sessel, um ihn leicht zu küssen, und setzte sich dann dicht neben ihn. „Entschuldige, dass ich so spät komme. Ich hatte eine Last-Minute-Besucherin, die ein wenig über Mom plaudern wollte. Ich konnte sie nicht einfach abwürgen." Es war ihm zuwider, Les anzulügen, indem er ihm etwas verschwieg, aber er wusste nicht, wie der ehemalige Polizist reagieren würde, wenn er herausfand, dass einige der alten Damen in der Stadt bei seiner Mutter Gras gekauft hatten. Was, wenn sie noch ganz andere Sachen verkauft hatte? Die ganze Situation verunsicherte ihn, aber damit konnte er sich später befassen. Definitiv nicht heute Abend.

„Wie lief das Geschäft?"

„Nicht schlecht. Es ist Samstag, und viele Familien sind durch die Stadt geschlendert. Den Kindern scheinen die Schaufenster wirklich gut zu gefallen. Ich kann durch die Scheiben sehen, wie sie grinsen und große Augen bekommen", erklärte er lächelnd.

„Ich habe heute Morgen Leute vor dem Laden getroffen. Es war ein älteres Ehepaar, das mir erzählt hat, wie viel Spaß es ihnen gemacht hat, ihren

Enkelkindern Geschichten vorzulesen. Ich glaube, die Schaufenster sind ein echter Hit. Sie erinnern die Leute daran, wie es war, als die Dinge noch einfacher waren."

„Ja. Jetzt muss ich ihn am Laufen halten, weiß aber nicht wie. Nicht wirklich. Ich kann natürlich die Bücher bestellen, die die Leute kaufen wollen, habe aber keine Ahnung, wie ich sie überzeugen soll, zur Tür hereinzukommen. Ich habe mir überlegt, vielleicht einen Buchclub zu gründen."

„Dann mach das. Je früher du anfängst, desto besser wird es dir gehen", stimmte Les zu.

„Gott sei Dank habe ich morgen geschlossen. Ich bin völlig fertig." Dex schloss die Augen, und Les nahm seine Hand. „Ein Geschäft zu eröffnen ... okay, eins am Laufen zu halten ... ist schwieriger, als ich je für möglich gehalten hätte. Jemand muss die ganze Zeit im Laden sein, und ich kann es mir nicht leisten, jemanden einzustellen. Vielleicht wird es leichter, wenn es mir gelingt, den Umsatz zu steigern." Er schluckte angestrengt. „Ich habe heute ein bisschen im Internet gesurft und gelesen, wie schwer es für kleine Buchläden ist, zu überleben." Er drückte Les' Finger. „Hierbei will ich nicht versagen. Es wäre, als würde ich meine Mutter im Stich lassen, und ich glaube nicht, dass ich das kann."

„Dann überleg dir, was du tun musst. Leg Anmeldebögen für den Buchclub aus. Richte Lesebereiche ein. Hol Autoren ins Boot." Les stellte den Fuß auf den Boden und beugte sich in seinem Sessel nach vorne. „Tu, was auch immer du musst, damit sich der Laden von den Großen unterscheidet. Dazu wird eine Menge nötig sein. Wenn du das wirklich willst, dann gib dich nicht mit halben Sachen zufrieden." Seine Miene war ausgesprochen ernst. „Deine Mom hat den Laden zum Laufen gebracht, dann kannst du das auch."

Dex nickte, musste aber daran denken, womit seine Mutter ihn zum Laufen gebracht hatte. Wenn Les das wüsste, würde er vermutlich an die Decke gehen. Dex war jedoch entschlossen, es zu einem Erfolg werden zu lassen und wenn es ihn umbrachte. Doch dafür benötigte er mehr Kapital. Nur eine Finanzspritze, würde die Sache in Schwung bringen.

„Das Essen ist fast fertig." Jane brachte ein Tablett mit Fingerfood und Bier herein.

„Setz dich", ermunterte Dex sie und zog den Stuhl etwas näher heran. „Du musst dich ebenso dringend ausruhen wie ich."

„Das Essen muss noch fünfzehn Minuten im Ofen bleiben." Sie nahm Platz und legte die Beine hoch.

Dex öffnete die Bierflaschen und reichte jedem eine. „Auf Mom", sagte er leise, und sie stießen die Flaschen gegeneinander. „Sie hat ein gutes Bier sehr zu schätzen gewusst." Er trank einen Schluck. „Und das hier gehört definitiv nicht dazu." Er verzog das Gesicht, und die anderen taten es ihm nach. „Woher kommt das?"

„Einer der Trauergäste hat es mitgebracht. Sie meinte, dass Sarah und sie immer eins getrunken hätten, wenn Sarah zu Besuch kam." Jane stellte ebenso wie die anderen das Bier wieder auf das Tablett. „Ich weiß nicht, wie sie diesen grauenhaften Geschmack hinbekommen haben."

„Ich habe keine Ahnung." Les begann das Etikett zu studieren. „Sie haben Zucker hinzugefügt." Er stellte die Flasche wieder weg.

Dex brachte das Bier zurück in die Küche und goss es in den Ausfluss. Hinten im Kühlschrank entdeckte er einige Flaschen Corona. Er schnappte sich drei, ging in den Wintergarten zurück und öffnete sie.

„Neuer Versuch. Auf Mom ... auf Sarah", verkündete er. Das war jedenfalls besser. Bier sollte nicht wie eine Süßigkeit oder Hustensirup schmecken. Er setzte sich wieder und legte seine Hand auf die von Les.

„Du zitterst", flüsterte Les.

„Ich bin einfach völlig fertig." Er hatte die Unwägbarkeiten in Hollywood und dem Showbusiness für nervenaufreibend gehalten, aber der Laden und die unbeständigen Winde der Geschäftswelt waren auf eine andere Art und Weise mindestens ebenso nervtötend. Dazu kam noch das kleine Geschenk, das ihm seine Mutter hinterlassen hatte. Er fragte sich unablässig, was zur Hölle er nur tun sollte.

Nicht, dass alles schlecht wäre. Er besaß einen Platz zum Wohnen und die Mieteinnahmen aus zwei Wohnungen. Das hieß, dass das Gebäude selber jeden Monat etwas Geld einbringen würde. Aber jetzt war er nicht nur Ladenbesitzer, sondern auch Vermieter.

„Bist du sicher, dass das alles ist?", fragt Les. Dex nickte seufzend. Les war so stark, und Dex spürte, dass er sich auf ihn stützen konnte. Manchmal schockierte es ihn, wie einfach es doch war, anderen bei ihren Problemen zu helfen, aber keinen Schimmer zu haben, wie sich die eigenen lösen ließen.

„Ja. Ich habe einfach nur jede Menge zu tun." Er lächelte und schob seine Sorgen weg. Jetzt war er mit Les und Jane zusammen und musste die Arbeit im Laden lassen, und die Auszeit einfach genießen.

Der Ofen gab ein Piepsen von sich, und Jane stand auf. „Essenszeit Jungs. Ich habe nicht den ganzen Abend geschuftet und die Sachen umsonst aufgewärmt", witzelte sie grinsend und ging aus dem Zimmer.

„Kommst du mit allem klar? Das sind eine Menge Veränderungen", meinte Les. „Du bist zurückgekommen und hast ein Geschäft und eine Wohnung gefunden, aber machst du das hier nur, weil du glaubst, dass deine Mutter es gewollt hätte?" Er zog seine Hand weg, als hätte er Angst vor der Antwort. „Der Laden war der Traum deiner Mutter, und sie hat ihn jahrelang erfolgreich geführt. Aber du musst das nicht tun, nur weil sie ihn dir hinterlassen hat. Du hast deine eigenen Träume ..."

Dex seufzte auf. „Die nirgendwohin führen. Und inzwischen bezweifle ich, dass sie das jemals werden." Er wusste nicht, was er tun sollte. „Ich kann schauspielern und sehe gut aus, habe aber nicht das Aussehen, das alle suchen. Ich werde jeden Tag älter und meine Chancen nehmen ab. Ich bin jetzt zweiunddreißig und in Hollywood auf dem absteigenden Ast."

„Es gibt jede Menge ältere Schauspieler", protestierte Les.

„Stimmt. Aber das waren junge Schauspieler, die älter geworden sind. Tom Hanks ist fantastisch, aber auch schon seit Jahren im Geschäft. Sie werden mich wohl kaum jemandem vorziehen, der sich bewährt hat. Es ist einfach ein hartes Leben, das ich langsam leid bin." Er schloss die Augen. „Ich bin es leid, alt zu sein. Ich bin nicht … was auch immer sie suchen. Wie du mal zu mir gesagt hast: Ich denke, ich muss mir einen anderen Traum suchen. Der Buchladen erlaubt mir, kreativ zu sein, und ich begegne den unterschiedlichsten Menschen. Ich denke, es könnte ein Erfolg werden, aber wenn es nicht funktioniert, bleibt mir immerhin das Gebäude. Ich könnte immer noch das Geschäft schließen und an jemand anderen vermieten." Diese Idee kam ihm wie ein Betrug gegenüber seiner Mutter vor, war jedoch eine Möglichkeit. „Was ist mit dir? Hast du darüber nachgedacht, was du jetzt mit deinem Leben anfangen willst?"

Les zuckte mit den Schultern. „Ich bekomme einige Zusatzleistungen, die ich nicht nutze. Vielleicht gehe ich wieder zur Schule. Weil ich im Einsatz verwundet wurde, könnte ich Gelder für Bildung und Umschulung beantragen."

„Welcher Studiengang interessiert dich denn?", fragte Jane, die mit Tellern und Besteck zurückkehrte.

„Ich dachte an Jura. Das Grundstudium habe ich bereits hinter mir. Es ist dasselbe Fachgebiet, nur aus einer anderen Perspektive. Außerdem müsste mir mein polizeilicher Hintergrund eigentlich zugutekommen."

„Das bedeutet jede Menge Arbeit, aber ich wette, du würdest einen tollen Anwalt abgeben", sagte Dex.

„Ich bin Polizist geworden, weil ich Menschen helfen wollte, und das könnte ich auch als Anwalt. Ich bin intelligent und kenne mich mit dem Gesetz aus. Es wäre etwas anderes, aber ich denke, dass ich einen Vorteil habe." Er nahm den von Jane angebotenen Teller entgegen. Sie kam mit einem Nudelgericht zurück und teilte eine saftige, käsige Köstlichkeit aus, die den Raum wie einen italienischen Himmel duften ließ.

„Dann mach das. Würdest du zum Dickinson College hier im Ort gehen? Dort gibt es einen Jurafachbereich", sagte Dex. „Ich bin mir sicher, dass sie dich annehmen würden."

Les nickte. „Ich müsste alle Aufnahmetests machen und mich dann bewerben. Wenn ich gut genug bin, könnte ich in einem Jahr starten." Er wirkte aufgeregt, und das gefiel Dex. Les' Augen funkelten und die Mundwinkel hoben sich. Les besaß diese besondere Energie, die von ihm in den Raum ausstrahlte. „Ich muss mich noch näher damit befassen."

„Tut das unbedingt", forderte ihn Dex auf. „Kennst du jemanden an der juristischen Fakultät?"

„Ein paar Leute. Ich habe mit ihnen zusammengearbeitet, als ich bei der Polizei war. Damals musste ich mich ein paar Mal mit Anwälten beraten, und die Dozenten waren immer sehr hilfsbereit." Für Dex klang es, als hätte Les einen Weg nach vorne gefunden. Jetzt musste er nur noch das Gleiche tun.

7

LES UND Dex hatten beschlossen, am Sonntag etwas zusammen zu unternehmen. Dex hatte ihm aber nicht verraten, was, sondern Les gebeten, es ihm zu überlassen. Dem hatte er zugestimmt.

Jetzt, da er alleine in seinem Bett lag, konnte er nicht aufhören, an Dex zu denken. Der Mann war sexy und heiß und Les Gedanken drehten sich um einen sich unter ihm windenden Dex. Das einzige Problem bestand darin, dass jedes Mal, wenn er seiner Fantasie freien Lauf ließ, ausgehöhlte Bücher in das Schauspiel eingefügt wurden. Himmel, er begann langsam zu glauben, dass sein Verstand aus den Fugen geraten war.

Les schaute auf die Uhr und stöhnte auf. Es war drei Uhr morgens und alles, woran er denken konnte, schien das Taschenbuch auf Dex Rücksitz zu sein und wofür genau es benutzt wurde.

Es war nur ein Buch gewesen. Vielleicht interpretierte er zu viel hinein, aber sein Polizistenverstand würde es nicht einfach auf sich beruhen lassen.

Vielleicht wusste Dex gar nicht, was es war. Das führte jedoch nur dazu, dass Les sich Sorgen machte, Dex könne in etwas hineingeraten, mit dem er nicht umgehen konnte. Unnötig zu erwähnen, dass sich seine Gedanken in Endlosschleife drehten.

Vor Sarahs Tod hatte Les den Buchladen beobachtet. Mit ziemlicher Sicherheit hatte sie das Geschäft mit ein paar illegalen Aktivitäten am Laufen gehalten. Er hatte beobachtet, wie Bücher zurückgegeben und umgetauscht worden waren. Bei seinem Besuch dort hatte er die Kunden beobachtet, jedoch nichts Außergewöhnliches entdeckt. Die jungen Leute verhielten sich nicht so, wie er es bei dem Kauf von Drogen erwarten würde. Trotzdem hatte ihm irgendetwas gesagt, dass dort etwas vor sich ging. Er hatte es nur nicht benennen können. Jetzt, da Dex das Geschäft führte, hoffte Les, dass er falschgelegen hatte. Nachdem er jedoch dieses merkwürdige Buch gesehen hatte, befand sich sein Argwohn in Alarmbereitschaft.

Die naheliegendste Antwort lautete: irgendwelche Drogen. Aber welche genau? Sarah hatte nicht wie eine Koksdealerin gewirkt. Andererseits hatte er während seiner Zeit als Polizist seltsamere Dinge gesehen als eine Frau im Rentenalter, die mit dem Verkauf von illegalen Substanzen ihr Einkommen aufbesserte.

Im Moment wünschte er sich nur, dass sein Hirn zur Ruhe kommen würde. Dex wollte ihn um zehn abholen und wenn es so weiterging, würde er auf dem Weg nach wohin auch immer einschlafen. Les schaltete das Licht ein, um zu sehen, ob

Lesen helfen würde. Er überlegte, Dex einfach zu fragen, ob er etwas gefunden hatte. Doch wie sollte er die Frage formulieren? „Dex, meinst du, deine Mom war eine Drogendealerin?" Oder vielleicht: „Dex, hast du im Laden irgendetwas gefunden, dass dort nicht hätte sein sollen, wie zum Beispiel eine große Packung Pillen hinter dem Tresen oder ein Kilo Koks hinter der Toilettenrückwand?" Das würde sich als Schuss in den Ofen erweisen ... und Dex wahrscheinlich nie wieder mit ihm reden. Les musste einsehen, dass er zwar einen Verdacht haben konnte, das aber auch alles war.

Er musste loslassen. Falls irgendetwas nicht mit rechten Dingen zuging, würde die Polizei es herausfinden. Und wenn es nichts zu finden gab, würde er durch seine Fragen niemanden verlieren, der anfing, ihm wichtig zu werden.

Les war kurz davor aufzugeben und das Licht wieder auszuschalten, als sein Handy vibrierte. In der Erwartung, eine Facebooknachricht bekommen zu haben, griff er danach.

Was machst du gerade?

Lächelnd beantwortete er Reds Nachricht. *Anscheinend bin ich unglaublich berechenbar.* Red war ein gestandener Polizist und hatte – gemeinsam mit Harry – den Anfänger Les unter seine Fittiche genommen. Les hatte Glück gehabt, dass zwei großartige Polizisten etwas in ihm gesehen hatten. Nach Les Verletzung waren sie Freunde geblieben. *Du hast anscheinend die Nachtschicht.*

Stimmt und als ich gesehen habe, dass bei dir noch Licht brennt, hätte ich wetten können, dass du wach bist, textete Red. *Daher habe ich beschlossen, das Risiko einzugehen.*

Wann hast du Pause?, fragte Les. Als Red erwiderte, dass er jederzeit eine machen könne, antwortete er, dass er Kaffee aufsetzen würde. Dann schob er die Decke zurück, stand auf und verließ das Schlafzimmer.

Da es im Rest der Wohnung warm war, öffnete er die Fenster, um die Nachtluft hereinzulassen. Er kochte Kaffee und ging über die Hintertreppe nach unten, um Red reinzulassen. Während sie die Treppe hochstiegen, sprachen sie nicht, weil er die Nachbarn nicht stören wollte.

„Was hält dich so spät noch wach?", fragte Red, nachdem Les die Tür geschlossen hatte.

„Manchmal kann ich den Kopf nicht ausschalten", erklärte er. „Weißt du, ich habe jemanden kennengelernt. Seiner Mutter hat der Buchladen auf der anderen Straßenseite gehört."

„Sarahs Sohn." Red nickte und setzte sich. Er war ein großer Mann mit Narben auf den Wangen. Nicht, dass Les sie überhaupt noch bemerkte. Bei ihrer ersten Begegnung hatten sie seine Aufmerksamkeit geweckt, aber inzwischen zählten nur Reds ruhige Art und sein gutes Herz. Wenn Red nicht bereits in festen Händen gewesen wäre, hätte Les vielleicht irgendwann sein Interesse an ihm bekundet. „Wie ich gehört habe, will er den Laden übernehmen."

„Sieht so aus." Les hoffte, dass er das tat, und er mit seinem Verdacht falschlag. „Die Sache ist … bevor Sarah gestorben ist, habe …" Oh Mann, es war ihm zuwider, eine tote Frau zu verdächtigen. „Das Geschäft kann nicht genug abgeworfen haben, um sich selbst zu tragen. Nachdem ich verletzt wurde, saß ich ständig an diesem Fenster. Da ich nichts zu tun hatte, habe ich die hineingehenden Kunden gezählt." Es hörte sich dumm an, doch das tat er nun mal, wenn ihm langweilig war. Als Kind hatte er die Deckenplatten in den Klassenräumen gezählt und wenn seine Mom ihn bestrafte, die Ziegel in der Wand vor sich. Das gab seinem Verstand etwas zu tun.

„Was vermutest du?", wollte Red wissen.

„Nun … sie hatte vielleicht zwei bis drei Kunden am Tag und das über Wochen. Ausgeschlossen, dass der Laden durch den Verkauf von ein paar Büchern täglich überleben konnte. Es brauchte mehr als das, und ich habe mich gefragt, ob sie etwas getan hat, um ihr Einkommen aufzustocken. Aber das war nur so ein Gefühl." Les stand vorsichtig auf und goss Red eine Tasse Kaffee ein. Nachdem er sie ihm gereicht hatte, setzte er sich wieder. Wenn er selber einen Kaffee trinken würde, könnte er den Rest der Nacht auf keinen Fall schlafen. „Ich hatte nie einen Beweis für ein Fehlverhalten und bin schließlich zu dem Entschluss gekommen, dass ich mir das alles nur eingebildet habe."

„Dann ist sie gestorben, und du hast ihren Sohn kennengelernt?" Red trank seinen Kaffee. „Und wie ich gehört habe, magst du den Mann." Er grinste. „Tyler hat Terry im Fitnessstudio von eurem Abend erzählt. Tylers Worten nach ist der Kerl heiß."

„Ja, das ist er." Les spürte, wie seine Wangen rot wurden. „Aber …" Er musste gähnen, und Red trank noch einen Schluck von seinem Kaffee.

„Sarah ist tot und was auch immer sie eventuell getan hat, ist mit ihr gestorben. Ich weiß, dass du die meiste Zeit über die Zielstrebigkeit eines Spürhunds verfügst, aber wenn du einen Rat willst, lass es auf sich beruhen. Ich bezweifle, dass Sarah in etwas Illegales verstrickt war. Selbst wenn es so gewesen sein sollte, ist das jetzt Vergangenheit. Kriminelle können überall sein, aber jetzt mal ehrlich … wirkt Dex wie der Typ dafür? Wenn seine Mutter ihr Einkommen aufgebessert hat, bedeutet das nicht, dass Dex das ebenfalls tut."

„Nein. Aber …"

„Hast du etwas Verfängliches gesehen?"

Les schüttelte den Kopf. Klar, das ausgehöhlte Buch war verdächtig, aber nicht verfänglich. Es konnte auch einfach ein Buchsafe sein. Vielleicht führte der Laden solche Dinge. „Eigentlich nicht. Vor ihrem Tod habe ich einige Zeit im Geschäft verbracht, und die Leute, die meiner Vermutung nach Kunden für derartige Dinge waren, haben sich nicht verdächtig gemacht. Genau genommen habe ich nichts Ungewöhnliches gesehen. Die Kunden haben mit Sarah geplaudert, Bücher gekauft und sind dann wieder gegangen. Sie war eine wirklich nette Frau."

„Na also, da hast du's." Red trank seinen Kaffee aus und stellte die Tasse auf den Tisch. „Manchmal ist es am besten, wenn man einfach weitermacht. Du magst Dex doch, oder?"

Les nickte. „Ja. Wir sind morgen früh verabredet und haben uns in letzter Zeit ziemlich oft getroffen."

„Dann setz das nicht für eine Vermutung, die falsch sein könnte, aufs Spiel. Denk dran, Polizisten folgen der Spur aus Beweisen. Klar, wir haben manchmal einen sechsten Sinn, können ihm aber nicht einfach blind folgen, weil wir sonst am Ende noch die Rechte von jemandem mit Füßen treten. Und in diesem Fall könntest du jemanden verletzen, der dir wichtig ist." Red schaute auf seinem Handy nach der Uhrzeit und erhob sich. „Mir ist sehr wohl bewusst, dass wir in dieser Stadt ein Drogenproblem haben. Das sehe ich jeden Tag. Ich sage das also nicht leichtfertig …" Er schenkte Les ein warmes Lächeln. „Gestatte dir, glücklich zu sein. Wenn Dex dich glücklich macht, dann lass es zu. Aber lass nicht zu, dass irgendein Verdacht gegenüber seiner Mutter deinen Eindruck von ihm trübt. Wenn etwas im Geschäft nicht mit rechten Dingen zugegangen ist, hätten wir das von einem Verdächtigen erfahren. Ich habe mit vielen Menschen gesprochen, die in dieser Stadt in Drogengeschäfte verwickelt waren, aber es hat nie auch nur ein Gerücht bezüglich des Buchladens gegeben. Über andere Geschäfte hingegen definitiv, und die haben wir dichtgemacht. Aber nie auch nur das leiseste Gerücht über Sarah."

Les hatte nicht gewusst, wie Red reagieren würde, aber damit hatte er nicht gerechnet. Vielleicht musste er die Sache von einem anderen Blickwinkel aus angehen. „Gibt es irgendetwas Neues in dem Drogenfall, in dem ich ermittelt habe?" Das war immer noch ein wunder Punkt bei ihm, da er deswegen aus dem Verkehr gezogen worden war. Doch wenn es Les gelang, den Fall zu lösen, konnte er die Polizei vielleicht dazu bringen, ihm eine zweite Chance zu geben. Immerhin war er trotz allem immer noch Polizist. Vielleicht konnte er Teil des Teams sein, wenn auch in anderer Funktion.

Rex stieß ein Knurren aus. „Wir kommen nicht weiter, und das macht den Chief sauer. Sie scheinen uns immer einen Schritt voraus zu sein. Du bist der Einzige, der nah an sie rangekommen ist." Die Tragweite dessen, wozu die an dem Drogenring beteiligten Verbrecher fähig waren, hing unausgesprochen in der Luft. Les' Fuß wählte ausgerechnet diesen Moment, um in Erinnerung daran schmerzhaft zu pochen.

Durch dieses Gespräch fühlte er sich nur noch schlechter. Er beschloss, lieber an etwas Positives zu denken, obwohl es ihm schwerfiel, loszulassen, nachdem er sich erst einmal an etwas festgebissen hatte. „Ich mag Dex wirklich. Er ist lustig."

„Dann genieß es und hör auf, dir Gedanken darüber zu machen, was in der Vergangenheit gewesen sein könnte. Ich muss zurück an die Arbeit, und du solltest ins Bett gehen. Entspann dich und fröne den schönen Dingen des Lebens. Du verdienst es. Und wenn er dich glücklich macht, bringt es nichts, sich zu fragen, was seine Mutter vielleicht getan haben könnte." Er seufzte und zuckte die Schultern. „Was willst du tun, wenn es wahr ist? Es ihm erzählen und die Erinnerung an seine Mom beschädigen? Ihn anzeigen wegen Dingen, die vor seiner Rückkehr passiert sind? Du würdest nur das Geschäft ruinieren – in das er jede Menge Arbeit gesteckt hat. Aus der Sache würde niemand gut herauskommen, am wenigsten du." Er ging zur Tür. „Danke für den Kaffee."

„Danke für den Rat", erwiderte Les lächelnd. „Vielleicht können wir uns bald mal wieder treffen."

„Das wäre toll."

Nachdem Red verschwunden war, schloss Les die Tür wieder ab, schaltete das Licht aus und ging zurück ins Bett. Red hatte recht. Er machte sich Gedanken wegen etwas, das in der Vergangenheit lag. Nun, da seine Gedanken zur Ruhe gekommen waren, schlüpfte Les in dem kühlen Raum unter die Bettdecke und schlief endlich ein.

„VERRÄTST DU mir, wo wir hinfahren?" Les stieg in Dex' Auto und verstaute die Krücke neben seinen Beinen.

„Nö", erwiderte Dex grinsend. „Aber du wirst es vermutlich schon bald erraten." Er fuhr vom Bordstein auf die Hanover Street, die Hauptstraße Richtung Süden.

„Gettysburg", riet Les.

„Das war ziemlich leicht", sagte Dex, während er durch die Stadt fuhr.

„Südlich von hier gibt es nicht viel, es sei denn, wir fahren nach Mt. Holly oder York Springs."

Dex gluckste. „Ich habe überlegt, dass wir dort zu Mittag essen könnten und auf dem Heimweg vielleicht an einem der Bauernmärkte halten. Die Kirschen sollten inzwischen reif sein. Außerdem könnte es noch einige andere Sachen geben, auch wenn es noch früh in der Saison ist."

„Kirschen?" Les rieb sich die Hände. „Die liebe ich."

„Wir werden sehen." Dex passierte die Ampel beim Baumarkt, und schon hatten sie die Stadt hinter sich gelassen. Die Häuser wurden weniger, und das Land öffnete sich in der Ferne zu Farmen und Bergen. „Ich dachte, wir könnten heute einfach mal Spaß haben. Wir müssen nicht das ganze Bürgerkriegszeug machen, wenn du keine Lust dazu hast."

Les machte es sich auf dem Sitz gemütlich. „Das erste Mal war ich in der Mittelstufe in Gettysburg. Wir bekamen eine Führung über das Schlachtfeld und waren oben auf dem Hügel. Das weiß ich noch, weil wir endlich aus dem Bus aussteigen und rumrennen durften." Stundenlang in den Bus eingesperrt zu sein, während der Lehrer über die Schlacht und den General schwafelte, war eine Tortur gewesen. Sobald sie den Bus verlassen hatten, waren sie wie endlich freigelassene

Heuschrecken über den Hügel gestürmt und in jede Richtung ausgeschwärmt. Es hatte unglaublich Spaß gemacht.

„Ich war in der sechsten Klasse dort. Der Mann auf dem Friedhof war als Abraham Lincoln verkleidet, hat die Gettysburg-Rede zitiert und sogar Fragen beantwortet. Das war cool. Die Kinder haben versucht, ihn aufs Glatteis zu führen, aber er blieb ganz in seiner Rolle und hat als Abraham Lincoln geantwortet. Es war ein echt toller Tag. Und wir haben das Rundgemälde über die Schlacht gesehen, was ziemlich beeindruckend war. An viel mehr über den Ausflug kann ich mich nicht erinnern. Das ist schon so lange her."

„Bist du seitdem dort gewesen?", wollte Les wissen. Er bemerkte, dass sich Dex' Blick kurz verdunkelt hatte. Dann war es wieder vorbei. Er fragte sich, ob auf diesem Ausflug etwas passiert war.

„Nein. Ich bin nur durch die Stadt gefahren, das ist alles. Was ist mit dir?"

„Genauso. Wenn man hier lebt, macht man die ganzen Touristendinge nicht. Ich war allerdings in einigen Restaurants. Hattest du ein bestimmtes im Sinn? Falls nicht, kann ich eins empfehlen." Es war gut an Essen, statt an das Schlachtfeld zu denken. Wenn sie eine Führung machten, würde er zweifellos alles über die Kriegsverletzungen und ihre Behandlung erfahren. Inzwischen lösten diese Bilder Unbehagen in ihm aus, was vor dem Unfall nicht der Fall gewesen war. Er gab es nur ungern zu, aber über die Dinge zu reden, die er auf einer Führung zweifellos hören würde, würde ihm vermutlich in Erinnerung rufen, wie kurz er davor gewesen war, seinen Fuß zu verlieren. Aber er wollte kein Spielverderber sein.

„Wenn du magst, könnten wir ins Dobbin House gehen. Es gibt noch einige andere gute Restaurants, aber mir gefällt es dort. Es liegt tiefer, sodass es dort immer kühl ist, und das Essen schmeckt echt gut. In den anderen Restaurants in der Stadt gibt es größtenteils Burger und solche Sachen."

„Genau das Restaurant wollte ich vorschlagen. Ich war noch nie dort, wollte es aber immer mal ausprobieren." Les zwang sich zu einem Lächeln. Dex war so begeistert und beim Essen würden sie schließlich nicht über Schlachtfelder und Verletzungen reden. Er verabscheute die dunkle Wolke, die sich anscheinend über ihm zusammengeballt hatte. Daher beschloss er, um jeden Preis Spaß zu haben. Les suchte im Internet nach dem Restaurant und schaute sich die Website an. Das Lokal bot keine Reservierungen an, sodass Dex und er eventuell warten müssten, doch das war für ihn in Ordnung.

Sie passierten Mt. Holly, York Springs und dann Biglerville mit den apfelförmigen Straßenlaternen. Nach einigen Kilometern näherten sie sich dem Stadtrand von Gettysburg. Eine Reihe von Denkmälern zog sich durch das Gebiet. „Meinst du, wir könnten auf den Little Round Top gehen?" Von dort hatte man einen tollen Blick über das gesamte Tal. Das war ihm aus seiner Kindheit im Gedächtnis geblieben. Hoffentlich würde er mit dem Gelände dort klarkommen.

„Natürlich", erwiderte Dex. „Das soll einfach ein schöner Tag werden. Es gibt keinen Plan. Wir können machen, was du willst. Allerdings müssen wir nicht unbedingt in die Hall of Presidents oder eine dieser Geistertouren machen; es sei denn, du willst das unbedingt."

„Ich denke, das können wir ausfallen lassen", stimmte Les zu, während sie am Gettysburg College und der Lincoln Train Station vorbeifuhren und den Kreisverkehr im Stadtzentrum erreichten. Der Ort schien wirklich aus der Vergangenheit entsprungen zu sein. Es gab Bars und Geschenkeläden, ebenso wie Antiquitäten- und Militariageschäfte. Dieser vielseitige Mix wurde immer touristischer, je mehr sie sich dem Militärfriedhof näherten. Dort waren die Straßen gesäumt von T-Shirt-Shops, Süßwaren- und sogar Kostümgeschäften. „Wow, mir war nicht klar, dass es so schlimm geworden ist. Ich meine, Eis kann ich verstehen, aber alles andere … Man könnte es glatt mit der Touristenstadt Ocean City verwechseln." Er verzog das Gesicht.

Schließlich bogen sie auf den Parkplatz des Restaurants ab. Er war wirklich voll, doch als sie um die Ecke fuhren, parkte gerade ein Auto aus. Also wartete Dex, bis sie in die Lücke fahren konnten. „Das war eine schöne Idee." Er beugte sich über die Mittelkonsole, und Dex küsste ihn schnell, bevor die intensiven Sonnenstrahlen den Wagen zu einem Ofen aufheizten.

„Ich habe noch nie hier gegessen, obwohl es mir so vorkommt, als hätte ich mein ganzes Leben Geschichten vom Dobbin House erzählt bekommen. Meine Eltern sind vor Dads Tod oft hierhergekommen. Sie haben immer von der Zwiebelsuppe gesprochen und darüber, wie besonders das Restaurant ist. Ich schätze, ich wollte einfach mal sehen, wie es ist", gestand Dex.

Les grinste. „Ein Abenteuer."

Dex' Lachen wurde zu einem Prusten. „Wir ziehen nicht in die Wildnis, um Schwarzwild zu jagen." Sie öffneten die schwere alte Tür und traten ein. Les folgte Dex zur Treppe und schaute nach unten.

„Wir gehen also eine enge, gewundene Steintreppe hinunter und hoffen, dass der Kerl mit der Krücke nicht fällt und dabei drei alte Damen und einen Kellner aus dem Weg räumt." Les wackelte mit den Augenbrauen und begab sich langsam hinab. Unten angekommen verspürte er Dankbarkeit. „Bekomme ich extra Punkte, wenn ich einen Touristen erwische?" Er musste überspielen, wie zittrig er sich auf den Stufen gefühlt hatte.

Dex verdrehte die Augen. „Nur, wenn du ihn aus den Schuhen haust."

Im Speisesaal stand auf jedem Tisch eine Kerze; zwei der Wände waren aus Stein gehauen und wurden von unten beleuchtet. Es sah interessant aus, war aber ziemlich dunkel. Eine Hostess führte sie an einen Tisch, Les nahm Platz und überflog die Speisekarte. Die Tische wirkten rustikal, die Balkendecke niedrig. Der Raum schien aus dem achtzehnten Jahrhundert entsprungen zu sein.

„Ist das in Ordnung?", fragte Dex.

„Klar." Les lächelte, als Dex ihn ansah. Der Raum vibrierte vor leisen Gesprächen. Das Halbdunkel begünstigte gedämpfte Unterhaltungen. „Es ist nur anders als erwartet." Leise seufzend streckte er das Bein aus und drehte sich etwas, sodass er es auf der Bank ablegen konnte.

„Wie das?", wollte Dex wissen. „Ich habe bemerkt, dass du auf dem letzten Teil der Fahrt anders warst. Du bist angespannter als zu Hause." Er beugte sich näher. „Irgendetwas bedrückt dich. Ist es das Restaurant? Die Treppe? Wenn du nicht mitkommen wolltest, hättest du es mir nur sagen müssen, dann hätten wir etwas anderes machen können." Er klang ein wenig beunruhigt, und sein Blick erinnerte Les an den seines alten Footballcoaches, als der ihn beim Schwänzen des Trainings für das wichtigste Spiel des Jahres erwischt hatte. Sein Kiefer spannte sich an, und er begriff, dass er ehrlich sein musste.

„Ich kann mich noch an meinen letzten Besuch hier erinnern. Wir haben eine Bustour gemacht, und dabei wurde viel über Verletzungen und ihre Behandlung gesprochen und ..."

Dex keuchte auf und schlug sich die Hand vor den Mund. „Okay. Hier ist der Plan: Wir machen uns einen schönen Tag und sprechen nicht über Bürgerkriegsmedizin oder irgendetwas, das auch nur ansatzweise eklig ist. Bei dem ganzen Touristenzeug draußen vergisst man leicht, warum dieser Ort berühmt ist."

Er seufzte. „Ich bin manchmal so blöd. Ich wollte, dass das hier ein lustiger Ausflug wird ... also habe ich dich auf ein Schlachtfeld gebracht." Er schüttelte den Kopf, und sie mussten beide lachen.

Les spürte, wie er sich entspannte. Er war mehr denn je entschlossen, Spaß zu haben. Vielleicht brauchte er nur einen Themenwechsel. „Ich wollte dich schon lange fragen, ob du im Laden irgendwelche Überraschungen gefunden hast."

Dex versteifte sich. „Was zum Beispiel?"

Les hatte nicht vorgehabt, so unverblümt damit herauszuplatzen, daher ruderte er leicht zurück. „Einfach etwas, von dem du nicht wusstest, dass es da ist. Schließlich warst du eine Weile weg, und deine Mom hatte eine exzentrische Seite. Ich dachte nur, du wärest vielleicht auf etwas Unerwartetes gestoßen. Außerdem habe ich mal gehört, dass es nicht überraschend ist, unter den Sachen eines Elternteils Dinge zu finden, von denen man dachte, dass sie schon lange weg sind."

„Oh ja. Beim Durchstöbern einiger alter Kisten im Hinterzimmer habe ich die Sachen entdeckt, die jetzt im Schaufenster stehen. Es gibt ein ganzes Set Winnie the Pooh Kuscheltiere, mit denen ich als Kind ein paar Mal gespielt habe. Sie waren alle dort. Mom hatte viele Sachen aufbewahrt und in einen der Schränke gepackt. Die Kisten waren säuberlich vom Boden bis zur Decke gestapelt. Ich hatte noch keine Gelegenheit, sie alle durchzusehen." Er schien sich entspannt zu haben und streichelte Les' auf dem Tisch liegende Hand. „Ich bin froh, dass ich mich zum Bleiben entschlossen habe."

„Ich auch."

„Als Jugendlicher konnte ich es kaum erwarten, die Stadt zu verlassen. Nach meinem Abschluss bin ich so schnell wie möglich an die Westküste gezogen. Ich wollte entdeckt und berühmt werden und dann zurückkommen und allen in der Stadt zeigen, wie weit ich es gebracht habe." Er setzte sich aufrechter hin. Das Funkeln in seinen Augen war hinreißend. „So ist es zwar nicht gelaufen, aber ich bin trotzdem zurück."

„Es hat etwas Beruhigendes, wieder in seiner Heimatstadt zu sein", meinte Les. „Ich habe daran gedacht, wegzuziehen, weil ich dachte, dass es da draußen noch mehr für mich zu sehen geben muss. Wie sich herausgestellt hat, war das, was ich wollte, genau hier." Schulterzuckend fuhr er fort: „Obwohl ich davon träume, eines Tages zu reisen. Ich würde gerne Paris und Rom sehen; solche Orte. Die Chance bekommen, etwas von der Welt zu sehen. Aber wenn ich damit fertig bin, möchte ich wieder nach Hause kommen können. Warst du noch woanders als in LA?"

Dex schüttelte den Kopf. „Ich dachte, dass meine Reise nach Kalifornien nur der Anfang sein, und ich von dort aus die Welt sehen würde. Dem am nächsten kam mein Besuch in Little Tokyo – dem japanischen Viertel von LA."

In diesem Moment kam der Kellner zu ihnen. „Darf ich Ihre Bestellung aufnehmen?"

Les richtete seine Aufmerksamkeit auf die Speisekarte. Er bestellte eine Cola und ein Roastbeefsandwich mit Kartoffelsalat, dazu die berühmte Zwiebelsuppe des Restaurants.

Dex nahm Hühnchen und Krautsalat. Dann eilte der Kellner zum nächsten Tisch.

„Aber LA muss interessant gewesen sein", meinte Les. Er war neugierig, wie Dex' Leben ausgesehen hatte.

„Man konnte jede Menge unternehmen, und viel Spaß haben. Aber ich habe die meiste Zeit damit verbracht, Vorsprechen zu vereinbaren oder zu arbeiten, um über die Runden zu kommen. Ich dachte, dass das Geld auf der Straße liegen würde, brachte mich aber fast um, um mir meinen Lebensunterhalt zu verdienen und mich über Wasser zu halten. Mein letztes Gespräch war für einen Porno, und davor habe ich die Rolle des süßen Freunds des Regisseurs gespielt, den man auf Partys mitnimmt … und mit dem man natürlich schläft. Nein. Meine Karriere dort lief ins Leere. Ich wollte schauspielern, weil ich es liebe. Aber das Business mit seiner ganzen Hässlichkeit schien dem im Weg zu stehen." Er drückte Les' Finger. „Hier ist es viel einfacher. Die Leute sind freundlich und nicht permanent gehetzt." Er beugte sich über den Tisch. „Und ich bin dort nie einem Mann wie dir begegnet, das ist mal sicher."

Les spürte, wie seine Wangen warm wurden. „Ach komm."

„Oh, es gab heiße Kerle, aber waren sich dessen auch sehr bewusst. Die Leute schauten die meiste Zeit an einem vorbei. Du gehst mit jemandem aus, aber der andere hält fast unentwegt Ausschau, ob er nicht jemand Heißeren entdeckt, jemand ... keine Ahnung. Es war einfach zu viel."

Das verstand Les überhaupt nicht. Wenn er mit jemandem zusammen war, dann war er das. „Wie kann man so etwas tun?", fragte er. „Okay ... manchmal gibt es Typen, die besser aussehen als wir alle. Aber ..." Er zuckte mit den Schultern. „Das wirkt so oberflächlich und albern."

„Manches davon war es. Aber schließlich habe ich auch versucht, in Hollywood Arbeit zu finden, der oberflächlichsten, egozentrischsten Stadt der Welt. Es war, wie es war." Er seufzte und lehnte sich in seinem Stuhl zurück, da der Kellner mit ihren Getränken und Les' Suppe kam. „Aber hier bin ich zufriedener. Ich bin nur traurig, dass es Moms Tod gebraucht hat, um mich das erkennen zu lassen."

„Manchmal erhält man zu den merkwürdigsten Zeiten eine Chance." Er drückte Dex' Hand.

„Ich vermisse sie. Es gibt so vieles, das ich sie gerne fragen würde; über den Laden, über ihr Leben ... Ich habe so viel verpasst, weil ich versucht habe, groß rauszukommen ... und das ist nicht mal passiert." Er schluckte, und Les aß einen Löffel von seiner Suppe. „Manchmal frage ich mich, ob diese ganze Zeit vergeudet war."

Les schüttelte den Kopf. „Alles, was dir passiert ist – und was du getan hast – hat dich zu dem Menschen gemacht, der du heute bist. Manchmal müssen wir in einer Sache versagen, bevor wir wirklich verstehen, was Erfolg bedeutet." Er verdrehte die Augen und grinste. „Hör sich einer mich an. Ich klinge wie das große Orakel von Carlisle, dabei weiß ich einen Dreck über irgendetwas. Ich sitze in meiner Wohnung und bemitleide mich, weil ich nicht mehr das Gleiche wie früher tun kann. Verflucht, ich habe mehrere Monate so verbracht."

„Warum hast du damit aufgehört?", wollte Dex wissen.

„Weil ich etwas gefunden habe, für das es sich lohnt rauszugehen", quetschte Les an dem Kloß in seinem Hals vorbei. „Wer hätte gedacht, dass jemand, dem ich begegnet bin, als er gerade einen riesigen Verlust erlitten hatte, mich wieder zurück ins Leben befördern würde? Das ist paradoxerweise komisch."

„Man kann nie wissen." Dex lehnte sich zurück, als der Kellner den Rest ihrer Bestellung brachte. Der Essbereich füllte sich schnell, und es wurde zunehmend lauter. „Ich habe immer gedacht, das Restaurant wäre größer."

„Im Erdgeschoss gibt es einen Geschenkeladen und einen Bankettsaal, außerdem noch weitere Räume, die als Museum hergerichtet sind." Les deutete auf die Informationen auf der Speisekarte. „Anscheinend war dies hier auch eine Haltestelle der Underground Railroad, du weißt schon, das Schleusernetzwerk, das Sklaven die Flucht ermöglicht hat." Er konnte sich ein Kopfschütteln nicht verkneifen.

„Was?"

Les antwortete schulterzuckend: „Ich habe nur an einige Dinge gedacht, die ich als Polizist gesehen habe. Die Art, wie Menschen miteinander umgehen, kann einem manchmal den Magen umdrehen. Ich habe gesehen, wie Kinder verletzt und Frauen von ihren Männern geschlagen wurden. Ich habe Menschen gesehen, die sich wegen eines Paars Tennisschuhe beschossen haben. Aber ...“ Er seufzte. „Einzelne Gewalttaten sind nichts im Vergleich zu dem, was Menschen einander angetan haben, wenn die Grausamkeit institutionalisiert war.“

Dex beugte sich über den Tisch. „Und du meinst, das ist sie jetzt nicht?“ Er aß einen Bissen von seinem Sandwich.

„Natürlich ist sie das jetzt auch“, sagte Les. „Mein letzter Partner war ein echtes Problem. Er und ich waren total gegensätzlich. Ich war jung und idealistisch, er dagegen ungefähr fünfzig mit jeder Menge Erfahrung. Das Problem bestand darin, dass es die falsche Art von Erfahrung war ... zumindest meiner Meinung nach.“ Les aß die Suppe auf und schob den Teller zur Seite. „Mit ihm zusammenzuarbeiten war ein Riesenfehler. Jetzt sehe ich das ein. Ich hätte mit meinem Vorgesetzten sprechen oder mich direkt weigern sollen, mit ihm zusammenzuarbeiten. Alleine wäre ich besser dran gewesen.“ Er biss ein kleines Stück von seinem Sandwich ab.

„Hatte er ein Problem damit, dass du schwul bist?“

„Er hatte ein Problem mit jedem, der anders war. Er hat nichts gegen Schwule gesagt, zumindest nicht mir gegenüber, aber er hörte die ganze Zeit konservative Radiosender, und er hasste Muslime. Verdammt, er hat jeden Farbigen gehasst. Ich habe beobachtet, wie er mit schwarzen Verdächtigen besonders grob umgegangen ist. Ich habe eine Liste mit Beschwerden erstellt und überlegt, sie dem Captain zu geben. Aber man fällt keinem Bruder in den Rücken. So lautet der Kodex. Ich hätte ihn anschwärzen können, aber dann hätten sich die meisten aus der Abteilung von mir abgewendet. Vielleicht nicht alle, aber viele. Ich habe gerade darüber nachgedacht, was ich tun soll, als ich verletzt wurde.“ Les war gar nicht aufgefallen, dass er sein Sandwich immer noch in der Hand hielt. Schnell legte er es auf den Teller zurück.

„Ist er immer noch bei der Polizei?“

„Soweit ich weiß, ja. Allerdings haben mir Red und einige der anderen erzählt, dass er unter Druck steht, sein Verhalten zu ändern. Er bringt die Polizei in Verruf, und die anderen Kollegen wollen mit einem solchen Mist nichts zu tun haben.“ Les war froh, dass sich etwas änderte. Er wünschte nur, dass es früher geschehen wäre.

Dex aß noch einen Bissen und schien zu überlegen. „Ich muss einfach fragen, obwohl ich wahrscheinlich einfach zu viele Bücher gelesen habe ... Sollte dein Partner nicht hinter dir stehen?“

„Natürlich. Das ist ja Sinn der Sache. Wir arbeiten oft zu zweit, damit jemand anderes sieht, was wir nicht sehen.“ Ein eisiger Schauer lief ihm über den Rücken.

Mist. Einzelheiten über die Nacht, in der er verletzt worden war, kristallisierten sich in seinem Kopf.

Les verstummte und öffnete den Mund, um den Gedanken zu verleugnen, der sich in seinem Kopf festgesetzt hatte, begriff aber, dass er das nicht konnte. Es war in der Tat möglich, dass Williams in jener Nacht nicht hinter ihm gestanden hatte – dass Les möglicherweise verletzt worden war, weil er sich abgewandt hatte. Selbst gegenüber jemandem wie Williams war das eine schwere Anschuldigung. „Ich will mir nicht eingestehen, dass er so etwas tun würde." Leider waren die Details von dem Tag immer noch unscharf. Dex' Worte hatten ihn allerdings zum Nachdenken gebracht, auch wenn er nicht genau sagen konnte, warum.

Doch er konnte es auch nicht auf sich beruhen lassen. „Oh Gott …", stieß er aus, als das Bild plötzlich klarer wurde. „Mein Partner hat zwar nicht auf mich geschossen, aber der Wichser hat auch nichts unternommen, um es zu verhindern." Die Flüche, die ihm in den Sinn kamen, hätten selbst den härtesten Seemann rot werden lassen. „Wenn dieses Arschloch das geplant hat … Wie konnte er nur?" Les musste einen klaren Kopf behalten und wie ein Ermittler denken.

„Was, wenn er es nicht geplant hat? Wenn er sich einfach abgewandt und dir nicht geholfen hat? Das ist doch möglich, oder?" Dex schüttelte den Kopf. „Vielleicht hätte ich nichts sagen sollen. Es ist ja nicht so, dass ich einen Beweis hätte. Es war nur so ein Gefühl. Ich hasse die Vorstellung, dass dir irgendwer wehtut." Für ein paar Sekunden verfinsterte sich sein Blick.

Les stieß den Atem aus und spielte im Kopf nochmals – wie bereits eine Million Mal zuvor – den Vorfall durch. Dieses Mal konzentrierte er sich jedoch auf Williams und das, was der Mann getan hatte.

Vielleicht war es dumm von Les gewesen, sich nicht mit Williams Verhalten bei der ganzen Sache zu befassen … oder mit seinem fehlenden Handeln. Es fiel ihm schwer, sich an diese Details zu erinnern, vor allem, nachdem er angeschossen worden war. Die Schmerzen und der seelische Schock hatten seine Erinnerung getrübt, und er wünschte, sie wäre klarer. Nicht, dass er wirklich glauben wollte, dass sein Partner, ein Polizeikollege, so handeln würde. Je länger er jedoch darüber nachdachte, desto mehr verfestigte sich diese Möglichkeit. Er sehnte sich nach Antworten, doch die würde Williams ihm kaum geben. Was sollte er auch tun? Es zugeben? „Oh, klar erinnere ich mich daran, als du angeschossen wurdest. Ich habe mir fast in die Hose gemacht und konnte nichts tun, um dich zu schützen. Tut mir leid." Oder noch schlimmer, zugeben, dass er einfach dagestanden und es zugelassen hatte? Eine Schwuchtel weniger bei der Polizei – das wäre seine Einstellung gewesen.

Les brauchte etwas Zeit, um sein weiteres Vorgehen zu überlegen. Schließlich war er mit Dex hier und konnte im Moment sowieso nichts tun. Er musste einen Plan entwickeln, um zu beweisen, was passiert war.

Les beruhigte sich selbst und ließ in Gedanken – im Gegensatz zum emotionalen Opfer – den erfahrenen Polizisten einen Schritt vortreten. Diese Rolle hatte er lange genug gespielt. „Nun, in meinem Leben gab es jede Menge Schmerz und Enttäuschungen. Ich denke, das ist unvermeidbar. Wir leben, werden verletzt, fühlen Schmerz, aber manchmal, wenn wir Glück haben, finden wir jemanden, der uns liebt. Du hattest dieses Glück. Deine Mom hat dich geliebt, und Jane liebt dich ebenfalls."

„Und deine Eltern?"

„Oh, sie lieben mich, haben aber ihr eigenes Leben. Mom und Dad hatten beschlossen, dass ihre Arbeit erledigt ist, sobald ich erwachsen bin und dass das ihre Chance wäre, ihr eigenes Leben wieder zu entdecken. Dafür kann ich sie wirklich nicht verurteilen. Sie haben das Beste für mich getan, und diese ganze Schwulensache war eine Enttäuschung für sie. Mom hat sich immer mehrere Enkelkinder gewünscht und selbst wenn wir heute miteinander reden, fragt sie, ob ich jemandem begegnet bin, der ihr noch ein Kleines schenkt."

„Deine Mom will also ein Enkelkind, aber es ist ihr egal, wie sie es bekommt?", witzelte Dex. „Meine Mom hat ebenfalls von einem geträumt. Ich glaube, als ich mich ihr gegenüber geoutet hat, war sie nur darüber enttäuscht. Dann hat sich ihr Leben verändert, und ich glaube, sie konnte es besser nachvollziehen. Aber immer, wenn ich zu Besuch kam, und sie im Laden zusammen mit kleinen Kindern beobachtet habe … dieser Ausdruck in ihrem Gesicht … das war pure Sehnsucht. Sie wollte jemanden, den sie verwöhnen und dem sie eine Großmutter sein konnte." Dex aß sein Sandwich auf und widmete sich dem Salat. „Wenn ich so darüber nachdenke, hätte ich vielleicht auch gerne ein Kind. Aber hier … das ist immer noch problematisch."

„Ich habe daran gedacht, ein Kind zu adoptieren, das ein Zuhause benötigt." Les fürchtete sich nicht, das zuzugeben. „Als Polizist habe ich so viele Kinder gesehen, die dringend jemanden brauchten, der sich um sie kümmert. Ein paar Kollegen haben Kinder mit ihren Partnern. Carter hat Alex, und ein anderer Polizist kümmert sich um die Kinder seiner Schwester, weil sie dazu nicht in der Lage ist. Es sind einige der besten Polizisten, die ich kenne. Ich wünschte, ich hätte einen von ihnen als Partner zugeteilt bekommen. Dann wären die Dinge vielleicht anders gelaufen." Er beendete seine Mahlzeit und bedeutet dem Kellner, die Rechnung zu bringen. „Vielleicht sollten wir lieber über ein weniger schwieriges Thema reden. Wir haben einen Tag frei. Wir könnten versuchen, Spaß zu haben."

Dex lächelte. „Ein wahres Wort. Lass uns herumfahren und zuerst die Denkmäler besichtigen, dann weiter zum Little Round Top und uns dort umschauen. Und unterwegs würde ich gerne – falls du nichts dagegen hast – beim Weihnachtsladen in der Stadt halten. Jane besitzt eine unglaubliche Sammlung von Nussknackern, die sie jedes Jahr hervorholt, und ich würde ihr gerne einen schenken. Vielleicht könnten wir frühe Weihnachtseinkäufe machen."

„Das geht für mich in Ordnung. Es ist ein schöner Tag." Und er wollte einfach nur ein paar Stunden Entspannung, in denen er seinen Fuß und alles andere ausblenden konnte.

Der Kellner brachte die Rechnung, und Dex schnappte sie sich, ohne dass Les auch nur eine Chance hatte. Nachdem sie bezahlt war, gingen sie über die ebenso steile Hintertreppe hinauf in den Museumsteil. „Das Versteck der Underground Railroad befindet sich dort oben."

Les stieg langsam die wenigen Stufen hinauf und spähte in einen Raum, der hinter einem kleinen, herausschwingbaren Regal, unter einem Teil des Bodens versteckt war. Der Raum war etwas über 60 cm hoch und hatte einen Boden aus Felsgestein. Die Enge ließ ihn erahnen, wie unheimlich und ungemütlich es darin sein musste. Les war die Vorstellung zuwider, und er ging wieder die Treppe hinab. Das zeigte, was Menschen bereit waren, für die Chance auf ein besseres Leben auf sich zu nehmen.

Dex schaute ebenfalls hinein und meinte, dass er urplötzlich Klaustrophobie bekommen habe. Daraufhin kehrten sie nach draußen und zum Auto zurück, das inzwischen einem Ofen ähnelte. Les wartete davor, während Dex den Motor anließ, um es etwas zu kühlen, bevor sie durch die Stadt zurückfuhren. Sie bogen in eine der Straßen ein, die mit Denkmälern der Regimente, die während der dreitägigen Schlacht gekämpft hatten, gesäumt war.

„Als Kind war ich fasziniert von diesem Ort. Ich habe Mom und Dad ständig gebeten, mit mir zu den nachgestellten Schlachten zu fahren, doch das haben sie nie getan. Die Veranstaltungen waren immer überfüllt und fanden zur heißesten Zeit des Jahres statt. Meine Familie wollte sich damit nicht befassen. Jetzt finde ich es einfach nur traurig. So viele Menschen sind hier gestorben, und ich frage mich, wie Menschen so grausam zueinander sein können." Er versuchte, nicht an all die Menschen zu denken, die ihr Leben wegen eines Systems verloren hatten, das gar nicht erst hätte erlaubt werden sollen. Das machte ihn wütend. Dann wurde Les klar, dass er sich zusammenreißen musste, schließlich hatte Dex sie hergebracht, um Spaß zu haben und nicht …

„Du zitterst."

„Ich dachte, ich könnte das hier genießen, aber ich glaube, das gelingt mir doch nicht", gestand Les. „Können wir vielleicht etwas anderes machen?"

Dex fuhr an den Straßenrand. „Ist alles okay?" Seine Stimme war voller Sorge.

„Das wird schon." Les verstand nicht, woher dieser fast greifbare Schwermut kam. Dieser Ort hätte nicht eine derartige Wirkung auf ihn haben sollen. Obwohl das Geschehene bereits lange zurücklag, kam es ihm sehr real vor. „Vielleicht ist es das."

„Was ist was?" Dex ließ den Wagen wieder an und fuhr auf die Nebenstraße.

„Nun, ich habe Unmengen übler Dinge während der Arbeit gesehen und angeschossen zu werden, war … und ist immer noch, ein Albtraum für mich. Vielleicht muss ich versuchen, es besser zu machen, alles hinter mir zu lassen und so. Ich bin noch nicht ganz sicher, aber vielleicht ist es ein guter Anfang, wenn ich versuche, einige der Dinge zu ändern, die falsch sind. Ich meine, ich möchte, dass die Welt ein besserer Ort für alle wird – der Hauptgrund, warum ich überhaupt Polizist geworden bin – dann muss ich vielleicht etwas dafür tun." Er lehnte sich im Sitz zurück, erleichtert, dass er eine Entscheidung getroffen hatte und sich endlich etwas von der Unruhe gelegt hatte, die permanent da zu sein schien.

„Wie willst du das machen?", fragte Dex. „Du könntest Verteidiger werden."

„Nein. Ich glaube, ich möchte sowohl mit der Polizei als auch mit der Bevölkerung zusammenarbeiten. Den Polizisten helfen, alle Menschen als gleich zu betrachten. Vielleicht der Bevölkerung helfen, die Polizei als Partner zu sehen. Aber ich denke, es ist die Polizei, die sich ändern muss, schon alleine wegen der öffentlichen Wahrnehmung ... von der ich nicht glaube, dass sie falsch ist, aber sie trifft nicht auf jeden zu. Es gibt super gute Polizisten ... wie es eben auch Arschloch-Polizisten gibt. Und Gott weiß, dass ich mit einem davon zusammenarbeiten musste." Er lächelte. „Ich bin nicht sicher, wie ich das anstellen werde, aber zumindest weiß ich, dass ich es versuchen will."

„Dann mach das", ermunterte ihn Dex. „Es klingt so, als wäre das, was du vorhast, genau das, was gebraucht wird. Jetzt musst du nur noch herausfinden, wie du daraus etwas machst, das dir gefällt." Er drückte Les' Knie, als sie in einen Parkplatz am Hauptplatz fuhren. „Der Laden befindet sich ein Stück die Straße runter. Ist das für dich zu weit zu laufen?"

„Nein." Les stieg aus dem Auto und fütterte den Parkautomaten. Dann gingen Dex und er zum Laden.

Les hatte ein typisches Touristengeschäft erwartet, aber es war alles andere als das. Alle Stücke waren traditionelle deutsche Importartikel und wunderschön. Handgefertigte Nussknacker, Glasschmuck, der an den Bäumen schimmerte und funkelte, Weihnachtspyramiden, Krippen und so viel mehr. Alles glitzerte, begleitet von Weihnachtsmusik. Es war Weihnachten im Juni.

„Okay. Das ist ..." Er nahm ein Räuchermännchen in Form eines auf seinem Ansitz thronenden Jägers samt Jagdhund in die Hand. „Meine Mutter hatte solche Sachen, als ich ein Kind war."

„Einige dieser Figuren werden schon seit Hunderten von Jahren gefertigt. Sie haben ihren Ursprung in der Holzschnitzertradition Süddeutschlands. Viele der ursprünglichen Designs stammen aus dem Schwarzwald, so wie die Uhren. Aber einige stammen auch aus anderen Regionen mit unterschiedlichen Traditionen." Die Frau hinter der Theke lächelte während ihrer Erklärung. „Diese hier schreien für mich einfach nach Weihnachten."

„Für mich auch", stimmte Dex zu und nahm ein paar Nussknacker in die Hand. Les warf einen Blick auf die Preise und bekam große Augen. Die meisten kosteten an die zweihundert Dollar.

„Der ist für Jane", sagte Dex leise. Er hatte einen mit Krone und Hermelinumhang auf den Tresen gelegt. „Sie hat eine Königin wirklich verdient." Die Angestellte holte den Karton und während Dex zahlte, schaute Les sich noch weiter um.

Alles in diesem Laden kostete mehr, als er sich für einen in sechs Monaten stattfindenden Feiertag, leisten konnte. Les war immer noch damit beschäftigt, sein Leben wieder auf die Reihe zu bekommen und wartete auf die Anerkennung seiner permanenten Arbeitsunfähigkeit. „Öffnest du den Buchladen morgen?"

„Ja. Mal sehen, wie es läuft. Ich habe überlegt, montags und sonntags zu schließen, um zwei Tage frei zu haben. Aber ich muss erst sehen, wie die Verkäufe an dem Tag sind." Er legte den Nussknacker in den Kofferraum. „Möchtest du schauen, was es sonst noch gibt? Wir können auch fahren und unterwegs an einigen Obstständen halten."

„Ich weiß nicht, was es noch gibt."

„Ich denke, die wichtigste Frage lautet doch, wie es deinem Fuß geht." Dex stand direkt vor ihm.

„Ich habe beobachtet, wie du dich bewegst. Wenn dein Fuß wehtut, können wir auch einfach nach Carlisle zurückfahren."

„Mir geht's gut", versicherte Les, obwohl sich sein Fuß ausgerechnet diesen Zeitpunkt für ein schmerzhaftes Pochen aussuchte. Er war es so leid, nicht tun zu können, was er wollte. „Lass uns dort rübergehen. Ich glaube, bei der Fahrt um den Kreisverkehr habe ich dort interessante Läden gesehen." Er begann auf der anderen Straßenseite und steuerte einige Geschenkeläden und ein Geschäft für militärische Antiquitäten an. Im hinteren Teil gab es ein paar nachgemachte Uniformen. Er hielt Dex ein paar davon an, weil er wusste, dass sein Freund darin umwerfend aussehen würde.

„Stehst du auf Uniformen?", flüsterte Dex. Möglicherweise hatte Les genickt. „Ich wette, du hast eine oder zwei, in denen du echt toll aussiehst."

„Ich verstehe. Du magst Polizisten, stimmt's?"

Grinsend beugte sich Dex dichter zu ihm. „Feuerwehrleute, Marinesoldaten, Matrosen ... Meeresfrüchte haben etwas, aber Polizisten, ja, die finde ich sexy." Sein Blick wurde in Sekunden glühend und Les musste sich beherrschen, Dex nicht direkt hier im Laden zu küssen.

„Dir würde es also gefallen, wenn ich dir zeige, wie ich in einer meiner Uniformen aussehe?"

Dex nickte. „Obwohl ich glaube, dass du in einer dieser Uniformen wesentlich besser aussiehst. In einem dieser Hemden mit Rockschößen und Abzeichen, dazu deine muskulösen Beine. Der Anblick wäre es wert, dafür die Wüste zu durchqueren."

Les senkte die Stimme. „Verstehe. Du stehst auf den langen Arm des Gesetzes." Er grinste. „Wie heißt es noch? ‚Les is more'." Dex Augenverdrehen stellte die passende Reaktion auf Les' Albernheit dar. „Na dann schauen wir mal, was sich tun lässt. Aber zuerst müssen wir andere Dinge erledigen. Zum Beispiel diesen Laden verlassen, bevor wir uns noch in Verlegenheit bringen." Les blickte zu dem alten Mann hinter der Theke, der sie böse anschaute. Dann grinste er und versuchte erfolglos, sich ein Lausbubenlachen zu verkneifen, als er durch die Tür nach draußen trat.

„Die heutige Jugend", brummte der Mann hinter der Theke, während auch Les nach draußen und damit zurück in die Frühsommerhitze trat. Auf dem Weg zum Auto machte sie ihm schwer zu schaffen und seine Kräfte schwanden, während die Beschwerden in seinem Fuß zunahmen. Immer wieder richtete er den Blick nach vorne, in Richtung des geparkten Autos.

„Les …"

„Mir geht's gut", verkündete er entschlossen. Beim Weiterlaufen verlagerte er mithilfe der Krücke sein Gewicht. Dex schloss das Auto auf, und Les glitt auf den Sitz. Erleichtert seufzte er auf, als das Gewicht nicht mehr auf seinem Fuß ruhte. Er hatte es übertrieben und wusste, dass er später dafür büßen und wahrscheinlich Medikamente würde nehmen müssen.

Kühle Luft begann zu strömen, als Dex den Motor anließ und aus der Parklücke fuhr. Les hielt die Augen geschlossen, bis der Druck in seinem Fuß langsam abflaute und sein Atem wieder normal ging. „Wenn du einfach nur nach Hause möchtest, machen wir das", sagte Dex.

„Nein. Lass uns am Bauernmarkt halten." Er wollte den Tag nicht ruinieren. Es gab Zeiten, da wünschte sich Les einfach nur, wieder normal zu sein – der Mann vor dem Unfall.

Nur, dass es vielleicht gar kein Unfall gewesen war. Der Gedanke kroch erneut zurück in seinen Kopf und wollte nicht wieder verschwinden. Während der Fahrt saß er still auf dem Beifahrersitz und spielte wieder und wieder jene Nacht durch. Dabei versuchte er, seine Erinnerung dazu zu bringen, weitere Einzelheiten aus dem Nebel des Schmerzes zu ziehen. Doch es kam nichts.

Als die Reifen über die Schienen am Stadtrand rumpelten, wurde Les wenigstens für ein paar Augenblicke aus seinen Gedanken gerissen. Blinzelnd schaute er zu Dex, der sich so intensiv auf die Straße konzentrierte, dass Les glaubte, er würde sich den Horizont einprägen. „Bringen wir dich nach Hause, damit du den Fuß hochlegen kannst."

Les legte die Hand auf Dex' Bein. Er wusste seine Besorgnis und Fürsorge zu schätzen. „Mir geht's gut. Ich habe es etwas übertrieben. Vielleicht gibt es auf dem Markt ja etwas Kaltes zu trinken oder sogar ein Café oder so was." Er atmete langsam tief ein und beschwor den Schmerz zu verschwinden. Hoffentlich schwitzte er nicht den ganzen Sitz voll.

Im Moment passierte so vieles gleichzeitig: sein Fuß, sein Verstand, der den Unfall auf eine Art aufrollte, an die er nie gedacht hatte … wegen Dex' Frage. Und dann war da noch die Sache im Laden, die er nicht aus dem Kopf bekam. Er wünschte, er könnte seine Gedanken zum Schweigen bringen, aber wenn ihm etwas unter die Haut gegangen war, verschwand es nicht einfach wieder. Les beobachtete aus dem Fenster, wie sich das Stadtbild veränderte und wieder Wiesen mit Denkmälern und dann Bauernhöfe und Bäume erschienen.

„Was beschäftigt dich?", fragte Dex. „Dein Bein zuckt, und du murmelst vor dich hin."

„Nichts." Er schob die sich im Kreis drehenden Gedanken weg, um sich wieder aufs Hier und Jetzt zu konzentrieren.

„Es tut mir leid, was ich im Restaurant gesagt habe. Ich hatte kein Recht zu fragen, ob dein Partner möglicherweise an deinem Unfall beteiligt war. Wahrscheinlich habe ich zu viel Zeit mit Film- und Fernsehdrehbüchern verbracht. Dort wäre so etwas passiert. Falls ich dich verärgert haben sollte, war das nicht meine Absicht. Ich …"

Les schüttelte den Kopf. „Das war okay. Das hast du nicht. Eher genau das Gegenteil. Mir selber ist diese Idee nie gekommen, dabei hätte sie das tun sollen. Ich spiele das Geschehene immer wieder durch, allerdings ohne Erfolg. Ich kann mich nicht daran erinnern, wo sich Williams befunden oder was er getan hat. Ich weiß, dass er dort war, aber das ist auch schon alles. Die Details sind verschwommen, besonders nachdem ich verletzt wurde." Er hinderte seine Hand daran zu zittern.

„Wer war noch dort?"

„Nur die Verdächtigen. Aber das waren die Typen, die mich angeschossen haben. Ich bezweifle, dass sie eine Hilfe wären." Vermutlich musste er die Sache auf sich beruhen lassen. Jedes Mal, wenn ein Polizist angeschossen wurde, gab es schließlich eine Untersuchung.

„Darf ich dich etwas fragen? Warum bittest du nicht einen deiner Freunde, mit den Typen zu reden? Sie sind doch in Haft, oder? Ich weiß, das klingt jetzt sehr nach Hollywood, aber vielleicht sind sie bereit zu reden – besonders wenn sie wissen, dass es einem anderen Polizisten schaden könnte." Verdammt, Dex konnte echt hinterhältig sein.

„Ich kann Red fragen. Er ist ein guter Kerl, und ich vertraue ihm. Aber ich habe so ein Gefühl, dass er das für eine lächerliche Idee halten wird." Er hoffte es. Wenn Williams tatsächlich beteiligt gewesen war oder fahrlässig gehandelt hatte, würde das eine ganze Dose Scheiße öffnen, die sich am Ende überall verteilte. Er versuchte, das Bild aus seinem Kopf zu verbannen.

„Da vorne ist ein Bauernmarkt."

Les lächelte, als Dex abbog und in die Parklücke fuhr. Er stieg aus, und in langsamem Tempo schauten sie sich alles an. Wie vermutet, war es noch früh in der Saison, aber es gab bereits jede Menge Salate, Bohnen und Kirschen. Dex kaufte eine ganze Menge davon. „Jane liebt Kirschen, und ich will sie etwas aufmuntern."

„Du bist wirklich besorgt um sie", stellte Les fest.

„Mom zu verlieren war hart, und ich werde sie schrecklich vermissen. Aber für Jane war Mom ihre ganze Welt … und jetzt ist sie tot. Jane hatte ein hartes Leben, bevor sie Mom begegnet ist, und sie haben sich gegenseitig sehr glücklich gemacht. Kannst du dir vorstellen, auf einmal aufzuwachen und zu realisieren, ganz allein zu sein?"

„Man kann auch in einem Raum voller Menschen einsam sein", erklärte Les, während er einige Bohnen und ein Kilo Kirschen aussuchte. Er stellte sie an einer der Kassen ab, um sich noch weiter umzuschauen. Zu den Nachteilen der Krücke gehörte, dass er nicht wie andere die Hände freihatte.

„Ja, das kann man. Aber Jane ist einsam und alleine. Ich denke, das macht es noch schlimmer." Er stellte seine Sachen neben die von Les, und sie schauten sich den Rest an. Zum Glück gab es ein Kühlgerät mit Kaltgetränken, aus dem er je eins für sich und Dex nahm und sie ihrer Bestellung hinzufügte, bevor der Kassierer sie addierte. Dex trug die Einkäufe zum Auto und stellte sie für die restliche Heimfahrt auf den Rücksitz.

„Erzähl mir etwas von dir, das ich nicht weiß", bat Les, als sie sich wieder auf der Straße befanden. „Etwas, das du anderen normalerweise nicht verrätst."

„Okay. Ich habe in Kalifornien gelebt, aber mochte das Meer nicht. Ich bin zwar zum Ozean gegangen, war aber nie darin. Ich musste immer an die unter den Wellen lauernden Quallen, Haie und anderen Dinge denken. Ich will nicht, dass die Leute mich für verrückt halten, daher erwähne ich es nie. Und du?"

„Ich liebe das Meer", scherzte Les. „Aber man könnte mich vermutlich als Riesenfan von Downtown Abbey bezeichnen. Ich mag historische Dramen und kann mich an den Interaktionen zwischen den Charakteren nicht sattsehen."

„Verstehe. Ich habe einige Folgen gesehen, dann aber aufgegeben. Das war nichts für mich. Obwohl ich einige Fragen habe. Einer der Hauptdarsteller, der Earl ... Warum ist seine Frau eine Gräfin? Er selber ist doch kein Graf."

„Doch. Der entsprechende Titel auf dem Kontinent lautet Graf", erklärte Les.

„Gut. Aber wie kommt es, dass seine Frau keine Earl-ess ist?" Dex grinste. „Oh, Earlerina gefällt mir. Die Earlerina von Snuffington."

„Wie wäre es mit Earlette?", schlug Les grinsend vor. Oh Mann, er liebte Dex Lächeln. All die Sorgen und der Schmerz verschwanden. Dex schien regelrecht aufzublühen. Je mehr er davon sah, desto mehr zog es ihn an.

„Noch besser Earline. Das klingt königlich." Dex fügte sein eigenes schelmisches Lächeln hinzu, das Les umgehend erwiderte. Das war so sexy. Plötzlich wünschte sich Les, es wäre nicht mehr so weit bis zu seiner Wohnung. Dex schaltete die Klimaanlage höher, damit es im Auto noch kühler wurde.

„Das klingt wie eine Katzenart." Les machte das alles unglaublich Spaß.

„Tja. Nun, du hast die Serie gesehen. Lady Mary würde sich auf jeden Fall als Earline qualifizieren. Das war ein ziemlich katzenhafter-gehässiger Charakter." Dex stellte die Lüftung ein, und Les fragte sich, wie ihn das Gespräch über Downtown Abby heißmachen konnte. Vielleicht fuhr er auf Titel ab oder so.

„Für jemanden, der nur die ersten Folgen gesehen hat, scheinst du viel über die Serie zu wissen", wunderte sich Les.

„Sie war der letzte Schrei. In Hollywood wurde über solche historischen Stücke gesprochen. Ich hatte darüber nachgedacht, mir einen Akzent zuzulegen und zu versuchen, eine Rolle zu bekommen. Du musst ein bisschen wie ein

Chamäleon sein, wenn du dort weiterkommen willst. Gott, wenn man bedenkt, was sich die Leute alles einfallen lassen. Zum Glück kommen die meisten nie über das Ideenstadium hinaus, aber manchmal weiß man nicht, welches der nächste Superhit sein wird. Und wenn du ein Schauspieler bist, der gerade so über die Runden kommt, tust du, was nötig ist."

„Das muss schrecklich gewesen sein", meinte Les und tätschelte Dex' Bein. „Ich weiß, wer ich bin, aber sich zu ändern, um dem zu entsprechen, was deiner Meinung nach gesucht wird, muss an dir genagt haben."

Dex zuckte mit den Schultern. „Ich bin Schauspieler. Das ist nun mal das, was wir tun und was ich liebe. Wenn wir eine Rolle annehmen, wird ein Teil von uns – zumindest für eine Zeit lang – zu diesem Charakter. Ich könnte ein Earl sein oder ein Duke ... oder sogar eine Zeit lang ein Stricher. Ich war bereits ein gequälter Südstaatler, der versucht hat, gegen seine Homosexualität anzukämpfen, ebenso ein Partyboy auf der Suche nach Spaß. Ich habe einen Rentner gespielt und einen Staubsaugerverkäufer mittleren Alters. Ein paar Mal habe ich Leichen dargestellt. Das hat genauso viel Spaß gemacht, wie man sich vorstellt. Aber jede einzelne Rolle hatte ihre Herausforderung und ... na ja, abgesehen von den Leichen ... musste ich ergründen, wie die jeweilige Figur tickt. Selbst die Bösewichte sind die Helden ihrer eigenen Geschichte. Diese Geschichte musste ich herausfinden, auch wenn sie nicht wirklich Teil der Szene war. Denk darüber nach." Seine Gedanken sprudelten regelrecht heraus, und er begann schneller zu sprechen. „Manchmal habe ich eine Figur gespielt, die schon unzählige Male zuvor dargestellt worden war. Aber an dem Tag war ich für diese Figur verantwortlich, sie war meine Aufgabe und ich derjenige, der den Hamlet oder Romeo einzigartig machte und diesen Rollen einen Teil von sich verlieh." Dex schien immer begeisterter zu werden. Als er hinter einem Sattelschlepper abbremsen musste, grinste er breit. „Sieht so aus, als würden wir nirgendwo schnell hinkommen."

Das stimmte. Sie wurden langsamer und blieben in der Autoschlange hinter dem LKW, der auf der kurvigen, sich durch die Hügel windenden Straße, nur mäßig schnell fahren konnte. Zum Glück hatten sie es nicht eilig. Es dauerte fast eine Stunde, bis sie den Stadtrand von Carlisle erreicht hatten, und die Straße breit genug wurde, um den LKW überholen zu können.

„Stört es dich, wenn wir noch am Laden halten?"

„Natürlich nicht." Les machte es sich auf seinem Sitz gemütlich, während sie durch die Stadt und zum Hintereingang des Gebäudes fuhren. Nachdem sie durch die Hintertür hineingegangen waren, fand sich Les in dem kleinen Hinterzimmer wieder. Dort standen Regale und ein paar Kisten. Außerdem gab mehrere Türen, die seiner Vermutung nach in den Keller führten.

„Ich bin gleich wieder zurück." Dex eilte nach vorne.

Les konnte nicht widerstehen und schnüffelte ein wenig herum. Alles war sauber und ordentlich. Leise seufzend lehnte er sich gegen einen Tisch. Er wusste, dass er einfach auf Dex warten und die Sache auf sich beruhen lassen sollte. Aber er musste herausfinden, was vor sich ging. Er wünschte, er hätte nie einen Blick auf dieses verdammte ausgehöhlte Buch erhascht. Bei seinem Gang durch den Raum fiel ihm nichts Außergewöhnliches auf. Von den Kisten, in die er beiläufig einen Blick warf, enthielt die eine Bücherständer und die andere Taschenbücher. Les zog eins heraus und blätterte den Liebesroman durch, legte ihn zurück und holte ein anderes hervor. Dieses zeigte eine Frau in einem riesigen, bis zum Boden reichenden Gewand. Als er es aufschlug, entdeckte er die Aushöhlung.

Wieder fragte er sich, wozu diese Bücher wohl genutzt wurden. Sie waren älter und die Kanten ausgeblichen, als wären sie oft in Gebrauch gewesen.

Ohne zu überlegen hielt er sich das Buch an die Nase. Die schwachen Spuren von Marihuana kitzelten seine Sinne. Er kannte diesen schweren, stechenden Geruch und obwohl er nur schwach war, war er deutlich wahrnehmbar. Eine der Eigenschaften von Gras bestand in seiner öligen Konsistenz, und dieses Öl haftete an allem, mit dem es in Kontakt kam und hinterließ Geruchsspuren an Oberflächen.

Er hatte keine Ahnung, wann das Buch benutzt worden war, schien aber mit seinem Verdacht richtig zu liegen. Jetzt musste Les nur noch entscheiden, was er mit dieser Information anfangen sollte. Wenn es sich nur um Gras handelte, war es dann so eine große Sache? Der Drogenring, gegen den er ermittelt hatte, würde sich kaum mit etwas so Belanglosem wie Gras abgeben. Und seine heutige Entdeckung würde ihm auch nicht dabei helfen, zurück zur Polizei zu kommen.

Verdammt …

8

DEX FÜHLTE sich erschöpft. Die letzte Woche war zwar viel los gewesen, aber doch nicht genug. Nach Sonntag hatte er Les überhaupt nicht mehr gesehen, und ihre Textnachrichten wurden immer seltener. Der Laden nahm seine gesamte Zeit in Anspruch, und er versuchte, sein Leben in den Griff zu bekommen. Gleichzeitig fragte er sich, ob er vielleicht zu viel Zeit mit Arbeit verbrachte, da sich die Beziehung zu Les abgekühlt zu haben schien. Allerdings wusste Dex nicht genau, warum.

Unglücklicherweise zahlte sich seine Arbeit bisher nicht aus. Am Mittwoch nahm er insgesamt hundert Dollar ein. An den anderen Tagen war es zum Glück etwas besser gelaufen, sodass er einige der von seinen Kunden gewünschten Bücher hatte bestellen können. Am Ende der Woche liefen die Verkäufe besser, und er bekam eine kurze Nachricht von Les, die er allerdings erst nach einer Stunde bemerkte, da er die ganze Zeit beschäftigt gewesen war. Trotzdem: Wenn sich die Geschäfte nicht ankurbeln ließen, wäre er aufgeschmissen.

Wenigstens war Julio so nett gewesen, seine Sachen zu verpacken und zu versenden. „Betrachte es als Abschiedsgeschenk", hätte er lächelnd über Skype gesagt. „Ich wünschte, es hätte geklappt, aber Familie ist nun mal ... na ja, Familie eben."

„Danke."

„Sie liefern auch dein Auto. Ich habe einen Deal ausgehandelt." Er grinste, und Dex fragte sich, was das bedeutete. „Alle Kosten sind gedeckt. Du brauchst dir keine Sorgen zu machen."

Da im Hintergrund Julios Telefon zu läuten begonnen hatte, hatte er sich verabschieden müssen. Dex Bildschirm wurde schwarz, und das war's. Sein altes Leben war einfach so verschwunden.

Dex fuhr den Computer herunter. Er ließ den Blick durch seine leere Buchhandlung schweifen und fragte sich, ob er seinen gescheiterten Traum gegen den seiner Mutter eingetauscht hatte. Er drehte sich um, schaute aus dem Fenster hinauf zu Les Wohnung und überlegte, ob er ihn anrufen sollte. In Gedanken machte er sich eine Notiz, nach der Arbeit mit ihm zu reden. Doch das Klingeln der Türglocke riss ihn aus seinen Gedanken. Leute kamen herein, und mit einem Seufzen wechselte er in den Kundenbedien-Modus.

SAMSTAG GING es zu wie auf dem Rummel – und zwar in positivem Sinn. Dex hatte Schilder aufgehängt und die begrenzten sozialen Medien des Ladens mit

Informationen über eine Vorlesegruppe für Kinder gefüttert. Jane hatte zugestimmt, einen Teil des Tages die Kasse zu übernehmen, daher hatte Dex seine buntesten Anziehsachen mitgebracht – inklusive einer wild karierten Fliege seines Dads –, um Barbar zu spielen. Er hatte sich im Alice-im-Wunderland-Badezimmer umgezogen und dabei selbst ein wenig wie eine der Figuren aus der Geschichte gewirkt.

„Seid ihr bereit?", fragte Dex die Gruppe zappeliger, glücklicher Kinder, als er aus dem Hinterzimmer trat. Bei seinem Anblick lachten und klatschten sie. Dex schaute sich um und fing Les' Blick auf, der ungefähr in der Mitte des Raums stand. Gott, sein Lächeln zu sehen, tat so gut. Die Nervosität in seinem Magen verflog innerhalb von Sekunden. Er nahm das Buch und begann zu lesen.

Sobald er begonnen hatte, fühlte es sich an, als stände er auf der Bühne. Er ließ sich voll darauf ein, sprach mit Babars und Celestes Stimme, ebenso mit der der anderen Figuren und brachte die Kinder zum Lachen und Klatschen. Auch die in der Nähe stehenden Eltern schienen sich zu amüsieren, hörten zu und stöberten hoffentlich.

Die Kinder jubelten, als er die letzte Zeile las. Dann holte er sein *Madeline* Exemplar hervor und las auch daraus vor. Er wollte sicherstellen, dass er Geschichten mit sowohl einem Jungen als auch einem Mädchen in der Hauptrolle las. Als er fertig war, machte er eine übertriebene Verbeugung, und die Lesegruppe löste sich auf. Die Kinder rannten zurück zu ihren Eltern, um sie hoffentlich um Bücher anzubetteln. Das war schließlich Sinn der Geschichtenzeit.

„Das war fantastisch", stellte Les lächelnd fest, während Dex Jane beim Kassieren half. „Hast du etwas gegessen?"

„Nicht wirklich", erwiderte Dex, bevor sich wieder einer der Mütter zuwandte. Sie trug einen Stapel Bücher für sich und ihre Tochter.

„Es ist einfach toll, dass sie das machen. Ich habe versucht, Gwen selber zum Lesen zu bewegen, aber sie wollte immer nur, dass ich ihr vorlese. Ich habe die Hoffnung, dass die Bücher sie dazu ermutigen."

Dex beugte sich über die Theke. „Meine Mutter hat mir vorgelesen, bis ich fast zehn war. Wir haben diese gemeinsame Zeit geliebt. Manchmal hat sich auch mein Dad dazugesellt."

Schnell ging Dex zu einer der Inseln und kam mit einem Exemplar *Die Chroniken von Narnia* zurück. „Das war das letzte Buch, das wir alle drei zusammen gelesen haben. Wir haben uns bei den Kapiteln abgewechselt, aber die Aslan-Stellen hat alle mein Dad mit seiner tiefen, dröhnenden Stimme übernommen."

Sie lächelte und nickte. „Sie haben mich zum Nachdenken gebracht. Vielleicht lautet die Lösung, sich abzuwechseln." Ihr Lächeln wurde strahlend. Dex verstaute alle Bücher in einer Tüte und verabschiedete sich dann, weil andere Leute den Laden betraten.

„Wow", hauchte Dex.

„Ich würde sagen, es war ein voller Erfolg", stellte Jane fest.

„Ja. Nächste Woche muss ich eine etwas längere Geschichte für die älteren Kinder vorlesen." Er stieß ein Seufzen aus und ging Les entgegen, als dieser zu ihm kam.

„Hast du Lust, nach Geschäftsschluss etwas essen zu gehen?"

Dex grinste. „Oh Gott, ja." Er vermisste Les, und es war ihm zuwider, dass er die ganze Woche so beschäftigt gewesen war, dass er für nicht viel anderes als den Laden Zeit gehabt hatte. Dex begann langsam zu begreifen, dass sein Leben eine Zeit lang so aussehen würde.

Den restlichen Spätnachmittag verbrachte er mit den Kunden. Als der Abend begann, ließ der Menschenstrom schließlich nach. Dex schaute auf die Uhr und begann mit der Aufräumprozedur, um das nicht später tun zu müssen.

„Warum geht ihr beide nicht schon essen?", schlug Jane vor.

„Das wäre toll. Danke. Ich kümmere mich nur noch um die Einnahmen. Les und ich können sie unterwegs einwerfen. Dann musst du nur noch das restliche Geld in den Safe legen."

Dex ging ins Hinterzimmer und bereitete die Einzahlung vor. „Bist du sicher?"

Jane verdrehte die Augen. „Ich habe diesen Laden jahrelang für Sarah geschlossen. Das kann ich auch für dich tun. Geht einfach und amüsiert euch. Falls etwas sein sollte: Du bist doch bei Molly Pitcher's, oder?"

„Ja."

„Verschwinde, bevor du mich noch verrückt machst." Lächelnd scheuchte sie sie aus dem Laden.

Dex ging langsam, um auf dem kurzen Weg zur Bank und weiter zur Kneipe mit Les Schritt zu halten.

„Warum bist du so still?", fragte Dex, bevor sie ihr Ziel erreichten. Der Verkehr und die dazugehörigen Scheinwerfer lenkten optisch und akustisch so sehr ab, dass eine Unterhaltung schwierig war.

„Bin ich gar nicht", erwiderte Les. Dex wusste jedoch, dass das eine Lüge war. Irgendetwas war anders, er wusste nur nicht, was. Ja, er hatte viel zu tun gehabt, aber in der letzten Woche hatten Les' Nachrichten und sogar die Telefonate mit ihm distanzierter gewirkt. Dex konnte fast spüren, wie sich zwischen ihnen ein Abgrund auftat. Selbst jetzt, wo sich Les direkt neben ihm befand, kam es ihm vor, als würde ein namenloser Mensch zwischen ihnen gehen.

„Les, habe ich irgendwas getan?" Aus Angst, zurückgewiesen zu werden, wagte Dex nicht, nach seiner Hand zu greifen. Woher der Gedanke kam, wusste er nicht, doch er war da und wollte nicht verschwinden.

„Nein", antwortete Les, ohne langsamer zu werden. „Warum?"

Dex war schließlich derjenige, der anhielt. „Du sprichst nicht, dabei hast du normalerweise jede Menge zu sagen. Ich habe dich eine Woche lang so gut wie gar nicht gesehen und wenn wir uns unterhalten, antwortest du lediglich auf Fragen. Es ist seltsam, und ich habe keine Ahnung, was der Grund dafür ist." Er bemühte sich, der Sache auf den Grund zu gehen. „Ist mit deinem Fuß alles in Ordnung? Hast du Schmerzen? Willst du mich nicht mehr sehen? Geht es darum? Findest du mich vielleicht langweilig oder arbeite ich zu viel? Bin ich furchtbar im Bett?" Das letzte hatte er scherzhaft hinzugefügt, und zumindest entlockte es Les ein Lächeln.

„Nein. Du bist definitiv gut im Bett. Immerhin scheine ich dich nie dort rauszulassen, wenn wir zusammen sind." Er gab jedoch keine weitere Erklärung ab, sodass sich Dex nur noch mehr Sorgen machte.

„Ist das alles?"

„Ich weiß nicht, was du von mir willst", antwortete Les.

„Wie bitte? Was ich von dir will? Ich will nichts außer der Wahrheit von dir. Was ist los? Stimmt irgendwas nicht?" Er hielt Les' Blick fest und entdeckte darin die gleiche Intensität und den gleichen Hauch Sanftheit wie immer. Während er weiter hineinschaute, wurde der Blick sanfter. Irgendetwas stimmte nicht, aber Dex hatte keine Ahnung, was. Und das beunruhigte ihn.

„Es ist … Ich weiß nicht, was du von uns erwartest. Von dem hier. Von dem, was zwischen uns ist", meinte Les.

„Was meinst du damit? Ich will das, was wir wollen. Möchtest du nicht auch sehen, ob da wirklich etwas zwischen uns ist?" Dex verbannte seine Angst und griff nach Les' Hand. Er brauchte eine Verbindung, etwas, das ihm Les näher bringen würde. „Was willst du denn?"

„Ehrlichkeit und Offenheit", erwiderte Les leise. „Ich will, dass alles in Ordnung ist, und ich will dich vor allem beschützen, was dich verletzen könnte, aber du musst mich auch lassen. Ich muss wissen, dass wir beide über gewisse Dinge der gleichen Meinung sind." Er zog seine Hand nicht weg.

„Was für Dinge?", fragte Dex. „Ich weiß wirklich nicht, wovon du redest."

Les spannte den Kiefer an, und sein Blick wurde hart. „Ich weiß nicht, was im Laden vor sich gegangen ist, bevor du ihn übernommen hast, aber …" Er holte scharf Luft. „Aber ich muss wissen, ob du irgendetwas gefunden hast, dass Aufschluss darüber geben könnte, was deine Mutter getan hat. Du musst es mir sagen, sonst kann ich dich nicht beschützen."

Dex hielt dem Blick stand und überlegte, ob er ihm von seinem Fund berichten sollte. Damit Les sich darum kümmern und es aus der Welt schaffen konnte. Aber er war nicht sicher, was passieren würde, wenn jemand davon erfuhr. Würden sie versuchen, den Laden zu schließen? Verdammt, die Buchhaltung des Ladens würde infrage gestellt werden, ebenso das Einkommen seiner Mutter. In einem Sekundenbruchteil gingen ihm eine Million Dinge im Kopf herum. „Was willst du denn hören?"

„Die Wahrheit?"

Dex blickte sich um. „Dass ich eine Buchhandlung führe, die früher meiner Mutter gehört hat?" Les trat einen kleinen Schritt näher. „Nein. Ich will wissen, wie es deiner Mutter gelungen ist, das Geschäft all die Jahre am Laufen zu halten. Ich sehe, was du tust. Es gibt Tage, an denen nur drei bis vier Leute kommen. Wie kann man sich damit seinen Lebensunterhalt verdienen? Und deine Mom hat nicht mehr verkauft als du. Meistens war es sogar weniger."

Dex nickte. „Dann komm mit." Er ging weiter den Bürgersteig entlang, an der Kneipe vorbei und bis zur Ecke. Dort bog er, gefolgt von Les, rechts ab, dann noch einmal in die Gasse hinter dem Laden. Dort angekommen, schloss er die Hintertür auf.

Im Haus war es still. Jane hatte das Geschäft bereits geschlossen und zugesperrt. Dex nahm eins der Bücher und reichte es Les. „Ja, ich weiß." Les schnupperte daran. „Ich weiß, was sich früher darin befunden hat. Ich kann immer noch Reste davon riechen. Ich will nur wissen, an wen deine Mutter es verkauft und von wem sie das Zeug bekommen hat."

Mit einem Seufzer zog Dex die in die Plastiktüte gewickelte Schachtel unter dem Regal hervor. „Das habe ich beim Durchsehen der Sachen hier hinten gefunden. Und um deine Frage zu beantworten: Ich weiß nicht, wo Mom es besorgt hat."

„Aber sie war eine Grasdealerin? Eine Drogenhändlerin?" Seine Augen funkelten. „Nicht mehr?"

Dex' Frustration stieg, und wütend drückte er Les die Schachtel gegen die Brust. „Mom hat Gras verkauft, aber sie hat nicht gedealt. Nicht auf die Art, die du hinterhältige Ratte offenbar vermutest." Les zuckte zusammen, doch das kümmerte Dex nicht. „Ich nehme an, du hast den Laden aus deinem Fenster von der anderen Straßenseite aus beobachtet. Klar, die Vorhänge waren geschlossen, als ich dich besucht habe, aber ich bin nicht blöd. Jetzt ergibt das alles Sinn. Hast du versucht, mir nahezukommen, um das hier herauszufinden? Denn wenn das der Fall ist, wirst du enttäuscht sein. Ich habe nichts damit gemacht. Ich habe es lediglich eingewickelt und wieder dort hingesteckt, wo ich es herhatte."

Les hielt die Schachtel fest, seine Krücke fiel auf den Boden. Dex hob sie auf und legte sie auf den in der Nähe stehenden Tisch. „Was soll ich damit tun?"

„Keine Ahnung. Du scheinst ja zu denken, dass du alle Antworten kennst, deshalb dachte ich mir, ich lade dieses kleine Problem einfach bei dir ab. Von nun an bist du dafür verantwortlich. Oh, aber mach dir keine Gedanken darum, dass dies das Ende für mein Geschäft bedeutet. Wer wird noch seine Familie zur Geschichtenzeit herbringen, wenn sie es herausfinden? Du weißt, dass der Laden das nicht überlebt." Er lehnte sich gegen den Tisch. „Also mach damit, was du meinst, tun zu müssen."

Les antwortete nicht sofort. „Ich bin Polizist. Oder war es. Ich kann nicht einfach ignorieren, dass jemand Drogen verkauft. Wer weiß schon, an wen sie sie verkauft hat, und welchen Schaden sie bei diesen Leuten angerichtet haben?"

Des verdrehte die Augen. „Genau. Ich würde sagen, du weißt nicht so viel, wie du glaubst."

„Also bitte. Kinder hätten sie in die Hände bekommen können. Wer weiß, wie viele …?"

„Gemach, Mr. Besserwisser. Ich weiß, wer die Kunden meiner Mutter waren … und das waren keine Kinder."

„Wie bitte?", sagte Les, die Plastik umhüllte Schachtel immer noch in der Hand.

„Du hast mich schon verstanden. Moms Kunden waren keine Kinder, sondern alte Frauen."

Les grinste, um dann nervös aufzulachen. „Ganz bestimmt."

„Ich meine es ernst", fauchte Dex. „Weißt du irgendetwas über medizinisches Marihuana? Vermutlich nicht, da du viel zu beschäftigt bist, herumzunerven. Das gibt es wirklich, und es hilft bei vielen Dingen, unter anderem Übelkeit, Gelenkschmerzen und schwerer Schlaflosigkeit. In diesem rückständigen Bundesstaat muss man mehr Hürden überwinden als ein dressierter Löwe, um es zu bekommen. Moms Kunden waren verkrüppelte alte Damen, die sich wegen ihrer schlimmen Arthritis kaum bewegen können. Ich habe viele davon getroffen und hätte ihnen das Zeug fast gegeben, einfach, weil sie so verzweifelt sind. Diese Menschen wollen lediglich ein paar Stunden von ihren chronischen Schmerzen befreit werden, um Gelenke bewegen zu können, die normalerweise so geschwollen sind, dass sie steif sind."

Les' Miene wurde weicher. „Woher weißt du das?"

„Weil es mir eine von Moms Kundinnen erzählt hat. Sie muss fast neunzig sein, und es war offensichtlich, dass sie permanent Schmerzen hat. Du solltest besser als jeder andere verstehen, wie das ist und wie gut sich ein paar schmerzfreie Stunden anfühlen." Er starrte Les an, der die Schachtel auf den Tisch stellte.

„Du sagst also, dass deine Mom …"

„Versucht hat, den Menschen einen Dienst zu erweisen – einen, zu dem der Staat nicht bereit ist. Das ist total dumm. Es gibt ein paar Abgabestellen in Philadelphia, aber das hilft niemandem hier." Dex nahm die Schachtel und schob sie wieder unter das Regal. „Ich habe nichts davon verkauft und weiß nicht, was ich mit dem Zeug anfangen soll, aber meine Mom hat versucht, anderen zu helfen. Das weiß ich ganz bestimmt."

„Bist du sicher?", fragte Les.

„In Bezug auf meine Mutter bin ich mir so sicher wie darin, dass du ein echtes Arschloch bist. Vielleicht sollte ich einfach nach Hause gehen und mir mein eigenes Essen machen. Du kannst deine Bullenfreunde rufen. Du weißt ja, wo der Stoff ist. Ich werde ihn nicht anrühren." Sein Atem kam so heftig, als wäre er gerade einen Marathon gelaufen. „Folge deinem Gewissen und tu das, was du für das Beste hältst." Dex verschränkte die Arme vor der Brust und starrte Les an.

Les' angespannte Haltung wurde weicher und er seufzte. „Du hast nie etwas davon verkauft."

118

Dex schüttelte den Kopf. „Nein, habe ich nicht. Aber das heißt nicht, dass ich nicht in Versuchung gewesen wäre. Es gab Tage, da habe ich so gut wie nichts verdient. Ich hätte es tun können, aber so wollte ich das Geschäft nicht betreiben. Obwohl mir eine von Moms Kundinnen erklärt hat, warum sie es getan hat, habe ich es runtergespielt und sie glauben lassen, ich wüsste nicht, worum sie bittet. Ich denke, das hat sich rumgesprochen, denn sie fragen nicht mehr so oft nach. Und bevor du fragst, ich verrate dir keine Einzelheiten. Dieser Teil der Unternehmensgeschichte muss Vergangenheit bleiben. Ich muss mir überlegen, wie der Laden auch ohne funktionieren kann." Er hatte gesagt, was er sagen musste.

„Ich glaube, wir sind hier fertig. Falls du einen Verdacht hattest und herausfinden wolltest, was hier vor sich gegangen ist, dann hast du das getan. Deine Vermutung war richtig. Ich denke, du kannst jetzt gehen. Ich lasse dich vorne raus, und dann kannst du zufrieden in deine Wohnung zurückkehren." Er marschierte Richtung Verkaufsraum.

„Warte", rief Les leise. „Ich habe mich nicht mit dir getroffen, weil ich misstrauisch war. Ja, ich hatte die Vermutung, dass irgendwas vor sich geht, hätte aber nie mit etwas Derartigem gerechnet und habe mich bestimmt nicht mit dir verabredet, um herauszufinden, was es ist." Dex drehte sich zu Les um, der sich mit einer Hand auf die Krücke stützte und mit der anderen am Türrahmen festhielt.

„Bist du deshalb die ganze Woche weggeblieben?", fragte Dex.

Les nickte. „Wir sind uns immer nähergekommen, und ich konnte den Verdacht nicht aus meinem Kopf verbannen. Als wir dann hier waren, habe ich eins der ausgehöhlten Bücher entdeckt, und es hat gerochen wie … Ich denke, du verstehst, was ich meine. Ich wusste, dass ich recht gehabt hatte, aber nicht, was ich unternehmen sollte."

Dex Hals schmerzte. Er wollte nur noch zurück zum Haus, in sein altes Bett kriechen und das Ganze vergessen. „Also …"

„Ich habe dich gefragt, verdammt noch mal. Ich habe nicht die Polizei gerufen, damit sie hier eine Razzia durchführen. Ich wusste es und habe dich trotzdem danach gefragt. Zählt das denn nicht?" Er wirkte so verwundbar – und Dex wusste verflucht gut, dass Les das mehr hasste als alles andere. Trotzdem. Es tat weh, dass jemand, der ihm etwas bedeutete, ihn eines Verbrechens verdächtigt hatte. „Weißt du, wie schwer mir das gefallen ist? Mein Instinkt riet mir, meinen Fund der Polizei zu übergeben. Das war das, was ich gelernt habe. Aber ich habe es nicht getan. Stattdessen habe ich abgewartet und dich danach gefragt." Les zitterte fast vor Anspannung.

Wenn Dex ehrlich gegenüber sich selbst war, hatte er nichts zu Les gesagt, weil er nicht sicher gewesen war, wie sein Freund reagieren würde. „Ich …"

„Du hast nichts über deinen Fund gesagt." Dex hasste den enttäuschten Unterton in Les' Stimme.

119

„Weil ich Angst hatte, was du denken würdest", gestand Dex. „Ich weiß, was du von diesen Dingen hältst, und hatte keine Ahnung, was ich mit meinem Fund anfangen sollte. Also habe ich ihn weggepackt und versteckt, bis ich eine Lösung gehabt hätte." Er spürte, wie sein Widerstand schwand. „Ich wusste einfach nicht, was ich tun sollte. Ich hätte das Zeug verkaufen und es einfach dabei belassen können. Das, was da ist, müsste meiner Meinung nach um die tausend Dollar bringen. Aber so wollte ich meinen Laden nicht finanzieren." Er seufzte. „Ich war in Versuchung. Mit dem Geld hätte ich eine Menge neuer Ware kaufen können, um den Laden auf dem neuesten Stand zu halten. Und ich denke, genau das hat Mom getan. Wieder und wieder. Ich war so dumm zu glauben, wenn ich nur die richtigen Bücher auf Lager hätte, würden die Leute schon kommen. Doch das Problem bei diesem Geschäft ist ein grundlegenderes: Die Leute haben den Laden vergessen."

Les holte die Schachtel und stellte sie auf den Tisch. „Was willst du damit machen?"

„Ich weiß nicht, was ich tun soll. Ich möchte, dass es verschwindet. Aber ich kann es nicht verbrennen oder einfach in den Müll werfen. Was auch immer Mom getan hat, muss aufhören."

„Dann spül es einfach die Toilette runter. Das ist ganz einfach. Dann sind die Beweise weg, und du kannst die Bücher entsorgen." Les blieb, wo er war.

Dex trat einen Schritt auf ihn zu. „Aber da ist noch mehr. Was soll ich mit den Leuten tun, die Hilfe benötigen? Diese armen Menschen haben Schmerzen. Ich kann sie nicht einfach im Stich lassen."

Seufzend erwiderte Les: „Das verstehe ich. Aber die Substanz fällt unter das Betäubungsmittelgesetz, ob dir das nun gefällt oder nicht. Einige Staaten haben sie zwar legalisiert, aber das ändert nichts an der Tatsache, dass die Bundesregierung sie immer noch als illegal einstuft. Die Menschen, die sie benötigen, sollten am besten mit dem Staat zusammenarbeiten. Das können wir beide nicht ich in Ordnung bringen – zumindest im Moment nicht." Er wandte sich vom Tisch ab, nahm seine Krücke und ging zur Hintertür.

„Wohin gehst du?", fragte Dex. Er spürte, wie die Distanz zwischen ihnen größer wurde.

Les schwieg. „Ich muss ..."

„Hilf mir, das Zeug loszuwerden", fiel ihm Dex ins Wort, während er nach der mit der Plastiktüte umhüllten Schachtel griff.

Les schüttelte den Kopf. „Ich kann nicht. Du bittest mich, dir bei der Zerstörung von Beweisen zu helfen."

„Beweise eines Verbrechens, das jemand begangen hat, der tot ist. Ich bitte dich darum, mir zu helfen, es zu beenden. Ich hatte nichts damit zu tun, werde aber vielleicht trotzdem mit allem, was mir geblieben ist, für das kleine Nebengeschäft meiner Mutter zahlen müssen." Dex stellte die Schachtel wieder ab und ließ sie an Ort und Stelle liegen. „Vielleicht ist das gar keine so schlechte Idee. Ich könnte den

Laden aufgeben, bevor er mich in den Abgrund reißt. Vielleicht mache ich einen Ausverkauf und räume das Inventar aus. Dann kann ich die Ladenfläche vermieten und in meiner winzigen Wohnung leben. Ich besorge mir einen Job als Kellner, denn das ist so ziemlich das Einzige, für das ich qualifiziert bin, und verbringe den Rest meines Lebens zusammen mit einem halben Dutzend Katzen."

„Katzen?", fragte Les, den Hauch eines Lächelns um die Lippen. „Wirklich? Du versuchst, mir mit Katzen ein schlechtes Gewissen zu machen?"

„Ich habe dich als Hundemenschen eingeschätzt, daher ja, Katzen."

Les verdrehte die Augen. „Komm. Kümmern wir uns um das Zeug, damit wir etwas zu essen bekommen."

„Du willst mir wirklich helfen?", fragte Dex, als Les die Schachtel vom Tisch nahm.

„Du hast recht. Das wird niemandem etwas anderes als Schaden zufügen. Und wenn ich dich aus Schwierigkeiten heraushalten will – was, wie ich langsam glaube, zu einem Vollzeitjob werden könnte – müssen wir das hier erledigen. Danach können wir dann endlich etwas essen, bevor mein Magen noch glaubt, dass mir die Kehle durchgeschnitten wurde." Er trug die Schachtel ins Badezimmer, zog sie aus der Plastiktüte und begann die Bücher darin aufzuklappen. Les überreichte Dex den ersten der kleinen Plastikbeutel, und er schüttete den Inhalt in die Toilette.

„Findest du nicht auch, dass das dem Ausdruck ‚in eine Wunderwelt eintauchen' eine ganz neue Bedeutung verleiht?", fragte Les und blickte auf die Karikatur von Alice.

Les schnaubte. „Wir können es ja als Spülung des Wunderlands betrachten."

DER LETZTE Inhalt aus dem Karton mit den ausgehöhlten Büchern war verschwunden, und Dex konnte endlich ein wenig leichter atmen. Sie legten alle Bücher sowie die Tüten in die große Plastiktüte und nachdem sie den Laden durch die Hintertür verlassen hatten, warf Dex sie auf dem Weg zur Gebäudevorderseite in einen der Müllcontainer.

In der Ferne erklang Donner, und als sie an der Tür der Kneipe ankamen, hatte der Regen eingesetzt. Dex stand im Eingang und beobachtete, wie der Regen auf Straße und Bürgersteig prasselte. Er war versucht hinauszutreten und alles vom Regen wegwaschen zu lassen. Es war Zeit, nach vorne zu schauen.

„Kommst du?", fragte Les. „Du wirst ganz nass."

Dex drehte sich um und ging hinein.

„Du benimmst dich merkwürdig", erklärte Les.

„Ich weiß." Er grinste. „Vermutlich bin ich einfach erleichtert." Sie fanden einen freien Tisch in der Nähe der Fenster. Dex setzte sich und beugte sich zu ihm hinüber. „Ich fand es furchtbar, es vor dir zu verbergen. Die ganze letzte Woche über habe ich mich gefragt, was ich damit tun soll. Jedes Mal, wenn ich den Laden betreten habe, ist mein Blick zu dem Regal gewandert … jedes einzelne Mal." Er seufzte. „Ich frage mich ständig, wie Mom überhaupt da reingeraten ist."

Die Kellnerin kam an ihren Tisch, und Dex bestellte das Sandwich mit Huhn, ohne einen Blick in die Speisekarte zu werfen. Er war zu sehr auf Les fixiert, um zu denken. Es fiel ihm schwer, zu begreifen, dass das, was seine Mutter begonnen hatte, vorbei war, und Les ihm dabei geholfen hatte.

Nachdem Les ebenfalls bestellt hatte, verließ die Kellnerin ihren Tisch wieder. „Wer weiß? Ich kannte deine Mom und habe nie schlecht von ihr gedacht. Das tue ich immer noch nicht." Er beugte sich näher. „Aber ich mache mir Sorgen. Sie muss einen Lieferanten gehabt haben."

Dex nickte. „Daran habe ich auch schon gedacht. Das ist mit ein Grund, warum ich es behalten habe – falls jemanden gekommen wäre und um Bezahlung gebeten hätte oder so." Er hatte keine Ahnung, wie solche Dinge abliefen.

Les gluckste. „Ich bin mir ziemlich sicher, dass diese Leute keine Ware zurücknehmen."

Das hatte sich Dex schon gedacht. „Aber ich hatte keine Ahnung, ob noch etwas offen war. Das Letzte, was ich brauchte, war, dass jemand in den Laden einbricht, wie sie es in den Filmen immer tun. Und ich möchte meine Beine gerne in einem Stück behalten."

„Jetzt bist du ein bisschen albern. Diese Kerle geben keinen Kredit – alles wird bar beglichen – deine Mom hat für ihren Vorrat also im Voraus bezahlt." Les verdrehte die Augen. „Es erfordert schon Mut und einen starken Charakter, das zu tun, was du gerade getan hast."

Dex nahm Les' Hand. „Ich möchte, dass der Laden ein Erfolg wird. Aber nicht auf die Art. Ich will es alleine schaffen. Eins ist allerdings klar: Ich muss eine Möglichkeit finden, Geld zu verdienen, damit das gelingt. Dieses Geschäft wird nicht allein durch den Verkauf von Büchern über die Runden kommen. Nicht heutzutage. Als Mom und Dad den Laden eröffnet haben, sah die Welt noch anders aus. Amazon gab es nicht, sodass die Bücher vor Ort gekauft werden mussten. Jetzt gibt es E-Books und man kann jedes Taschen- oder gebundene Buch bestellen und sich nach Hause liefern lassen." Er verstummte kurz und kratzte sich am Kopf. „Wenn die Leute regelmäßig den Laden besuchen sollen, muss ich mir etwas einfallen lassen. Natürlich kann ich Lesegruppen und Buchclubs auf die Beine stellen, aber ich brauche noch etwas anderes. Kaffee biete ich bereits an, und der Laden ist sowieso nicht groß genug für ein Café. Aber das ist eh egal. Ich habe sowieso kein Geld, um irgendetwas davon zu machen."

„Ich verstehe", meint Les sanft.

„Du hast keine Ahnung, wie verlockend es war, einfach …" An einem derart öffentlichen Raum wollte er es nicht laut aussprechen, aber mit einem Nicken signalisierte Les, dass er verstand. „Tut mir leid, wenn ich dich in eine schlechte Lage gebracht habe."

„Nein. Das verstehe ich. Wenn du es mir nicht gesagt hättest ..." Er schien nach einer Antwort zu suchen.

„Ich hätte eine Möglichkeit gefunden, es loszuwerden. Aber dann wärst du nicht im Zwiespalt. Und behaupte jetzt nicht, dass du das nicht bist. Ich kann es in deinen Augen sehen." Er wünschte, nichts davon wäre passiert. „Aber zumindest ist es jetzt vorbei ... hoffe ich." Gott, hoffentlich gab es im Laden nicht noch weitere Überraschungen.

„Ich denke, ich verstehe das", erklärte Les. „Ich kann sogar begreifen, warum du diesen Menschen helfen willst ..." Die Kellnerin brachte ihr Bier, und er wartete, bis sie wieder verschwunden war. „Denen, denen deine Mutter helfen wollte. Aber es gibt nichts, das du tun kannst und wenn du auf die die falsche Seite des Gesetzes gelangst, könnte dich das alles kosten."

Dessen war sich Dex bewusst. Aber er musste etwas tun. Er musste nur noch herausfinden, was. „Ich werde nicht verraten, um wen es sich handelt. Es sind gute Menschen." Er wollte ihnen nicht noch mehr Schwierigkeiten bereiten.

„Okay. Aber was ist mit der Quelle? Was, wenn du das herausfindest?" Les wirkte ausgesprochen ernst.

„Wenn ich herausfinde, um wen es sich handelt, rufe ich dich sofort an", versprach Dex. „Obwohl diese Bezugsmöglichkeit vermutlich mit Mom gestorben ist. Zumindest hoffe ich das. Immerhin ist niemand in den Laden gekommen und hat versucht, mir etwas zu verkaufen."

Les nickte lächelnd. „Dann ist zwischen uns wieder alles in Ordnung." Er drückte Dex' Hand. Ein Großteil der Anspannung in seinem Blick verschwand und wurde durch dieselbe Intensität ersetzt, die Dex bei ihrem ersten Treffen angezogen hatte. „Hast du Lust, nach dem Essen mit zu mir zu kommen? Wir könnten ein paar Filme schauen."

Dex stieß einen erleichterten Seufzer aus. „Ich hatte gehofft, dass du das anbietest." In der letzten Woche hatte er sich schon gefragt, ob er die Sache mit Les irgendwie vermasselt hatte. Jetzt wurde ihm klar, dass es die richtige Entscheidung gewesen war, ihm gegenüber ehrlich zu sein. Dex hoffte, dass er dazu immer in der Lage sein würde.

Ihr Essen kam, und Dex aß sein unglaublich knuspriges und würziges Hühnchen-Sandwich. Er genoss jeden Bissen, obwohl sein Blick kaum vom langsam kauenden Les wich. Wer hätte gedacht, dass essen sexy sein konnte? Je länger er zusah, desto mehr wurde ihm klar, dass einfach alles an Les sexy war. Das führte dazu, dass er sich wünschte, sie wären fertig und könnten zum hoffentlich speziellen, intimen Teil des Abends übergehen.

„Hey Les, wie geht's?", fragte ein Mann, der sich ihrem Tisch näherte.

„Gut. Ich glaube, du kennst Dex noch nicht. Das ist mein Freund, Red." Sie schüttelten sich die Hände. „Was treibt dich her?" Les verkrampfte sich bei seiner eigenen Frage.

„Eigentlich wollte ich dich anrufen, wenn ich heute Abend nach Hause komme." Red blickte zu Dex, dann zurück zu Les. „Ich habe etwas gefunden, weiß aber nicht, was ich damit anfangen soll."

Dex legte sein Sandwich hin und entschuldigte sich.

Ein Gefühl in der Magengrube sagte ihm, dass er wusste, worum es in dem Gespräch gehen würde. Am besten ließ er die beiden alleine reden. Daher ging er zur Toilette, benutzte sie und wusch sich die Hände.

Bei seiner Rückkehr unterhielten sich Red und Les immer noch leise. Red hatte sich dabei weit über den Tisch gelehnt. Ihre Blicke waren ernst und Les noch bleicher als zu dem Zeitpunkt, als Dex gegangen war. Nachdem Dex wieder an seinem Platz saß, schaute er die beiden Männer fragend an. „Ist alles in Ordnung?"

Les schüttelte den Kopf. „Sieht so aus, als hättest du in Bezug auf meinen früheren Partner vielleicht recht gehabt. Ich habe Anfang der Woche mit Red gesprochen, und er wollte sich die Sache mal ansehen." Langsam stieß er die Luft aus.

„Ich habe nichts Konkretes über Williams, aber einige der Leute befragt, die am Tatort waren. Sie meinten, dass Williams Geschichte nicht wirklich Sinn ergibt. Allerdings konnte ihm niemand etwas entgegensetzen." Red rieb sich den Nacken. „Ich wünschte, ich hätte mehr für dich. Aber ..."

Les senkte den Blick auf die Tischplatte. „Ich glaube, ich habe gehofft, dass jemand etwas Eindeutigeres gesehen haben könnte. Andererseits wäre das sehr weit hergeholt gewesen." Der Schmerz über den Vertrauensbruch in Les' Augen, weckte in Dex den Wunsch, diesen Williams zur Strecke zu bringen. Wenn er Les verletzt oder absichtlich zugelassen hatte, dass Les verletzt wurde, sollte man ihm die Eier abschneiden und als Tennisbälle benutzen.

„Ich werde Augen und Ohren offenhalten. Ein paar meiner Freunde werden versuchen, ihn aus der Fassung zu bringen. Bisher ist es ja lediglich eine Vermutung, aber die könnten wir ein wenig aufbauschen, um zu sehen, ob er einknickt." Red klopfte Les auf die Schulter. „Die meisten Kollegen sind nicht wirklich zufrieden mit ihm."

„Ich verstehe." Les wirkte ziemlich bedrückt. Das war ein ziemlicher Kontrast zu dem Feuer, das Dex vorher in seinen Augen gesehen hatte.

Red warf ihm einen Blick zu. „Hat das, vorüber wir gesprochen haben, etwas gebracht?"

Les seufzte. „Ja und nein. Es ist nichts, über das wir uns im Moment Sorgen machen müssten. Das Problem liegt in der Vergangenheit und daraus kann nichts Gutes entstehen. Außerdem war es ganz anders, als ich gedacht habe. Vielleicht erzähle ich dir die Geschichte irgendwann mal bei einem Drink." Dex vermutete, dass Les gegenüber Red seinen Verdacht in Bezug auf seine Mutter geäußert hatte. „Aber wenn sich irgendetwas ergibt, lassen wir es dich auf jeden Fall wissen."

Red nickte. „Gut. Ich melde mich, wenn ich irgendwas habe. Für euch gilt das Gleiche." Er verließ den Tisch.

Dex stieß den angehaltenen Atem aus. „Ich nehme an, du hast ihm von deinem Verdacht erzählt?" Er war nicht sicher, was er davon halten sollte.

„Ja. Er dachte, dass ich mir wahrscheinlich alles nur einbilde und meinte, dass niemand den Laden deiner Mom auf dem Schirm hätte. Doch wie ich zu ihm gesagt habe: Es ist vorbei – zumindest so weit es mich betrifft – und Red wird nichts weiter unternehmen. Er hat selbst genug zu tun. Es bringt nichts, wenn sich jetzt jemand damit befasst", erklärte Les und aß den letzten Rest seines Sandwiches.

Dex dagegen verspürte keinen Hunger mehr. „Aber was ist mit deinem alten Partner? Was sollen wir tun? Wir können ihn doch nicht einfach davonkommen lassen."

„Zuallererst mal: Es gibt nichts, das wir tun können. Ich muss Red und die anderen ihre Arbeit machen lassen. Wenn ich mich einmische, wird Williams mitbekommen, dass etwas im Busch ist. Er wird seine Geschichte wasserdicht machen, sodass wir nie etwas herausfinden. So gerne ich den Kerl auch zum Trocknen an den Ohren aufhängen möchte, ich muss mich zurückhalten und den anderen die Führung überlassen." Les trommelte mit den Fingern auf die Tischplatte.

„Ich nehme an, du hasst diese Vorstellung ebenso sehr wie ich", meinte Dex und brachte Les' Finger sanft zum Schweigen. „Bist du fertig?"

Les nickte. „Iss auf, dann können wir gehen."

Dex aß den Rest, ohne etwas zu schmecken, dann zahlte Les die Rechnung. Der Regen hatte aufgehört, als sie über die nasse Straße zu Les' Wohnung gingen.

„Ich muss dich etwas fragen, und du darfst sagen, wenn ich den Mund halten soll. Ich werde nicht beleidigt sein." In der Hoffnung, ihm etwas Trost zu geben, zog Dex Les in seine Arme. Reds Neuigkeiten mussten Les' Welt erschüttert haben. „Wenn dein Partner beteiligt war ... warum sollte er das tun? Unabhängig davon, ob er dich gemocht hat oder nicht, warum sollte er sich einfach zurückhalten? Das ist ein großes Risiko ... Die Verdächtigen hätten reden können, du etwas gesehen haben können ... Ich werde das Gefühl nicht los, dass noch mehr dahinterstecken muss."

Les hob den Blick. „Es sei denn, ihm war klar, dass die Verdächtigen den Mund halten würden."

„Genau. Ich meine, wir wissen, dass der Typ böse ist. Das muss er auch sein, um so zu handeln. Ein normaler Mensch lässt nicht einfach zu, dass jemand verletzt wird, wenn er es verhindern kann ..." Dex verstummte. Wahrscheinlich macht er gerade ein Fass auf, und das würde vermutlich nirgendwohin führen.

„Nein. Du hast recht." Les zog sein Handy hervor und tippte ein paar Minuten wie wild.

„Und?"

„Red verspricht, sich die Sache anzusehen, muss aber vorsichtig vorgehen." Les schob das Handy zur Seite. „Ich habe keine Ahnung, was er tun kann, ohne sich zu verraten, aber er wird es versuchen."

„Also ist er auch der Meinung, dass Williams möglicherweise Dreck am Stecken hat. Aber wir haben keine Ahnung, welche Art Dreck", meinte Dex, in Gedanken bei den Drehbüchern, die er gelesen hatte. Les hob die Hände, um ihn zu stoppen.

„Das müssen wir herausbekommen. Wir haben im Moment nicht genug Informationen, um etwas zu unternehmen und wenn wir versuchen würden, es wie im Fernsehen zu machen, dann ..."

Er führte Dex in Richtung Schlafzimmer. „Tja, das hier ist kein Film. Wenn Williams absichtlich nichts unternommen hat, um mir zu helfen ..." Les holte tief Luft, und Dex konnte die Anspannung in seinem Körper spüren. Jeder Schritt wirkte stockend, als könnte er die Knie nicht richtig beugen. „Wenn er tatsächlich so gehandelt hat, dann ist der Typ gefährlich und schert sich einen Dreck um alles. Er würde nicht zweimal überlegen, uns zu verletzen. Es gibt viele Dinge, die ich tun kann, aber ..." Les senkte den Blick. „Ich glaube nicht, dass ich noch in der Lage bin, für jemanden der Held zu sein."

9

UND DA WAR es: Das aufrichtigste Eingeständnis, das er in seinem ganzen Leben je gemacht hatte. In einem einzigen Satz hatte Les seine Seele vor Dex entblößt. Am liebsten wäre er sofort in sein Schlafzimmer verschwunden, unter die Decke gekrochen und hätte sich die nächsten zwanzig Jahre lang versteckt.

„Komm", forderte ihn Dex leise auf. Les' Meinung nach tat er so, als hätte er nichts gehört. Immerhin hatte Dex nichts Lächerliches gesagt, wie zum Beispiel, dass er „immer ein Held sein würde" oder „mit dir ist alles in Ordnung". Oder noch Schlimmeres wie „du bist perfekt, so wie du bist". Wäre das der Fall gewesen, hätte ihn Les vermutlich aus der Wohnung geschmissen und in diesen speziellen Bereich der Hölle gewünscht, der nur für Menschen bestimmt ist, die Plattitüden von sich geben.

„Dex …" Er seufzte. „Ich …" Das Verlangen, alleine zu sein, nahm beinahe überhand. Vielleicht würde sich ein verdammtes Loch öffnen und er nie wieder gesehen werden. Les verdrehte die Augen angesichts seiner Gedanken.

„Komm ins Bett", flüsterte Dex. Seine Stimme wirkte auf Les ähnlich verlockend wie ein Buffet auf einen ausgehungerten Menschen. Er sagte nichts weiter, sondern leitete sie in das Zimmer und schloss die Tür. Nur das Licht hinter den Vorhängen erhellte die kahlen Umrisse des Raumes. Das reichte. Die Klimaanlage kühlte leise surrend den Raum. Dex brachte ihn zum Bett, und Les setzte sich. Er war froh, nicht mehr auf den Beinen zu sein, schämte sich aber und kam sich nutzlos vor. Wofür zur Hölle war er gut? „Les." Dex tippte auf sein Bein, und er hob den Fuß.

Dex zog ihm die Schuhe aus und legte seine Hände auf die Knie, um sie auseinanderzuschieben, bevor er sich dazwischenschob. Er presste sich gegen Les und streichelte mit den Händen über Kopf, Nacken und den Rücken hinab. Zum Glück schwieg er dabei. Dadurch bekam Les die Möglichkeit, sich in seinen eigenen Gedanken zu verlieren und die Überreste seines Lebens ein paar Sekunden lang auszublenden.

Dann küsste ihn Dex direkt auf den Halsansatz. Die heißen, süßen Lippen bewegten sich weiter hinauf, bis hinter sein Ohr. Les schloss die Augen und versuchte, dagegen anzukämpfen, doch innerhalb von Sekunden streckte er den Hals und gab Dex das Gewünschte.

Dex drückte ihn mit dem Rücken auf das Bett, öffnete die Knöpfe des Hemds und ließ den Stoff auf beide Seiten des Körpers fallen. Die kühle Luft liebkoste seine heiße Haut, und Les konnte das Stöhnen nicht länger unterdrücken.

Küssend schob sich Dex den Oberkörper hinab, ließ den Lippen die Hände folgen und steigert die Hitze der lodernden Spur weiter. Weiterhin gab er keinen Ton von sich. Les fragte sich, was ihm wohl durch den Kopf ging. Doch Dex' Hände genügten völlig, Les verstand durch die leichteste Berührung, was er wollte. Als die Hand auf seiner Schulter verweilte, schob sich Les aus dem Hemd und als sie seine Seite hinabglitt, erbebte er erwartungsvoll. Als Dex Les' Gürtel und Hose öffnete, hob er die Hüften, und schnell glitt auch das letzte Kleidungsstück seine Beine hinab.

Ein paar Sekunden lang fragte sich Dex, ob er sich unter Dex' durchdringendem Blick verlegen fühlen sollte. Doch dazu blieb keine Zeit. Dex dirigierte ihn nach oben, Richtung Kissen, stellte sich neben das Bett und zog sich langsam aus. Er drehte sich um, sodass Les nur die Umrisse des durchtrainierten Rückens und der Arme sah, die sich anspannten, während sich Dex das Shirt über den Kopf zog. Himmel, was für ein wunderschöner Anblick.

Ein dumpfer Aufprall, gefolgt von einem weiteren, als Dex die Schuhe abstreifte. Dann – immer noch mit dem Rücken zu Les – wippte Dex mit den Hüften hin und her, wobei sich sein Rücken streckte, bis die Zwillingshalbkugeln seines unglaublichen Hinterns zum Vorschein kamen. Les schluckte, um seine Lippen und die urplötzlich trockene Kehle zu befeuchten. Er stöhnte auf, sehnte sich danach, ihn zu berühren, zu schmecken. Doch Dex blieb knapp außer Reichweite und schwieg immer noch.

Endlich drehte sich Dex langsam um und gab den Blick auf eine Hüfte und ein aufreizend nach vorn gestrecktes, muskulöses Bein frei. Kurz hielt er inne, um gleich darauf weiterzumachen, bis er Les in seiner ganzen durchtrainierten, maskulinen Pracht gegenüberstand. Dann stoppte er und blieb stehen, sodass Les sich sattsehen konnte, bevor er den Abstand zwischen ihnen wieder schloss.

„Was soll das werden?", fragte Les lächelnd, erhielt als Antwort jedoch nur eine Krümmung der Lippen. „Ist das die Schweigebehandlung?"

„Nein. Das ist die ‚manchmal reden wir einfach zu viel' Behandlung." Dex legte Les einen Finger auf die Lippen. „Du darfst jedes Geräusch machen, solange es ein Stöhnen, Seufzen, Wimmern oder ein lustvoller Aufschrei ist. Lass dich einfach gehen." Bevor Les widersprechen konnte, eroberte Dex seine Lippen. Les umfasste mit der Hand Dex' Nacken und streichelte das Haar, während ihr Kuss immer leidenschaftlicher wurde, und er vergaß, was ihn bedrückte.

Leise stöhnte Les gegen Dex' Lippen, genoss den Geschmack und die Hitze. Ohne die Verbindung zu unterbrechen, schob sich Dex auf das Bett und drückte Les in die Matratze. Der Mann hatte recht – Worte waren überflüssig. Sie konnten ihre Wünsche auf so viel reizvollere Arten mitteilen.

Dex stöhnte laut auf, als Les seine Finger um den Schwanz schloss und anfing, ihn langsam zu streicheln. Er liebte es, wie Dex an seinem Körper erschauderte und fachte ihrer beider Lust weiter an. Les hob die Beine an, um Dex genau zu signalisieren, was wollte und stöhnte erneut auf.

„Ich will, dass du dich umdrehst", flüsterte Dex. „Ich weiß, dass ich gerade meine eigene Regel über das Schweigen breche, aber ich werde es nicht riskieren, dich zu verletzen." Er wich zurück, und Les rollte sich langsam auf den Bauch. Dex' warme Hände streichelten seinen Fuß. Les schloss die Augen und seufzte erleichtert auf, als die Anspannung aus seinen Muskeln wich. Manchmal würde er alles dafür geben, dass die Beschwerden aufhörten. Dex schien mit einer einfachen Berührung in der Lage dazu zu sein. Er keuchte auf, als Dex mit den Händen die Beine hinaufglitt, erst seine Oberschenkel, dann seinen Hintern liebkoste und die Muskeln wie Teig knetete – langsam, fließend und mit gerade genug Druck, dass Les ein Schauer über den Rücken bis hinauf in sein Gehirn lief und seine Gedanken durcheinanderwirbelte.

Les hielt sich an den Matratzenrändern fest und ließ sich fallen. Es war leicht, sich Dex' Händen zu überlassen. Vertrauen fiel ihm manchmal schwer, vor allem, wenn es um seinen Fuß ging. Dennoch überließ er Dex bereitwillig die Kontrolle. Es schien so natürlich, dass er kaum einen Gedanken daran verschwendete, auch dann nicht, als Dex mit dem Finger über die Öffnung glitt. Aus einem wurden zwei, dann begann Dex, die Haut hinter den Eiern zu necken und sandte eine Welle der Lust durch Les' Körper.

Dex schien in der Lage zu sein, seine Schutzmauern einzureißen, ohne es überhaupt darauf anzulegen. Leise stöhnend spreizte Les die Beine weiter auseinander, während Dex' Hände ihre Magie entfalteten. Doch plötzlich wichen sie zurück. Les hob den Kopf, um zu sehen, was vor sich ging.

„Oh Gott!" Les schrie auf, als feuchte Hitze auf seine Haut drückte. „Was ...?"

Er wölbte den Rücken und knurrte, als Dex die Haut um seine Öffnung liebkoste. Zunge und Finger arbeiteten zusammen, bis Les nach Luft schnappte. Sein Mund stand offen, während Welle um Welle voller Empfindungen durch seinen Körper strömte. Jede baute sich auf der nächsten auf, bis alles zu viel wurde. Er wollte Dex bitten aufzuhören, ihm die Chance zu geben, nach Luft zu schnappen. Aber verdammt, er hatte keine Lust, diesen Ritt in den Himmel, auf den Dex ihn mitnahm, zu unterbrechen. Verflucht, ihm war überhaupt nicht bewusst gewesen, dass es so etwas gab. Les hatte nie jemandem genug Vertrauen geschenkt, um sich von ihm in die Rolle des Bottoms drängen zu lassen. Jetzt jedoch zeigte ihm Dex, welche Höhen er erklimmen konnte.

„Was willst du, Les?", fragte Dex und ließ seine Zunge über den Rücken bis zur Schulter wandern, bevor er ihn leidenschaftlich küsste. „Du musst mir sagen, was du von mir willst."

„Dich ... alles von dir." Les Hirn hatte einen kompletten Kurzschluss. „Nur dich." Er schloss die Augen, als Dex sich hinter ihm bewegte. Dann hörte er, wie Metallfolie aufgerissen wurde und spürte, wie er mit kaltem Gleitgel befeuchtet wurde. Schließlich kehrten die magischen Finger zurück. Er bebte während der ganzen Vorbereitung, bis sich Dex endlich an ihn drückte, langsam in ihn hineinglitt und ihn ausfüllte.

Als Les aufkeuchte, stoppte Dex kurz, und schlang eine Hand um seinen Oberkörper, um ihn enger an sich zu ziehen, während er sich langsam tiefer in ihn sinken ließ. Das Gefühl war unglaublich und genau das, was Les wollte. Die Dehnung, das Brennen, gefolgt von einer berauschenden, tiefen Wärme, die den Weg erleichterte und ihm die ersehnte Nähe gab. Dex stoppte und begann, an Les' Ohrläppchen zu saugen. Er drückte seinen Freund eng an sich, nur sie beide – zusammen. Les presste nach hinten gegen Dex, doch der ignorierte das Signal, blieb an der gleichen Stelle, bewegte sich langsam, immer dicht bei ihm.

Mit langen, langsamen Stößen holte Dex auch den letzten Rest an Leidenschaft aus Les heraus. Es gab kein Wettrennen bis zum Ziel, sondern baute sich gleichmäßig auf, bis Les' Kopf zu pochen begann, und er um Erlösung bettelte. Doch Dex behielt sein gleichmäßiges Tempo bei, bis Les Sterne sah, es nicht länger ertrug und in einem fliegenden Sprung in den Abgrund der Lust hinabstürzte, der ihn atemlos zurückließ.

„Alles okay?", fragte Les, als sich ihre Körper wieder trennten. „Ich habe dir doch nicht wehgetan, oder?"

Les drehte sich herum und zog Dex zu sich nach unten. „Nein. Du warst perfekt." Er vergrub das Gesicht an Dex' Schulter und hielt ihn einfach nur fest. Er fühlte sich verletzlich und benötigte ein paar Sekunden, um sich zu sammeln. Dex sollte nicht mitbekommen, wie er zusammenbrach.

„Es ist okay", flüsterte Dex und hielt ihn.

„Ich weiß nicht, was mit mir nicht stimmt." Nach dem Sex war er noch nie derart zusammengebrochen. Ja, er hatte sich auch vorher verletzlich gefühlt, aber nie in diesem Ausmaß. Es war nicht nur körperlich, sondern auch emotional. Er hatte sich Dex gegenüber geöffnet und musste jetzt einen Weg finden, diese Tür wieder zu schließen oder zumindest verhindern, dass Dex ständig derart extreme Reaktionen bei ihm sah.

„Es ist schwierig, jemandem diesen Teil von einem selbst zu zeigen. Du kannst den Menschen deine Geschichte erzählen und einiges mit ihnen teilen, aber in diesen Momenten bestimmst du, was du teilst." Dex knabberte an seinem Hals. „Du musst dir keine Gedanken machen. Was auch immer du mir zeigst, wenn wir alleine sind, wird nur zwischen uns beiden bleiben. Das verspreche ich dir."

Les seufzte. Das hatte er bereits gewusst. Nicht in seinem Kopf, sondern in seinem Herzen. Doch er benötigte trotzdem ein paar Minuten. „Danke."

„Wofür?"

„Für alles. … Dass du hier bist … für …" Er wusste nicht einmal, was er zu sagen versuchte und gab daher auf. Es war nicht nötig.

Dex kümmerte sich um das Kondom und machte es sich dann neben ihm bequem. Les seufzte behaglich auf und rutschte näher zu ihm. Er schloss die Augen und lächelte. „Ich liebe das."

„Zeit nur für uns beide?"

Les summte leise. „Ja." Er zog Dex näher. „Willst du reden?"

„Wenn du das möchtest."

Les drehte den Kopf auf dem Kissen von einer Seite zur anderen. Es gab Zeiten, da war es besser, zu schweigen. Das hier war eine davon.

Als würde ihm das ebenfalls gerade bewusst werden, meinte Dex: „Warum schließt du nicht einfach die Augen und schläfst?"

Les nickte und versuchte, seine ruhelosen Gedanken zum Schweigen zu bringen.

10

DEX SAß hinter dem Tresen und starrte in einen menschenleeren Laden. Nicht ein einziger Kunde. Das war fast den ganzen Tag so gewesen.

Er sagte sich immer wieder, dass das kein Grund zur Sorge sei, und er andere Dinge zu erledigen habe. Er besaß eine Liste mit Aufgaben, die getan werden mussten und zwang sich daher aufzuhören, Trübsal zu blasen, und machte sich an die Arbeit. Da nichts los war, beschloss er, einige Regale neu zu ordnen. Wenn er ein paar umstellte und den Platz kreativer nutzte, konnte er vielleicht den Lesebereich vergrößern und durch einen weiteren Sessel die Leute zum Verweilen ermuntern. In der Hoffnung, dass sie Platz nahmen und einige Zeit blieben, hatte er eine Kaffeemaschine angeschafft und begonnen, den Kunden Gratiskaffee anzubieten. Es könnte funktionieren … wenn sich jemand die Mühe machen würde, zur Tür hereinzukommen.

Er war fast fertig, als die Türglocke läutete. „Hallo", begrüßte Dex den Mann Anfang zwanzig in Poloshirt und Jeans. „Schauen Sie sich gerne um." Er stellte die restlichen Bücher auf das Regal und behielt dabei den Kunden im Auge, falls er etwas benötigen sollte. Nachdem er fertig war, kehrte Dex zum Tresen zurück und ordnete das bereits perfekte Zubehör, um sich zu beschäftigen.

„Ich bin froh, dass der Laden immer noch geöffnet ist", sagte der junge Mann. Dex richtete sich auf. „Sie sind Sarahs Sohn, oder? Ich mochte sie. Sie war eine nette Frau und gute Kundin." Er lächelte, und perfekte weiße Zähne blitzten auf.

Ein Schauer lief Dex den Rücken hinab. „Eine Kundin von Ihnen?", hakte er nach. Er hielt es für das Beste, sich dumm zu stellen.

Der Mann lehnte sich grinsend über den Tresen. „Natürlich." Er wirkte völlig entspannt, während Dex befürchtete, sein Hemd in dreißig Sekunden durchgeschwitzt zu haben. „Sie haben mit Sicherheit alles im Laden durchgesehen und wissen daher wahrscheinlich von ihrem kleinen Nebengeschäft." Der Blick des Mannes war scharf wie zersplittertes Glas. Dex setzte seine gesamten schauspielerischen Fähigkeiten ein, um seinen Gesichtsausdruck neutral zu halten. „Kein Grund, verlegen zu sein. Mir ist klar, dass Sie wissen, was sie getan hat. Da hier keine Scharen von Polizisten aufgetaucht sind, weiß ich außerdem, dass Sie sie nicht informiert haben. Haben sie das System durchschaut, das den Damen zu einem Höhenflug verholfen hat?" Er grinste über seinen eigenen Scherz.

Dex schluckte, erwiderte aber nichts.

„Ich bin nicht hier, um Sie zu erpressen. Nee, ich bin nur der Kerl, der das angebaut hat, was sie verkauft hat. Ich werde Sie nicht verpfeifen oder so. In ein paar Tagen ist neue Ware fertig. Soll ich sie vorbeibringen?"

„Ist das etwas, das Sie … beruflich machen?"

Er schüttelte den Kopf. „Oh Gott, nein. Ich versuche nur, meine Collegegebühren zu zahlen. Ich baue lediglich an einem geheimen Ort einige Pflanzen an. Mehr nicht." Sein alles andere als elegantes Schnauben verriet Dex, wie jung er tatsächlich war.

„Wie hast du damit angefangen?", fragte Dex, um an Informationen zu gelangen. Bis jetzt hatte Dex noch nichts Falsches getan und auch nicht die Absicht, damit anzufangen. Aber Informationen bedeuteten Macht. Er wünschte, er könnte Les herholen, damit er mit dem Typen redete.

„Nun, ehrlich gesagt, habe ich schon längere Zeit ein bis zwei Pflanzen gehabt. Meine Oma hatte schlimme Arthritis und als ich ihr etwas gegeben habe, hat ihr das sehr geholfen." Er lächelte. „Stell dir das mal vor: einen Joint mit deiner Großmutter zu rauchen. Sie hat nur ein paar Züge genommen. Sie brauchte nicht viel, aber es hat ihr sehr geholfen. Bevor sie gestorben ist, hat mir Oma von deiner Mom erzählt." Der Schmerz über den Verlust, der seine Augen dunkel werden ließ, wirkte echt. Dex hatte jede Menge schlechter Schauspieler gesehen, aber das hier war nicht gespielt. „Der Laden benötigte zusätzliches Geld, und es gibt viele Menschen wie meine Oma, die nicht die Hilfe bekommen, die sie brauchten."

Dex seufzte. „So wie du das sagst, klingt es, als würdest du eine Dienstleistung anbieten."

„Das tue ich. Die Gesetze hier sind ein Witz, und diese Menschen brauchten Hilfe. Das sagt sogar ein befreundeter Polizist. Ich verdiene mir etwas zusätzliches Geld, damit ich aufs College gehen kann, ohne in Schulden zu versinken. Deine Mom hat ebenfalls zusätzliches Geld verdient und die Menschen, die Hilfe benötigten, haben sie bekommen." Typisch jugendlich zuckte er übertrieben mit den Achseln. „Wir tun keinem weh."

Dex hatte nicht vor, das zu bestreiten, aber kam nicht über die Erwähnung des „befreundeten Polizisten" und die Frage, was dort ablief, hinweg. Allerdings bezweifelte er, dass er Details bekommen würde. Egal, ob sie die Gesetze für falsch hielten oder nicht, dieser Kerl und sein Freund hatten ihm wehgetan, indem sie die Erinnerung an seine Mutter beschädigt hatten. Klar, so wie er seine Mom kannte, hatte sie es aus den richtigen Gründen getan. Sie hatte nie gezögert, Menschen zu helfen. Aber ihr kleiner Plan hatte sie zu einer Drogendealerin gemacht und das Geschäft, das er zu retten versuchte, zu einer Fassade für illegale Aktivitäten.

Die Ladentür öffnete sich und ein paar Frauen mit ihren kleinen Töchtern traten ein, die direkt auf die Kinderabteilung zusteuerten. „Es ist immer noch hier", sagte eines der Mädchen ziemlich laut voller Freude.

„Würdest du mich einen Moment entschuldigen?" Dex schlenderte hinüber in die Kinderabteilung, um zu sehen, ob seine neuen Kunden Hilfe benötigten.

Hinter den niedrigen Regalen, die durch die Mitte des Raums verliefen, zog er sein Handy hervor und schickte Les einen Text mit der Bitte, herüberzukommen. Bei den Frauen angekommen, steckte er das Handy in die Hosentasche. Da sie offensichtlich keine Hilfe benötigten, kehrte er zum Tresen zurück, während sein Gast sich im Laden umsah. Es hatte den Anschein, dass ihm sein Besucher das, was er zu sagen hatte, lieber privat mitteilen wollte.

Die Türglocke bimmelte, als Les auf die Krücke gestützt, den Laden betrat. Dex fragte sich sofort, ob er Schmerzen hatte. „Kann ich Ihnen helfen?", fragte Dex in der Hoffnung, Les würde das Stichwort aufgreifen.

Les erreichte langsam den Tresen. „Haben Sie den neuesten John Grisham?"

Erleichtert stieß Dex den Atem aus – Les hatte verstanden – und ging das Buch holen.

„Der Typ, mit dem Mom gedealt hat, steht an der Tür", erklärte er leise. Dann fügte er lauter hinzu: „Ich liebe dieses Buch. Es ist unglaublich spannend." Er legte das Buch beiseite. „Kann ich sonst noch etwas für Sie tun?"

„Ich schaue mich noch ein wenig um." Les entfernte sich, als die Mädchen jedes vier Bücher und die Mütter zwei brachten.

Dex rechnete den Betrag für jede Frau zusammen. „Das sind tolle Bücher. Haben Sie vielleicht Interesse an unserer Vorlesestunde am Samstagnachmittag?" Er reichte jeder einen Prospekt. „Ich spreche alle Figuren selber. Es macht sehr viel Spaß." Er packte die Bücher ein und überreichte die Tüten. „Vielen Dank."

„Tschüss", erwiderten die Mädchen wie aus einem Mund und hüpften zur Tür.

Dex folgte ihnen und drehte das Türschild auf ‚geschlossen'.

„Okay." Les wandte sich an den jungen Besucher. „Ich glaube, wir beide müssen uns unterhalten."

„Wer bist du?" Die Großspurigkeit des Jungen war interessant.

„Ich bin ein beurlaubter Polizist, und Dex hier ist mein Freund." Les verschränkte die Arme vor der Brust, während Dex' Besucher bleich wurde.

„Les, hör dir einfach an, was er zu sagen hat", versuchte ihn Dex zu beruhigen.

„Fangen wir mit deinem Namen an", schlug Les vor.

„Du kannst mich Peter nennen." Der Junge verschränkte ebenfalls die Arme vor der Brust. „Wenn du beurlaubt bist, bist du nicht im Dienst. Ich will jetzt gehen."

„Ich könnte meine Freunde anrufen. Sie wären innerhalb von Minuten hier. Bevor du auch nur durch die Tür wärst, hätten sie bereits dein Foto und wüssten alles, was du Dex erzählt hast. Wenn du schlau bist, sagst du mir alles, was ich wissen will. Und übrigens …" Er lächelte. „… Sarahs kleines Nebengeschäft ist hiermit vorbei."

Peters Schultern sackten nach unten, und er erzählte Les die gleiche Geschichte wie zuvor Dex. „Ich baue es für niemanden sonst an. Als Polizist weißt du ja bestimmt, wie schwierig es für Menschen ist, die Marihuana brauchen, welches zu bekommen. Meine Großmutter hat welches benötigt. Und die Leute, denen Sarah und ich geholfen haben, ebenfalls." Er zitterte inzwischen, seine Selbstsicherheit war schon lange verflogen.

„Du hast etwas von einem Polizisten erzählt?", fragte Dex, der sich dachte, dass jetzt ein guter Zeitpunkt war, um endlich ein paar Antworten zu bekommen.

Peter nickte. „Ja. Nachdem ich ungefähr sechs Monate mit Sarah zusammengearbeitet hatte, hielt mich dieser Polizist an und drohte, mich festzunehmen. Dann teilte er mir mit, dass er einen Anteil von allen Geschäften in der Stadt abbekommt und auch einen von mir will." Der Junge zitterte mittlerweile stark. „Der Typ meinte, dass mir niemand glauben würde, wenn ich etwas sage und dass er mich ins Gefängnis stecken und dafür sorgen würde, dass das eine sehr unschöne Erfahrung für mich wird."

Les Kiefer spannte sich an. „Wie heißt er?" Seine Augen funkelten.

Peter wich einen Schritt zurück. „Ich weiß es nicht", erwiderte er mit bebender Stimme. „Er ist einen Polizeiwagen gefahren, hatte aber kein Namensschild. Ich hinterlege das Geld an einer bestimmten Stelle, an der er es abholt." Er stieß einen Seufzer aus. „Kann ich jetzt gehen?"

Les zögerte.

„Wenn wir dir ein paar Fotos zeigen, würdest du ihn darauf erkennen?", fragte Dex.

Auf Peters Nicken hin – obwohl er so aussah, als würde er sich am liebsten übergeben – wandte sich Dex an Les, der auf seinem Handy herumscrollte. Dann zeigte er dem Jungen Fotos.

„Der nicht", lautete die Antwort auf das erste Foto. „Und der auch nicht. Stopp, der Kerl hier … das ist er." Peter deutete auf das Bild.

Les' Augen füllten sich mit feuriger Wut. Er hielt ganz eindeutig eine Explosion zurück. Dex spürte, wie die Temperatur im Raum sank.

„Du kannst gehen, aber ich will deine Kontaktdaten. Ich werde sie nur nutzen, wenn es unbedingt sein muss, aber dieser Mann muss gestoppt werden." Dex klang ganz und gar nach dem Polizisten, der er war. Ein Schauer der Erregung durchschoss Dex.

„Auf gar keinen Fall. Ich sage dir gar nichts. Du bist nicht die Polizei, und ich lasse mich nicht in euren Mist reinziehen. Ich habe lediglich Menschen geholfen. Das war alles, was ich wollte. Ich werde keinesfalls ins Gefängnis gehen, nur weil du noch eine Rechnung mit ihm offen hast." Er streckte die Hand nach der Tür auf.

„Das will ich auch nicht, aber wir benötigen deine Hilfe, um einen schlechten Polizisten aus dem Verkehr zu ziehen. Das ist der einzige Grund, weshalb ich dich darum bitte." Dex fand es toll, dass Les manchmal seine Gefühle zeigte. „Ich habe nicht vor, dir Schwierigkeiten zu bereiten."

„Okay." Er griff in seine Brieftasche und reichte ihm seinen Führerschein. Nachdem sich Les ein paar Notizen gemacht hatte, gab er ihn zurück.

„Wie schon gesagt, werde ich nur dann auf dich zurückkommen, wenn es unbedingt sein muss. Aber die Tage, in denen du etwas anderes als Blumen angepflanzt hast, sind vorbei", stellte er mit finsterem Blick klar. Peter nickte.

„Ja, das habe ich kapiert." Er wartete, bis Dex die Tür aufgeschlossen hatte. Dann zischte er wie ein verängstigtes Kaninchen aus dem Laden und die Straße hinab.

Dex drehte das Schild wieder auf ‚geöffnet' und schloss die Tür.

„Was hast du jetzt vor?", wollte er wissen.

„Ich werde mit Red sprechen. Er muss wissen, was los ist. Ich werde mein Versprechen Peter gegenüber nicht brechen – auch wenn mich das in eine schwierige Situation bringen kann – aber die Polizei muss darüber Bescheid wissen." Er seufzte, und Dex führte ihn zu einem der Sessel.

„Aber was ist mit dir und dem, was Williams getan hat?", fragte Dex. „Er hat ihnen erlaubt, dir wehzutun." Tief in seinem Inneren wusste er, dass es so gewesen war, und das machte ihn verdammt wütend. Er schritt im Laden auf und ab und versuchte nachzudenken. „So wahr mir Gott helfe, ich werde…"

„Nichts tun. Ja, wir wissen, dass Williams Dreck am Stecken hat, und das erklärt, warum er mich loswerden wollte. Ihm war klar, dass ich etwas Derartiges nicht hinnehmen würde, und er wollte nicht, dass ich ihm seine anderen Geschäfte vermiese." Les' Lippen verzogen sich zu einem geraden Strich.

„Denkst du, er hat es absichtlich getan?", wollte Dex wissen.

Les holte tief Luft. „Ich glaube, er hat eine Gelegenheit zu seinem Vorteil genutzt, sich abgewandt und einfach nichts getan. Ich wurde verletzt, sodass ich jetzt beurlaubt bin, und er machen kann, was er will. Inklusive seines Anteils von den Drogengeschäften in der Stadt zu kassieren. Oh Mann …" Er ballte die Hände und sah aus, als hätte ihn ein Ziegelstein getroffen. „Dieser Drogenfall, in dem ich ermittelt habe … Gut möglich, dass der Scheißkerl, der dahintersteckte, währenddessen die ganze Zeit mit mir im Auto saß. Ich hätte den Mund aufmachen und mich weigern sollen, etwas mit ihm zu tun zu haben." Les hob den Blick vom Boden. „Kennst du solche Momente? Du weißt, dass du kurz davor bist, die falsche Entscheidung zu treffen, ziehst es aber wegen des Drucks oder weil du es für deine Pflicht hältst, durch?" Er schnaubte. „Ich hätte mich geradeheraus weigern sollen, sein Partner zu werden, hatte damals aber keinen konkreten Grund dafür."

„Okay. Also, was machen wir?", fragte Dex.

„Nun, ich …"

Dex brachte ihn zum Schweigen. „Nicht ich. Wir. Was machen wir? Das ist keine ‚Du'-sondern eine ‚Wir'-Sache. Wir hängen da beide mit drin und müssen das zusammen klären." Er drückte Les' Hand. „Ich weiß, dass du es instinktiv alleine durchziehen willst, aber damit musst du jetzt aufhören. Wir arbeiten zusammen. Einverstanden?"

„Aber ich will nicht, dass du verletzt wirst", erklärte Les.

Dex starrte seinen Freund an. „Und das Gleiche kann ich über dich sagen. Wenn dir jemand wichtig ist, stehst du hinter ihm und unterstützt ihn. Was dir zugestoßen ist, war furchtbar, aber du musst dieses Arschloch nicht alleine bekämpfen. Was auch passiert: Ich bin hier. Wenn das bedeutet, dass wir alles offenlegen müssen, und der Laden pleitegeht, kann ich damit leben. Ich werde einen anderen Job und eine Lösung finden." Er drückte erneut Les' Finger. „Aber ich werde nicht davonlaufen, wie dieses Arschloch, das dich nach deiner Verletzung verlassen hat. Und ich werde nicht meinen Hintern retten, sondern alle verdienten Strafen auf mich nehmen. Aber auf die eine oder andere Weise wirst du die Eier dieses Arschlochs an die Wand nageln. Und dann kannst du helfen, diesen drogendealenden Mistkerl und den Scheiß, mit dem er handelt, von der Straße zu bekommen. Und jetzt ruf Red oder einen der anderen Kollegen, denen du traust an, damit wir eine ‚hängt-Williams-Eier-an-die- Leine-Party' steigen lassen können." Dex erwiderte Les' Blick und fing an zu glucksen.

„Was ist denn in dich gefahren?"

„Ich habe nur dieses Bild von zwei winzigen, an einer Wäscheleine baumelnden Eiern, vor Augen." Er drehte sich weg, weil die Vorstellung nicht verschwinden wollte.

Les lachte. „Kumpel, du bist echt krank, weißt du das?"

„Aber du liebst mich trotzdem", konterte Dex.

Les erstarrte, Dex ebenfalls. Er hatte es nicht laut aussprechen wollen, doch dann berührte Les sein Kinn.

„Das tue ich", gestand Les leise.

„Ich auch", meinte Dex. Gerade als er sich vorbeugte, begann die Glocke über der Tür zu klingeln. Er verdrehte die Augen. „Da bin ich stundenlang mutterseelenallein im Laden und gerade, wenn du mir gestehst, dass du mich liebst, und ich dich küssen will, herrscht Hochbetrieb." Er richtete sich auf, drückte noch ein Mal Les' Hand und ließ sie dann los. „Wenn du willst, kannst du nach hinten gehen und dort deine Telefonate tätigen."

„Ich werde noch ein paar Minuten hier sitzen bleiben", flüsterte Les.

Dex nickte und ging, um seinen Kunden behilflich zu sein.

DEX FRAGTE sich, ob er im Laden nicht einfach ausschließlich Kinder- und Jugendbücher anbieten sollte. Davon verkaufte er, abgesehen von ein paar Bestsellern und Neuerscheinungen, das meiste.

„Was hast du herausgefunden?", fragte er, als er ein paar Minuten Zeit hatte. Er hatte einige Kunden gehabt und einiges eingenommen, allerdings keine riesigen Beträge. Vielleicht war es doch keine Lösung, nur Kinderbücher zu verkaufen. Er musste aber etwas unternehmen, um zusätzliche Einnahmen zu erzielen und Leute in den Laden zu locken. Doch das war im Moment nicht sein dringendstes Problem.

„Red meinte, dass Carter und er sofort nach Ladenschluss vorbeikommen würden. Er hat gefragt, ob ich Anzeige erstatten möchte, aber ich will erst mal mit ihnen sprechen. Ich dachte, ich überlasse ihnen die Entscheidung über das weitere Vorgehen." Les biss sich auf die Unterlippe. Dex war klar, dass er mit dieser Vorgehensweise nicht ganz zufrieden war.

„Gut. Ruf auch Tyler und Anthony an", schlug er vor. Les schaute ihn an, als wäre er verrückt. „Das wird jede Menge Dinge hervorrufen, die du wahrscheinlich am liebsten vergessen würdest. Du musst deine Freunde um dich haben, die dich bei allem, was wir tun müssen, unterstützen. Wie gesagt, du musst das hier nicht alleine machen."

„Mag sein. Aber es muss auch keine Riesenshow daraus gemacht werden."

Dex verdrehte die Augen. „Machst du Witze? Das ist der perfekte Zeitpunkt für eine Riesenshow, komplett mit Chor, Cheerleadern und attraktiven Typen in äußerst knappen Hosen. Nur zu, ruf an." Als neue Kunden den Laden betraten, entfernte er sich und ließ Les seine eigene Entscheidung treffen.

NACH LADENSCHLUSS öffnete Dex Red die Tür, der seinen Partner Carter vorstellte. Ihnen folgten Tyler und Anthony, die ihn beide umarmten. Dann schloss Dex die Tür ab, schaltete das Licht vorne im Laden aus und führte alle nach hinten zu Les.

„Was ist los?", wollte Tyler leicht panisch von Dex wissen. „Er bittet nie jemanden um Hilfe, nicht einmal damals, als er verletzt wurde. Aber jetzt hat er angerufen und gesagt, er müsse um einen Gefallen bitten, war aber ziemlich zurückhaltend, um was für einen." Tyler bebte fast.

Anthony legte ihm einen Arm um die Schulter. „Beruhige dich. Les wird uns mit Sicherheit mitteilen, wobei wir ihm helfen können."

„Aber was, wenn er stirbt? Oder krank ist? Das hat er nicht verdient." Tyler schien kurz davor, die Trauergäste einzuladen und den Trauerflor rauszuholen.

„Es ist nichts Derartiges, du kleine Dramaqueen", sagte Les voller Zuneigung. „Aber Dex und ich scheinen über etwas gestolpert zu sein, das größer ist als gedacht. Daher muss ich ganz vorne anfangen. Red und Carter, ihr habt doch Feierabend?"

„Ja", erwiderte Red, verschränkte die Arme vor dem Oberkörper und warf Les einen skeptischen Blick zu.

„Gut. Dann fange ich an." Er schaute zu den anderen. „Red wusste bereits, dass ich Hummingbird Books beobachtet habe, weil ich der Meinung war, dass dort etwas nicht mit rechten Dingen vor sich geht. Er dachte, dass ich mir das nur einbilde. Doch wie sich herausgestellt hat, war das nicht der Fall."

„Ich wünschte, das wäre es", warf Dex ein. „Meine Mutter hat Marihuana an einige der alten Damen in der Stadt verkauft, die es aus medizinischen Gründen benötigten, aber nicht selber bekommen konnten." Er blickte die Polizisten an. „Das hat aufgehört und alles, was ich gefunden hatte, hat einen One-Way-Trip den Abfluss hinunter gemacht."

„Aber als heute der Dealer vorbeikam, hat mich Dex angerufen." Dex deutete auf Red und Carter, die beide ein finsteres Gesicht machten. „Ich habe mit ihm gesprochen und glaube, dass er das Geschäft an den Nagel gehängt hat. Er ist kein typischer Dealer."

„Und das weißt du woher genau?"

„Weil sich der Junge fast in die Hose gemacht hat, als ich ihn angesprochen habe. Er geht aufs College und verdient sich ein bisschen nebenbei. Ich glaube ihm, werde dir aber seinen Namen geben, damit du ihn überprüfen kannst. Das ist allerdings das kleinste unserer Probleme. Er hat mir erzählt, dass ein Polizist herausgefunden hat, wo er die Pflanzen anbaut. Anstatt ihn jedoch zu verhaften, wollte er einen Teil des Gewinns abhaben. Anscheinend kassiert der Kerl einen Anteil von vielen der örtlichen Drogengeschäfte." Dex schaute von Les zu den Anderen. Red senkte langsam die Arme.

„Und du glaubst, zu wissen, um wen es sich handelt?"

„Peter hat ihn identifiziert", erklärte Dex. „Wir haben ihm zuerst dein Foto, dann das von jemand anderem gezeigt, bevor er Williams identifiziert hat."

„Oh mein Gott", keuchte Tyler auf. „Dein Partner? Bist du deshalb verwundet worden? Hat er damals schon diesen Scheiß gemacht, und du bist in einen seiner Deals reingeplatzt?"

„Du schaust wirklich zu viel Fernsehen", sagte Anthony und blickte Les an. „Oder?"

„Ich weiß es nicht. Ich bezweifle, dass er direkt an meiner Verletzung beteiligt war, aber er hat auch nicht unternommen, um es zu verhindern. Zumindest glaube ich das. Es gibt so oder so keine Beweise dafür", gab Les zu. „So gerne wir ihn auch dafür drankriegen würden, dass er es zugelassen hat, das wird uns eventuell nicht gelingen. Wenn er allerdings in den Drogenhändlerring in der Stadt verwickelt ist, würde das erklären, warum ich bei meinen Ermittlungen nicht weiter gekommen bin. Und warum er vielleicht tatenlos zugesehen hat, wie ich verletzt wurde. Das war ein bequemer Weg, mich von dem Fall abzuziehen und ihn kalt werden lassen."

„Er braucht eine neue Garderobe: von blau zu sträflingsorange", erklärte Tyler und rieb sich erwartungsvoll die Hände.

„Okay. Kein Criminal Minds mehr für dich", erklärte Anthony ihm. „Deine Fantasie geht mit dir durch." Anthony zog ihn dichter zu sich. „Vielleicht sehen wir uns die Wiederholungen von Queer as Folk an, die können wir viel besser nutzen." Dex sah, dass Tyler protestieren wollte, doch dann flüsterte er

Anthony etwas zu. Der jedoch schüttelte den Kopf. „Wir sind wegen Les hier, schon vergessen? Später."

Die Männer mussten alle lachen. „Was sollen wir tun?", fragte Red.

„Gegen Williams ermitteln und ihn festnageln", meinte Les. „Mehr verlange ich nicht. Es wäre mir am liebsten, wenn ihr Dex oder Peter raushalten könntet. Ich will sie da nicht mit reinziehen. Viele von Dex' Kunden sind Familien und Kinder. Ja, seine Mutter hat etwas Falsches getan, aber dafür sollte nicht Dex büßen müssen. Und sollte es publik werden, würde er vermutlich das Geschäft verlieren."

„Aber ich werde tun, was getan werden muss, damit dieses Arschloch seine gerechte Strafe bekommt." Dex saß auf der Lehne von Dex' Stuhl, die Hand auf dessen Schulter gelegt. „Das ist wichtiger als der Laden."

„Wenn wir ihn kriegen, könnte er versuchen, dich zu verpfeifen", gab Red zu bedenken.

„Soweit ich weiß, war er nie hier. Ich bezweifle, dass er uns überhaupt auf dem Schirm hat. Aber falls das passiert, ist es eben so. Ich will ihn aus dem Verkehr ziehen. Er ist ein korrupter Bulle und damit ein Krimineller der übelsten Sorte." Dex würde nicht nachgeben, vor allem, weil er wusste, wie sehr dieser Typ Les verletzt hatte.

„Das werden wir alles dem Chief erklären müssen", sagte Carter. „Er wird nicht allzu glücklich sein."

„Nein, wird er nicht, aber er wird sehr viel wütender sein, wenn das so weitergeht. Außerdem wird er am meisten Wut auf sich selbst verspüren. Du kennst ja den Chief. Er ist stolz darauf, eine saubere Truppe zu haben. Über diese Art Dreck wird er sehr verärgert sein und ebenfalls wollen, dass es aufhört", meinte Red.

Carter nickte. „Und ihr seid sicher, dass sich hier drinnen nichts mehr befindet?"

„Ich habe alles durchgesehen und im Klo runtergespült. Die Behälter wurden weggeworfen. Es gab Interessenten, aber sie sind enttäuscht wieder abgezogen, und ich bekomme immer weniger Anfragen." Dex senkte den Blick. „Das Problem ist, dass ich ihnen gerne geholfen hätte. Es sind ältere Frauen, die jeden Tag Schmerzen haben."

„Ich bin mir des Versagens im Umgang mit medizinischem Marihuana hier sehr wohl bewusst", erklärte Carter. „Es ist eine sehr politische Angelegenheit. Lass dich lieber nicht darauf ein. Ich verstehe den Drang zu helfen, aber es ist immer noch illegal und könnte dich alles kosten." Dex war Carter nie zuvor begegnet, aber er mochte den Mann.

„Wir schauen mal, was wir tun können", fügte Red hinzu. „Ich wünschte, ich könnte euch etwas versprechen, aber wie ihr wisst, ist das nicht möglich. Sorgt dafür, dass ihr in Sicherheit seid. Ich würde vorschlagen, dass ihr beide zusammenbleibt. Wenn Williams Wind davon bekommt, kann keiner seine Reaktion hervorsagen.

Er hat sich im Hintergrund gehalten, als du angeschossen wurdest, also wissen wir nicht, wozu er fähig ist. Vor allem, da er jede Menge zu verlieren hat."

„Das können wir machen", stimmte Dex zu und neigte sich dicht zu Les. „Genau genommen gefällt mir die Idee, dich jede einzelne Nacht atemlos zu machen." Er lächelte, als Les leicht erbebte.

„Hey, das ist nicht fair. Kein Dirty Talk, es sei denn, ihr macht miteinander rum und wir dürfen zusehen."

„Tyler", sagte Anthony warnend.

„Komm schon. Sie sind heiß. Zwar nicht so heiß wie du, aber ..." Grinsend schmiegte er sich an Anthony, um dann die beiden Polizisten anzuschauen. „Und was sollen wir tun?"

„Bleibt in Les' Nähe. Williams ist wie eine Schlange: Er wird am gefährlichsten sein, wenn er in die Enge getrieben wird", erwiderte Red.

„Ich bin sehr gut in der Lage, auf mich selbst und Dex aufzupassen. Ich war ebenfalls Polizist und habe meine Fähigkeiten nicht verloren, nur weil ich verletzt wurde."

Zum gefühlt hundertsten Mal fragte sich Dex, auf was er sich da nur eingelassen hatte. Ja, er wollte Gerechtigkeit für Les und ihm einen Abschluss ermöglichen, aber er wollte nicht, dass er verletzt wurde. Genau genommen begann er erst jetzt zu erkennen, wie tief die Wunden waren, und damit meinte er nicht die körperlichen. Doch je länger er dabei zusah, wie Les sie überwand, desto mehr wurde ihm bewusst, dass er darunter den echten Mann zum Vorschein kommen sah.

„Ich weiß", meinte Dex beruhigend. „Aber es ist mehr als das. Hier geht es nicht nur um Polizeiarbeit, sondern darum, die Leute zu beschützen, die dir wichtig sind und dazu beizutragen, dass ich den Laden nicht verliere." Er ließ den Blick durch den Raum schweifen und konnte fast seine Mutter vor sich sehen, die lächelnd hinter dem Tresen stand, das Haar wie immer zu einem Knoten geschlungen. „Das ist alles, was mir von meiner Mutter geblieben ist, und ich möchte es wirklich gerne weiterführen. Irgendwie werde ich Geld dafür auftreiben müssen, werde aber nie die Chance dazu bekommen, wenn wir das hier nicht ordentlich anpacken." Der Gedanke, den Laden zu verlieren, ließ sein Herz schmerzen.

„Wir könnten uns einfach raushalten, wenn es das ist, was du willst", schlug Red vor.

„Nein. Dieser Kerl tut jedem weh. Schmeißt Williams aus dem Job und auf die Straße. Wenn ich den Laden verliere, komme ich schon damit klar."

„Du musst das nicht für mich tun", flüsterte Les. „Das weißt du."

Dex erwiderte seinen Blick. „Das weiß ich", antwortete er leise und genoss das Lächeln, das er als Antwort erhielt.

„Ich auch", sagte Les gerade laut genug.

„Was ist das alles?", fragte Tyler. Er war hinter den Tresen im Verkaufsraum geschlendert. „Du bewahrst die wirklich guten Sachen unter Glas auf dem Kassentresen auf?"

„Hör auf herumzuschnüffeln", schimpfte Les.

„Stimmt. Tut mir leid. Tyler ist so neugierig wie eine Katze und ebenso wenig zurückhaltend. Komm wieder hierher, du …", befahl Anthony und streckte den Arm aus.

Tyler kam zurückgeschlurft, in der Hand die hellblaue Box.

„Das sind die Tarotkarten meiner Mutter", erklärte Dex. „Tagsüber habe ich sie gerne in meiner Nähe, damit ich sie immer ansehen kann. Dann fühlt es sich an, als ob sie bei mir wäre."

Man hätte denken können, dass Tyler im Lotto gewonnen hätte. „Oh! Darf ich sie herausnehmen? Ich liebe es, Tarotkarten zu legen."

„Klar", antwortete Dex. Tyler hob das Glas an und nahm die Karten vorsichtig heraus.

Langsam blätterte er sie durch. „Oh mein Gott", murmelte er. „Oh mein Gott", fügte er etwas lauter hinzu und begann, sich Luft zuzufächeln. „Woher hatte deine Mutter sie?"

„Von einer örtlichen Auktion. Sie hat sie geliebt und die fehlenden Karten selber nachgemacht." Tyler schlüpfte davon und kehrte zum Kassentresen zurück, wo er langsam die Karten ausbreitete. Dann zog er sein Handy hervor. „Was tust du?"

Tyler blickte auf. „Weißt du, was das für welche sind?"

„Ich habe anhand des Designs vermutet, dass sie italienisch sind, aber das war auch alles. Mom hat sie benutzt und sehr geliebt. Sie ist immer extrem vorsichtig damit umgegangen und hat erzählt, dass sie etwas Besonderes sind."

Tyler schluckte. „Süßer, sie sind mehr als besonders. Jede einzelne Karte ist ein Kunstwerk." Er drehte das Handy herum. „Siehst du das Bild? Das ist diese Karte." Er hielt sie hoch. „Es sind nicht exakt die gleichen, aber sehr nahe dran, denn jede dieser Karten ist handgemalt. Ich denke, sie wurden entweder im fünfzehnten oder sechzehnten Jahrhundert entworfen. Sie sind so etwas wie der Heilige Gral der Tarotkarten. Eine davon könntest du für zwanzigtausend Dollar verkaufen. Eine Karte. Und ein passendes Set zu haben …" Er zählte. „… von dreiundsechzig Karten! Dafür würden Sammler töten."

„Tyler sammelt schon Tarotkarten, solange ich ihn kenne. Er besitzt eine Reihe besonderer Decks und auch einige ziemlich seltene Einzelkarten", meinte Anthony, während er zu Tyler hinüberging. „Er kennt sich damit aus."

„Bist du dir wirklich sicher?", fragte Dex, der sich nicht traute, es wirklich zu glauben.

„Ich bin mir ziemlich sicher, dass sie wirklich etwas besonderes sind. Wenn du mehr wissen willst, kann ich Fotos an einige Freunde schicken. Einer ist Kunstspezialist bei einem Auktionshaus. Marv ist zwar schon steinalt, aber er liebt

Tarot und besitzt eine eigene Sammlung." Tyler machte Fotos von dem Set und einigen der Einzelkarten, sowohl Vorder- als auch Rückseiten. Dann packte er die Karten wieder ein und reichte sie Dex. „Ich würde sie lieber in den Safe legen, falls du einen hast."

Dex ging nach hinten, öffnete den Safe, schob die Karten hinein und schloss ihn wieder. Er versuchte nicht zu viel über die Karten seiner Mom und was das für ihn bedeuten könnte, nachzudenken. Er wollte sich keine großen Hoffnungen machen. Außerdem gab es dringendere Dinge, wie zum Beispiel herauszufinden, was Les wirklich zugestoßen war. Dex hatte die Vermutung, dass Les nie damit abschließen und zur Ruhe kommen würde, bevor er nicht die Wahrheit erfuhr. Und die einzige Möglichkeit, sie zu bekommen, bestand darin, diesen Williams zu schnappen.

„Red und ich reden mit dem Chief und sichern uns seine Unterstützung. Danach werden wir Williams überprüfen. Wenn er Dreck am Stecken hat, gibt es eine Spur. Wir müssen nur dem Geld folgen." Carter grinste. „Zum Glück bin ich echt gut darin. Ihr passt bitte alle gut aufeinander auf und ruft sofort an, wenn irgendetwas Ungewöhnliches passiert. Versucht nicht, es alleine mit dem Mann aufzunehmen." Dann verabschiedeten Red und er sich von Les, drehten sich um und gingen zur Tür. „Les, wir meinen es ernst."

„Ich weiß." Les seufzte. „Deshalb habe ich euch angerufen."

Dex ließ sie hinaus und schloss die Tür hinter ihnen ab.

„Habt ihr schon gegessen?"

Tyler und Anthony sahen sich an. „Wir könnten etwas vertragen", meinte Tyler.

„Du kannst ständig essen. Ich weiß nicht, wo du das lässt."

Tyler sah beleidigt aus. „Ich bin im Wachstum und habe jede Menge Energie, wie du weißt. Meistens bist du auch sehr dankbar darüber." Grinsend nahm er Anthonys Hand und sagte dann an Les gewandt: „Treffen wir uns im Molly's?"

„Super", stimmte Les zu.

„Wir besorgen einen Tisch. Bis gleich."

Dex ließ sie hinaus, dann räumten Les und er auf und schlossen ab. Als alles erledigt war, machten sie sich auf den Weg zu ihren Freunden.

„Meinst du, wir sollen das wirklich tun?", fragte Les, als Dex ihn zurück in die Wohnung begleitete. „Natürlich vertraue ich meinen Freunden, aber so etwas kann schnell aus dem Ruder laufen. Wir haben keine Kontrolle darüber, was Williams tut. Er könnte den Laden in den Abgrund reißen, wenn er beschließt, vor Gericht darüber zu reden." Les setzte sich auf die Bettkante.

„Dann werden wir uns darum kümmern. Ich weiß nicht, was die Behörden unternehmen können. Sie ist schließlich tot."

„Stimmt. Aber das Bundesgesetz ermöglicht die Beschlagnahmung von Eigentum, das für ein Drogenverbrechen genutzt wurde. Sie könnten das Gebäude und alles darin beschlagnahmen. Nicht, dass sie das würden. Ich meine, du hast der Strafverfolgung geholfen. Das werde ich aussagen und Red und Carter ebenso. Aber ...“

Dex setzte sich neben ihn. „Ich kenne die Risiken. Aber ich werde nicht zulassen, dass sie meinetwegen einen Rückzieher machen, sondern eine Lösung finden. Aber du musst erfahren, was passiert ist. Das hast du verdient. Wenn die Polizei Williams zum Reden bringen kann, sind sie vielleicht auch in der Lage, mit den Vorgängen in der Stadt aufzuräumen. Williams hängt überall mit drin. Also entspann dich. Deine Freunde sind gute Polizisten, und sie werden uns nicht den Wölfen zum Fraß vorwerfen. Ich bin sicher, dass sie behutsam vorgehen werden.“

„Das weiß ich.“ Les legte sein Bein aufs Bett und schaute Dex an. „Trotzdem mache ich mir Sorgen um dich.“

Dex gluckste. „Wir machen uns beide Sorgen über den anderen. Das verrät eine Menge. Wer kann uns beide zusammen schon schlagen? Wir wissen bereits, dass Williams Leute ausnimmt, dass er in der örtlichen Drogenszene mitmischt, und wir haben einen Zeugen. Ich wette, er ist auch noch in andere Dinge verwickelt. Wenn wir ihn erst mal haben, werden noch mehr Details ans Tageslicht kommen.“ Dex legte sich mit dem Rücken auf die Matratze. „Wer hätte gedacht, dass es so schnell so kompliziert werden würde.“

„Oder dass deine Mom Gras an alte Ladys verkauft hat“, zog ihn Les auf.

„Hätte ich als Jugendlicher jemals Drogen genommen, Mom hätte mir den Hintern versohlt, bis ich nicht mehr hätte sitzen können. Ich kann nur sagen, dass sie zu hundert Prozent von dem, was sie getan hat, überzeugt gewesen sein muss, um dieses Risiko einzugehen.“

Les legte sich neben ihn. „Glaubst du wirklich, dass sie es deshalb getan hat?“

„Ich weiß es. Du hast sie nicht so gut gekannt.“ Dex starrte an die Decke. „Als ich zwölf war, hat mich meine Mutter von der Schule abgeholt. Während sie auf mich wartete, sah sie, wie Kyle auf der Straße zu Boden gestoßen wurde. Meine Mom ist blitzschnell aus dem Auto gesprungen. Ich hatte keine Ahnung, dass sie so schnell sein konnte. In zwei Sekunden hatte sie den Tyrannen am Kragen gepackt und zum Direktor geschleppt. Dann brachte sie Kyle nach Hause und hat seiner Mutter die Leviten gelesen, als die meinte, dass das keine große Sache sei. Mom ist immer für das eingetreten, das sie für richtig hielt.“ Dex seufzte. „So war sie und ich bezweifle, dass sich das geändert hat, nur weil sie älter wurde.“

Dex schluckte und legte sich den Arm über die Augen. „Ich vermisse sie.“

„Wie lange warst du schon nicht mehr zu Hause?“, wollte Les wissen.

„Ein paar Jahre. Ich hatte viel zu tun und kein Geld für Flugtickets. Jetzt konnte ich nur kommen, weil Jane den Flug bezahlt hat.“ Er ließ seinen Gedanken in der Dunkelheit freien Lauf. „Ich weiß, dass ich mich mehr hätte anstrengen müssen." Er schloss die Augen. „Aber ich hatte ja keine Ahnung, dass sie so schnell sterben würde. Ich dachte, ich hätte mehr Zeit." Er war fest entschlossen, nicht zu weinen, aber plötzlich schien sich eine Grube voller Trauer unter ihm geöffnet zu haben, und er hatte keine Ahnung, wie er ihr ausweichen sollte. „Jetzt ist sie nicht mehr da, und ich werde ihr nie mehr die Dinge sagen können, die ich ihr hätte sagen sollen." Er holte tief Luft und ließ sie zitternd wieder entweichen. Mit einem Mal stand er kurz davor, die Selbstbeherrschung zu verlieren.

„Wie hat es deine Mutter gefunden, dass du in LA warst?", fragte Les.

Dex wischte sich über die Augen. „Sie war stolz. Jedes Mal, wenn ich eine Rolle bekommen habe, schaute sie den Film an, um mich in den Szenen mit Menschenmengen oder als Statist sehen zu können. Ich schwöre, irgendwo im Haus muss es noch DVDs mit Aufnahmen davon geben. Mom wollte, dass ich glücklich bin, und ich dachte, wenn ich in LA meinen Traum verfolge, bin ich das." Schulterzuckend gestand er: „War ich aber nicht."

„Was hat es dir gebracht?", fragte Les. „Es muss doch einen Grund geben, dass du so lange dortgeblieben bist." Les streichelte sanft seinen Arm. „Ich kann es nachvollziehen, wenn du dort eine gute Zeit hattest, aber das klingt nicht so."

„Es war ein über-die-Schulter-Leben. Jeder hält über seine Schulter Ausschau nach jemand besserem. Ich dachte, ich hätte das Zeug dazu und habe hart daran gearbeitet, es zu schaffen. Aber das ist nicht passiert. Anstatt einen Schlussstrich zu ziehen, bin ich dortgeblieben, bis meine Mutter einen Schlaganfall hatte. Hätte ich wie ein vernünftiger Mensch vor Jahren aufgegeben, hätte ich noch Zeit mit ihr verbringen können."

Les drehte sich auf die Seite. „Manchmal passiert so ein Mist einfach, und uns bleibt nur, die Scherben aufzusammeln. Dein Mom wusste das, und du ebenfalls. Wahrscheinlich hätte sie sich gefreut, dich hierzuhaben, aber andererseits wäret ihr euch vielleicht auch auf die Nerven gegangen. Sie hat dich geliebt und sie hat Jane geliebt. Glaubst du, sie war glücklich?"

Dex nickte. „Ich weiß, dass sie es war. In den letzten Jahren klang sie bei jedem meiner Anrufe fröhlich und hat vom Laden und von den Dingen, die Jane und sie vorhatten, geredet. Sie sind viel gereist und hatten anscheinend oft Spaß mit ihren Freunden. Es klang nach einem schönen Leben."

„Dann behalte das in Erinnerung. Deine Mom war glücklich. Natürlich wäre es schön gewesen, wenn ihr mehr Zeit geblieben wäre. Ich hätte gerne die Möglichkeit gehabt, sie besser kennenzulernen." Er schlang den Arm um Dex' Oberkörper. „Es ist in Ordnung zu trauern und den Verlust zuzulassen. Das gehört dazu, wenn man jemanden verliert, und ist überhaupt kein Zeichen von Schwäche."

Dex schluckte und bewegte sich nicht. Er wusste, dass Les recht hatte, wünschte sich aber, diesen Schmerz einfach hinter sich lassen und nach vorne schauen zu können. Menschen zu verlieren, war Teil des Lebens und das wusste er. Er hätte nur gerne Zeit gehabt, all die Dinge zu sagen, die ihm durch den Kopf gingen. Er wollte ihr erzählen, was er über ihre Tarotkarten erfahren hatte und was über den Laden. Zu gerne hätte er ihr außerdem Les als seinen Freund vorgestellt. Aber nichts davon war möglich. Daher lag Dex auf dem Bett und ließ sich von Les trösten – dankbar, nicht alleine trauern zu müssen.

11

LES SCHLIEF in den nächsten Nächten nicht gut, weil er wusste, dass Dex wach war und sich unruhig herumwälzte. Er wünschte, etwas für ihn tun zu können, doch der Verlust seiner Mutter schien ihn letztendlich eingeholt zu haben. Es gab nicht viel, was Les machen konnte, außer zuzuhören, wenn Dex von ihr erzählte oder einfach nur bei ihm zu sitzen, wenn er still und nachdenklich war.

Dennoch öffnete Dex jeden Tag den Laden, und Les verbrachte viel Zeit lesend in einem der Sessel.

„Du weißt schon, dass du mich nicht babysitten musst", sagte ihm Dex mehr als einmal.

Les lächelte nur, und widmete sich dann wieder seinem Buch, während Dex sich um die Kunden kümmerte. Eine der Kindertagesstätten hatte angefangen, zur Lesezeit zu kommen, und was dazu geführt hatte, dass die Eltern abends vorbeischauten.

„Gib es was Neues?", erklang plötzlich Tylers Stimme neben dem Sessel und schreckte Les vom Lesen auf. Tyler musste hereingekommen sein, ohne dass er es bemerkt hatte.

„Nein. Das Letzte, was ich von den Jungs gehört habe, war, dass sie daran arbeiten, aber der Chief will, dass sie vorsichtig sind." Les legte den neuen Kim Fielding Liebesroman in seinen Schoß. „So wie es aussieht, ist der Chief selber misstrauisch geworden und sehr hilfsbereit. Er will Williams und alle, die noch da drinstecken, drankriegen."

„Vermutlich ist es gut, dass alles ruhig ist", meinte Tyler, während er das nächstgelegene Regal durchstöberte.

„Lass uns hoffen, dass das so bleibt und alles gut ausgeht, ohne Drama."

„Pffft." Tyler tätschelte Les' Schulter. „Bitte, ich brauche etwas Drama."

„Ist bei dir und Anthony die Luft raus?", fragte Les mit gedämpfter Stimme, da sich Kunden im Laden befanden.

„Um Himmels willen, nein." Er legte sich die Hand auf die Brust und wandte den Blick gen Himmel. „Herr, bewahre mich vor einer eingeschlafenen Beziehung." Er bekreuzigte sich übertrieben. Les rechnete schon damit, dass er jeden Moment mit dem Ave-Maria beginnen würde. „Es ist nur so, dass es auf der Arbeit total langweilig ist, und da es so heiß ist, bleiben wir ständig drinnen. Das kann durchaus Vorteile haben, aber ein wenig Abwechslung außerhalb des Spielzimmers wäre sehr willkommen. Nicht viel, nur ein wenig Drama. Aber keine Schießereien oder so was."

„Ein Glück, dass du es eingeschränkt hast. Dex und ich schauen mal, was wir tun können. Wäre es dir recht, wenn wir das, was auch immer passieren wird, aufschieben, bis du Zeit hast? Ich werde das mit Dex besprechen, und wir versuchen, es zu arrangieren. Vielleicht könnten wir bei den Göttern einen Auftrag für die Beseitigung von Schwachköpfen einreichen." Er verdrehte die Augen.

„Das wäre großartig", sagte Tyler heiter. „Ich werde euch beim Wort nehmen." Dann schlenderte er davon, um sich weitere Bücher anzugucken. Les fragte sich, wo zum Teufel er einen solchen Spinner gefunden hatte. Kurz darauf dankte er Gott jedoch dafür, dass er Tyler in sein Leben gebracht hatte. Manchmal war er genau der Balsam, den Les brauchte.

Er schaute auf, als jemand an den Regalen vorbeiging. „Danke und kommen Sie gerne wieder. Wenn Sie etwas brauchen, bestellen wir es gerne für Sie", verabschiedete sich Dex fröhlich. Die Türglocke läutete, als der Kunde den Laden verließ, und Les widmete sich wieder seinem Roman.

Zu DEN Dingen, die Les an der Strafverfolgung hasste, gehörte das Warten. Nach mehreren Tagen im Laden, mit sehr wenig zu tun, bekam Les langsam einen Lagerkoller. Er hatte ein halbes Dutzend Bücher gelesen und seinem Fuß ging es viel besser. Sein Kopf befand sich allerdings kurz vor der Explosion. Er begann, Tylers Sehnsucht nach ein wenig Drama zu verstehen.

„Hast du Lust, nach Geschäftsschluss noch etwas essen zu gehen?", wollte Les vom über den Tresen gebeugten Dex wissen.

„Ja, ich bin völlig ausgehungert. Und danach will ich ins Bett. Bei jedem Bimmeln der verdammten Glocke rechne ich damit, dass Ärger durch die Tür marschiert kommt." Er seufzte auf. „Ich hasse das. Ich wünschte, Red und Carter würden die Sache schnell zum Abschluss bringen."

„Diese Dinge brauchen nun mal Zeit. Es sind erst drei Tage vergangen, und ich weiß, dass sie hart arbeiten. Aber sie müssen behutsam vorgehen." Er verstand vollkommen, wie Dex sich fühlte. Auch er war nervös und begierig auf Antworten. „Warum machst du nicht Schluss, und wir drehen das Schild ein paar Minuten früher um. Draußen ist niemand zu sehen, und der Blitzshow nach zu urteilen, wird auch keiner mehr kommen. Vor allem nicht, wenn sich der Himmel öffnet."

Er bemühte sich, Dex nicht im Weg zu sein, während dieser sich um die Tageseinnahmen kümmerte und die Einzahlung vorbereitete. Dann verließen sie den Laden, schlossen die Tür ab und eilten zum Nachttresor. Gerade als sie die Tasche hineinschoben, begann es heftig zu regnen.

Schnell liefen sie zurück zum Laden, um sich vor dem Wolkenbruch unterzustellen. Dex schloss die Tür wieder auf, und Les folgte ihm hinein. Sie blieben vor den Fenstern stehen, während der Regen gegen das Glas prasselte. „Sieht so aus, als müssten wir den Schauer abwarten."

Les schlang die Arme um Dex' Taille und zog ihn an sich. „Das wird nicht lange dauern", flüsterte er.

„Kein Grund zu Eile." Mit einem zufriedenen Seufzen streichelte er Les Hand. Als er den Griff verstärkte, prasselte der Regen auf den Bürgersteig, Donner grollte und Blitze zuckten. Doch im Buchladen war es einfach perfekt.

„DAS WAR ein ganz schöner Sturm", stellte Dex fest, als sie die Kneipe verließen und die Straße entlang zu Les' Wohnung gingen. Autos sausten vorbei und verspritzten das noch auf der Straße stehende Wasser. Der Bürgersteig war mit Blättern und kleinen Ästen übersät. Als sie eine Lücke im Verkehr entdeckten, überquerten sie die Straße. Im Haus angekommen, stieg Les, dicht gefolgt von Dex, die Treppe hinauf.

„Schaust du mir etwa auf den Hintern?", fragte Les und wackelte leicht damit. Er hatte mit einem Lachen gerechnet, erhielt stattdessen jedoch ein Knurren und oben angekommen einen Klaps.

Les schloss die Tür auf und sie traten ein. Während Dex die Tür hinter sich schloss, schaltete Les das Licht ein ... das eine vertraute Gestalt mit einer Waffe in der Hand beleuchtete.

„Was machst du hier?"

„Auf dich warten", antwortete Williams völlig gelassen, als würde es nicht urplötzlich um Leben und Tod gehen. „Hast du etwa gedacht, ich würde es nicht herausfinden? Ich habe Augen und Ohren ... jede Menge davon. Es hat nicht lange gedauert, bis ich erfahren habe, was deine Freunde vorhaben." Er deutete mit der Waffe auf zwei nebeneinanderstehende Sessel. Mit anzüglichem Blick musterte er Dex.

Les hatte Mühe, seine Wut im Zaum zu halten, als er seinen ehemaligen Partner anschaute. Viele Leute hatten sich von dem kurzen Haar, seinem tadellosen Aussehen und dem warmen Blick täuschen lassen. Niemand hatte das giftige Reptil hinter Williams gepflegtem Äußerem erkannt ... bis jetzt.

„Wir wissen, was du getan hast und viele andere Leute auch. Und du weißt, wie das läuft. Nachdem einer erst mal angefangen hat zu reden, tun das alle." Les wusste, dass der berechnende Williams nur das tat, was am besten für ihn selbst war. „Warum schnappst du dir nicht all deine unrechtmäßig erworbenen Einnahmen und verschwindest aus der Stadt, statt hier rumzuhängen?"

Williams lachte. „Wer sagt denn, dass ich nicht bereits gepackt habe? Ich muss nur noch eine letzte kleine Aufgabe erledigen, bevor ich gehe." Er lächelte.

Les wusste, dass er Williams dazu bringen musste, weiterzureden. Er konnte spüren, dass der Kerl langsam nervös wurde. „Aber warum?"

Williams verdrehte genervt die Augen. „Glaubst du wirklich, dass ich hier stehen bleibe und dir alles erzähle, wie eine dumme Fernsehfigur?"

Er schluckte, und in diesem Moment wurde Les klar, dass Williams Angst hatte. Das konnte er in seinen Augen erkennen. All seine Pläne drohten, in sich zusammenzufallen.

„Du dachtest, du würdest davonkommen, stimmt's? Die Drogen, einfach tatenlos danebenzustehen, als ich angeschossen wurde? Du hast es einfach zugelassen, nicht wahr?" Les wurde langsam wütend, obwohl er wusste, dass dies das Schlimmste war, das er tun konnte. Dex und sich selbst zuliebe musste er Ruhe bewahren. „Warum?", wollte er erneut wissen.

Williams beugte sich vor und, richtete die Waffe direkt auf Dex' Brust, seine Worte galten jedoch Les. „Mal sehen … vielleicht, weil du eine Schwuchtel bist und die langsam überhandnehmen. Die Hälfte der Jungs auf der Wache ist schwul. Dann haben sie mich ausgerechnet mit dir zusammengesteckt. Ich konnte nicht um eine Versetzung bitten, sonst hätte mich der Chief für homophob gehalten und zu einem dieser bescheuerten Sensibilisierungsseminare oder so einem Mist geschickt. Aber ich muss viele Dinge im Auge behalten. Und du warst einer dieser Musterpolizisten, der den verdammten Drogenfall nicht aufgeben wollte, auch nicht, als ich dafür gesorgt hatte, dass du nicht weiterkommst. Du durftest nicht erfahren, was ich tun musste, um die Leute in Schach zu halten. Daher musste ich dich loswerden. Die Schießerei kam mir sehr gelegen." Er zuckte doch tatsächlich mit den Achseln. „Aber das hast du ja schon rausgefunden."

Genau genommen hatten er und Dex es herausgefunden, doch das behielt Les für sich. „Du weißt, dass du damit nicht durchkommst. Meine Freunde wissen über dich Bescheid und werden nachsehen, ob es uns gutgeht. Wir haben Vorkehrungen getroffen. Wenn ich Red nicht um zehn anrufe …" Das war schon in wenigen Minuten. „Er wird vorbeischauen. Was machst du dann? Die ganze Abteilung töten?"

Williams grinste höhnisch, der Blick aus seinen Knopfaugen wurde noch bedrohlicher. „Das ist der größte Schwachsinn, den ich je gehört habe."

Les hielt dem Blick stand, so schwer es ihm auch fiel, ihn auch nur anzusehen. Die Verpackung mochte ja ganz nett sein, doch der Inhalt verfügte weder über eine Seele noch über gute Eigenschaften. „Na gut. Deine Entscheidung." Les lehnte sich lächelnd im Sessel zurück und bemühte sich, unbekümmert zu wirken. Er warf einen Blick auf Dex, der das gleiche tat und sogar die Beine übereinanderschlug.

Williams Blick wurde unsicher. „Dann schreib ihm … aber ich will den Text sehen." Er umklammerte die Waffe.

Die Spannung im Raum nahm zu, als Les langsam sein Handy hervorzog und die Nachricht verfasste. Dann zeigte er sie Williams und schickte sie auf dessen Nicken hin ab. *Normale zehn Uhr Kontrolle. Dex und mir geht es gut.* Les hoffte, das würde ausreichen, und Red verstehen, was er ihm mitzuteilen versuchte.

„Was jetzt?", fragte Les. „Wirst du uns erschießen? Unsere Nachbarn werden echt geschockt sein, wenn sie Schüsse hören." Ihm fiel nichts anderes ein, als den Druck zu erhöhen. „Verschwinde lieber, solange du noch kannst." Er streckte sein Bein aus und schaute Williams – der der Grund für seine permanenten Fußschmerzen war – böse an.

„Nicht, bevor ich mit euch beiden fertig bin", erwiderte Williams.

„Wie denn? Die Nachbarn werden alles mitbekommen." Er war die Situation wirklich leid. Dex hatte Angst. Les konnte die von ihm ausgehende Furcht spüren, auch wenn er hervorragend vortäuschte, keine zu haben. Les musste sie irgendwie da rausholen. Er brauchte einen Ausweg, aber da Williams Polizist war, würde er ihnen keinen liefern. Zumindest hatte er sie nicht gefesselt. Das hieß: Was auch immer Williams plante, er hatte nicht vor, lange zu bleiben. Die Zeit verging wie im Flug. Er musste überlegen, was er verdammt noch mal tun sollte.

„Les …", sagte Dex leise.

Les hätte gerne seine Hand genommen, um ihn zu beruhigen, aber wer wusste, wie Williams darauf reagieren würde? Er musste die Situation irgendwie entschärfen. Er konnte nur hoffen, dass Red verstand, was er ihm in seiner Nachricht hatte mitteilen wollen – das Gegenteil von dem, was dort gestanden hatte. Es gab keine normale zehn Uhr Kontrolle. Hoffentlich würde der sonderbare Text Red argwöhnisch werden lassen. Aber darauf konnte sich Les nicht verlassen. Nicht, wenn er Dex schützen wollte. Und im Moment konnte er an nichts anderes denken.

Williams grinste. „Ich brauche kein Geräusch zu machen." Er stand auf und ging zu Dex, der aussah, als würde er Williams am liebsten in Stücke reißen. Williams zerrte ihn so heftig am Hemdkragen nach oben, dass das Hemd vorne aufriss. Dex blieb jedoch aufgerichtet stehen. Les konnte sehen, dass er Williams nicht die Genugtuung geben wollte, vor ihm zurückzuweichen.

Dann riss Williams das Hemd in zwei Teile, zog den sich wehrenden Dex vorwärts und knebelte ihn mit dem Stoff. „Siehst du? Selbst wenn er schreit, wird er keinen Ton von sich geben. Nicht, wenn sein Mund voll ist." Williams presste Dex die Waffe gegen die Schläfe. „Jetzt kann ich tun, was ich will. Wenn du nur einen Ton von dir gibst, werde ich ihm einfach noch mehr wehtun." Williams zog ein kleines Messer aus der Tasche und drückte auf den Knopf, um die Klinge herausspringen zu lassen. „Womit soll ich mich zuerst befassen …? Vielleicht mit dem Auge oder lieber dem Ohr? Ich bin nicht zimperlich. Schließlich habe ich zugesehen, wie du angeschossen wurdest und gehofft, dass du auf dem Asphalt verblutest."

„Du bist so ein kranker Scheißkerl", fauchte Les, als Williams einen Schritt zurücktrat.

„Ich werde noch etwas warten. Zuerst muss ich euch noch Fesseln anlegen. Ich will, dass ihr beide gefesselt seid, bevor ich meinen menschlichen Truthahn aufschneide."

Les blickte sich nach einer Waffe um. Er wusste, dass auf dem Boden neben dem Sessel seine Krücke lag, musste jedoch auf eine günstige Gelegenheit warten. Williams schien sich vorbereitet zu haben und schnitt mit dem Messer ein Stück von dem offensichtlich mitgebrachten Seil ab. Les konnte nichts dagegen tun, als Williams Dex fesselte. Die Waffe befand sich zu dicht an Dex' Kopf und Les hatte keinen Zweifel daran, dass Williams seinen Freund erschießen würde – einfach nur, weil er es konnte.

Während Williams damit beschäftigt war, Dex' Beine zu fesseln, ahmte Les einen Sturz nach vorne nach, und hoffte, dass Dex begriff, was er tun sollte. *Roll dich auf den Boden*, formte er mit den Lippen. Als Williams zu ihm sah, verzog er schnell den Mund zu einer Grimasse. „Du Mistkerl", knurrte Les, damit der Mann nicht argwöhnisch wurde.

„Und du bist eine hinterhältige Scheiß Schwuchtel. Als ob mich kümmert, was du denkst. Du dreckige, arschfickende Beleidigung eines Mannes." Grinsend fügte er hinzu: „Vielleicht schneide ich dir vorher noch die Eier ab. Nur so zum Spaß." Der Mann war besessen und verdammt gefährlich. Les begann sich langsam zu fragen, ob Williams einige der Substanzen probiert hatte, mit denen seine Geschäftspartner handelten. Es hätte ihn jedenfalls nicht überrascht.

„Les", flüsterte Dex, die Augen angstvoll aufgerissen.

An der Tür erklang ein kräftiges Klopfen. Williams erstarrte. Dann ertönte es erneut. Er wich zurück. Les nickte Dex zu.

Dex schloss die Augen, beugte sich nach vorne und rollte sich vom Sessel. Als Williams zu ihm herumwirbelte, schnappte sich Les die Krücke, erhob sich aus dem Sessel und schwang sie mit aller Kraft.

Er traf Williams am Kopf. Ein Schuss ertönte und hallte im Zimmer wider. Les' Ohren dröhnten von dem Knall, doch er schwang sich erneut herum, als sich krachend die Tür öffnete und Red und Carter hereinstürmten.

Les bereitete sich auf einen weiteren Schuss vor, doch nichts geschah. Carter hielt Williams auf dem Boden fest, und Les eilte zu Dex.

„Bist du okay? Er hat dich doch nicht getroffen, oder?" Les würde ihn windelweich schlagen, sollte er Dex verletzt haben. Er nahm ihm den Knebel aus dem Mund und zerrte an den Seilen um Hände und Beine.

„Mir geht's gut. Ich glaube, sein Schuss ging daneben, habe aber keine Ahnung wohin."

Dex stand vom Boden auf, Les führte ihn zu einem Sessel und musterte ihn aufmerksam. „Bist du denn okay?", fragte Dex.

„Ja. Mein Fuß schmerzt, aber ich wollte nicht, dass er dir wehtut." Er strich Dex das feuchte Haar aus der Stirn und drückte ihn fest an sich.

„Ich habe den Vorfall gemeldet. Gleich kommt Verstärkung", sagte Red mit ziemlich leiser Stimme. „Ist einer von euch verletzt?" Sie schüttelten beide die Köpfe, ohne dass Les seinen Freund losließ. Er musste Dex beruhigen, der so etwas nicht gewohnt war. Und Dex an sich zu drücken, beruhigte auch Les selbst.

„Ich kriege euch zwei", drohte Williams vom Boden aus.

„Halt die Klappe. Wenn wir mit dir fertig sind, wirst nicht in der Lage sein, irgendetwas zu tun", fauchte Carter und legte ihm Handschellen an. Les führte Dex ins Schlafzimmer, wo sie sich bei geöffneter Tür auf die Bettkante setzten.

„Sie müssen sich zuerst um ihn kümmern, ihn runter zum Wagen und von hier wegbringen. Sobald das erledigt ist, werden sie mit uns reden wollen."

„Das ist in Ordnung." Dex umarmte ihn fester. „Meinst du, er hätte wirklich getan, was er angedroht hat?"

Les seufzte. „Ich denke, er wollte uns nur Angst einjagen. Williams hat regelmäßig seine Macht über andere Menschen missbraucht und ständig Drohungen ausgesprochen." Obwohl das Gesagte stimmte, spielte er es für Dex herunter. Les'Vermutung nach hätte Williams seine Drohung sehr wohl wahr gemacht. Doch das brauchte Dex nicht zu wissen. Es würde für sie beide schon schwer genug werden, Schlaf zu finden. „Versuch nicht zu viel darüber nachzudenken. Er ist durchgedreht."

„Wahrscheinlich ", stimmte Red zu, als er zu ihnen kam. „Williams ist definitiv nicht mehr Herr seiner Sinne. Überhaupt nicht. Gleich kommen die Kollegen, dann schaffen wir ihn so schnell wie möglich hier raus. Ihr habt das großartig gemacht. Wusstet ihr, dass wir vor der Tür stehen?"

„Nein, aber ich musste einfach etwas unternehmen. Williams wurde von Minute zu Minute unberechenbarer."

„Dann war das, was du getan hast, verdammt gut."

Dex schmiegte sich enger an ihn. „Ein Held."

„Was?"

„Ich sagte, du bist ein Held." Dex lächelte leicht. „Du hast dich geirrt. Du meintest, dass du für niemanden ein Held sein kannst. Aber das stimmt nicht. Du bist mein Held." Und mit diesen Worten küsste er ihn.

DIE NÄCHSTEN Stunden verschafften Les einen ganz neuen Eindruck, wie es sich anfühlte, auf der anderen Seite der Polizeiarbeit zu stehen. Er gab den Polizisten so viele Informationen wie möglich, wobei er sich auf die Tatsache konzentrierte, dass Williams es gehasst hatte, ihn als Partner zu haben und vermutlich tatenlos zugesehen hatte, wie er angeschossen worden war. Den Laden und die Vorgänge dort erwähnte er nicht. Je länger er darüber nachdachte, desto mehr bezweifelte er, dass Williams überhaupt davon gewusst hatte. Wäre das der Fall gewesen, hätte er Sarah wahrscheinlich ausgenommen. So ein Typ war er eben.

„Sind sie fertig?", fragte Dex flüsternd, als Les nach seinem Gespräch mit den Beamten ins Schlafzimmer zurückkehrte.

„Ja. Ihnen fehlt nur noch die Unterschrift unter deiner Aussage. Beide Berichte sind bereits geschrieben."

Dex nickte und verließ das Schlafzimmer, um ein paar Minuten später wieder zurückzukommen.

„Was soll ich jetzt tun?"

„Weitermachen mit deinem Leben … unserem Leben, hoffe ich." Sie saßen nebeneinander auf der Bettkante. „Warum? Sind dir Zweifel in Bezug auf die Buchhandlung gekommen? Darüber, in der Stadt zu bleiben?" Das könnte Les ihm nicht verübeln. Ein solcher Vorfall würde die meisten Leute zur Flucht veranlassen – in Dex' Fall bis nach Hollywood. Und warum auch nicht? Wenn Tyler recht hatte, konnte Dex die Tarotkarten verkaufen und gehen, wohin er wollte.

„Nein, sind mir nicht. Julio hat meine Sachen verschickt. In ein paar Tagen werden sie hier sein. Dann ziehe ich in die Wohnung über dem Laden und überlege mir, wie ich ihn zu einem Erfolg werden lasse. Außerdem: Glaubst du wirklich, dass ein verrückter Polizist ausreicht, um mich von hier zu vertreiben? Ich habe in Hollywood gelebt. Dort gibt es jede Menge Verrückte. Man nennt sie Filmemacher." Er grinste. „Wie du schon gesagt hast: Es ist vorbei, und wir können mit unseren Leben weitermachen." Er schmiegte sich an ihn. „Das heißt, falls du einen abgewrackten Schauspieler als Freund haben willst."

Les zog Dex dichter an sich. „Wenn du einen lahmen Ex-Polizisten akzeptieren kannst." Lächelnd küssten sie sich.

Ein Räuspern ließ sie auseinanderfahren. „Wir sind jetzt fertig und reden morgen früh mit euch. Wir haben jemanden angerufen, der sich um die Tür kümmert", sagte Red lächelnd.

„Danke", erwiderte Dex. Red verschwand, und kurz darauf wurde die Wohnungstür geschlossen. „Wo waren wir stehengeblieben?", fragte Dex.

Les schloss seufzend die Augen, nicht in der Lage, seine Gefühle in Worte zu fassen. Der Vorfall, der seinen Traum zerstört hatte, lag jetzt hinter ihm, war abgehakt. Er freute sich auf die Zukunft … auf etwas und jemand Neues. Ohne einen weiteren Gedanken an die Vergangenheit zu verschwinden, öffnete er die Lider und blickte in die intensiven Augen seiner Zukunft.

EPILOG

DER LADEN war weihnachtlich dekoriert, die fröhlich glitzernden Schaufenster voller Weihnachtsbücher. Während er draußen auf dem Bürgersteig stand und sich vergewisserte, dass alles perfekt war, begann es zu schneien. Heute Abend fand die große Wiedereröffnung des Ladens statt. Nach mehreren Gesprächen mit Jane und einiger Bedenkzeit hatte Dex beschlossen, die Tarotkarten nicht zu verkaufen. Stattdessen hatte er Kontakt zu einem New Yorker Auktionshaus aufgenommen, und ein Gutachten erstellen lassen, das er als Sicherheit für einen Modernisierungskredit nutzen konnte. Wie sich herausgestellt hatte, stammte das Kartendeck tatsächlich aus dem frühen sechzehnten Jahrhundert und hatte einen Schätzwert von sechs Millionen Dollar. Das war mehr als genug Sicherheit. Die Karten zu verkaufen, hätte bedeutet, erneut einen Teil seiner Mutter loslassen zu müssen, und dazu war Dex noch nicht bereit.

„Alles ist vorbereitet", verkündete Les, während er die Eingangstür öffnete. Les beendete gerade sein erstes Semester an der juristischen Fakultät. Ihm gefiel es sehr gut, und er hatte bereits beschlossen, dass er als Pflichtverteidiger arbeiten wollte, um diejenigen zu unterstützen, die nicht in der Lage waren, sich selbst zu helfen. In ihrer Freizeit setzten sie sich beide für die Schaffung einer Abgabestelle ein, damit Menschen die benötigte Hilfe bekamen.

Dex ließ den Blick durch den frisch renovierten Laden schweifen. Der vergrößerte Verkaufsraum umfasste jetzt das gesamte Erdgeschoss. Da das Hinterzimmer nicht mehr gebraucht wurde, war es fast vollständig entfernt, und ungenutzter Raum umgestaltet worden. Nach der kompletten Neugestaltung wirkte der Laden größer, heller und einladender. Zusätzlich hatte er eine kleine Theke für eine Kaffee-, Saft- und Smoothiebar sowie einige Backwaren, die er von Marcus aus dem A Slice of Heaven bekam, einrichten können. Aus dem alten Laden waren nur die Hauptinnenwände und das Alice-im-Wunderland-Bad geblieben.

„Ich weiß. Ich wollte nur alles noch ein letztes Mal überprüfen." Lächelnd ging er wieder hinein und schüttelte sich den Schnee aus den Haaren.

„Der Laden sieht toll aus", versicherte ihm Les. „Aber am besten gefällt mir der Name." Les hatte vorgeschlagen, den Namen der Buchhandlung in Sarah's zu ändern. „In fünf Minuten öffnen wir. Die sozialen Medien haben ihren Job getan, und die Zeitungsberichte sollten ebenfalls helfen. Jane steht hinter dem Tresen, um sich um die Kunden zu kümmern. Also hör auf, dir Sorgen zu machen. Es wird fantastisch werden!" Er lächelte und Dex spürte, wie ein Teil der Anspannung von ihm abfiel. Es war nur Lampenfieber vor dem Eröffnungsabend. Damit musste er fertig werden, genauso wie er seinen jungen Schauspielern half, ihres zu überwinden – jetzt, da er der Leiter der Weihnachts Extravaganza des Carlisle Theaters war.

„Es wird bestimmt gut." Lächelnd schaltete er alle Lichter an und drehte das Schild auf geöffnet.

Es war ein bedeutsamer Anlass, und die Leute enttäuschten ihn nicht. In der ersten Stunde herrschte ein ständiger Besucherstrom. Alte Kunden, Freunde und neue Kunden drängten durch die Tür.

Um sieben beschlagnahmte Les die Toilette, um sich umzuziehen, während Dex den neuen Lesebereich neben der Kinderabteilung vorbereitete. Als die Kinder sich auf dem Boden versammelt hatten, konnte Dex nur mit Mühe seinen Platz vorne einnehmen. „Unsere heutige Geschichte heißt *Officer Buckle und Gloria*", verkündete er und hielt das Buch hoch, damit es jeder sehen konnte.

Les kam in einer seiner alten Uniformen – ohne die Dienstmarke – aus dem Bad und stellte sich vorne hin. „Das ist unser eigener Polizist, Officer Les. Er ist unser Freund und wird die Stellen von Officer Buckle lesen." Les hatte überlegt, wie er in der Gemeinde etwas bewirken konnte und entschieden, bei den Kindern anzufangen. Sie klatschten und lachten, als er seine Krücke wie Charlie Chaplin herumwirbelte, bevor er sich setzte. Dann begann Dex die Geschichte vorzulesen.

„ICH WÜRDE sagen, wir waren ein Hit", verkündete Les, als Dex die Ladentür abschloss.

„Machst du Witze? Wir haben alle Exemplare von Officer Buckle verkauft. Du wirst Kinderbücher nachbestellen müssen. Die Abteilung ist bereits ziemlich ausgedünnt", fügte Jane hinzu. „Und das hier sind die Sonderbestellungen." Sie überreichte ihm einen Stapel Formulare. „Es ist Weihnachten, und die Leute wollen vor Ort kaufen."

„Ich werde sie morgen aufgeben. Und am Montag trifft eine zusätzliche Kinderbuchlieferung ein. Ich habe die Verkäufe vorhergesehen." Dex war begeistert. Das war besser, als er je erwartet hätte. „Habt ihr Lust, etwas zu essen?"

„Ich gehe nach Hause. Viel Spaß, Jungs." Jane tätschelte Dex die Schulter. Er umarmte sie.

„Danke", sagte er mit sanfter Stimme.

„Wir sehen uns morgen früh." Sie trat zurück, Dex ließ sie hinaus und schloss die Tür hinter ihr.

„Ich bin halb verhungert", sagte Dex. „Willst du in ein Restaurant?"

Les schüttelte den Kopf. „Während du heute herumwirbelst bist, habe ich alles vorbereitet. Komm."

Sie verließen den Laden und nutzten den hinteren Eingang, um die Treppe nach oben zu nehmen. Einer von Dex Mietern war gerade zu dem Zeitpunkt ausgezogen, als Dex mit der Renovierung des Ladens begonnen hatte. Daher hatte er die Chance genutzt, ihre Wohnung zu vergrößern und umzugestalten. Einen Großteil der Arbeiten hatte Les ausgeführt, manchmal mithilfe von Freunden und wenn nötig mithilfe von Fachleuten. Nachdem die Wohnung vor einem Monat fertig geworden war, waren sie eingezogen. Sie hatte jetzt auf der Rückseite eine Terrasse, ein größeres Wohnzimmer, zwei Schlafzimmer, ein Büro und eine große Küche. Für sie beide war sie perfekt. Dex musste zur Arbeit nur nach unten gehen, und es war nicht weit bis zur Innenstadt, wo Les Kurse hatte. Die Abteilung hatte ihn als Berater wieder eingestellt. Sie schienen beide bekommen zu haben, was sie sich erhofft hatten. Nur vielleicht nicht so, wie ursprünglich erwartet.

„Wer hätte gedacht, dass sich alles so entwickeln würde?", sagte Dex, als er den Kühlschrank öffnete, um etwas zu trinken zu holen.

„Ich weiß. Es ist, als wäre deine Mom immer noch hier bei uns und würde sich um alles kümmern." Les schlang die Arme um Dex' Taille. „Ich weiß, dass sie das nicht geplant hat."

„Nein, aber ich glaube, sie ist glücklich darüber, wie sich alles entwickelt hat." Dex drehte sich um. „Ich bin es jedenfalls."

„Ich auch." Les zog ihn dichter an sich. Seine Augen leuchteten vor Glück. Für Dex war dies der ultimative Traum.

ANDREW GREY ist der Autor von mehr als einhundert zeitgenössischen Gay-Liebesromanen. Nach siebenundzwanzig Jahren in amerikanischen Konzernen hat er sich jetzt mit seinem Mann Dominic und seinem Laptop – eine interessante Menage – in Pennsylvania niedergelassen. Andrew wuchs in West-Michigan auf. Er hatte einen Vater, der es liebte, Geschichten zu erzählen und eine Mutter, die es liebte, sie zu lesen. Seither hat er an verschiedenen Orten in den USA gelebt und ist um die halbe Welt gereist. Er wurde mit dem RWA Centennial Award ausgezeichnet, machte seinen Master an der University of Wisconsin-Milwaukee und schreibt inzwischen hauptberuflich. Andrew sammelt Antiquitäten, liebt Gartenarbeit und lässt mit Vorliebe sein schmutziges Geschirr überall stehen - nur nicht in der Spüle (vor allem, wenn er schreibt). Er hat das Glück, die Akzeptanz seiner Familie, fantastische Freunde und den liebevollsten Partner der Welt zu haben, der ihn unterstützt. Im Moment lebt er im schönen, historischen Carlisle, Pennsylvania.

E-Mail: andrewgrey@comcast.net
Website: www.andrewgreybooks.com

Von Andrew Grey

Alles nur für dich
Cowboys im zahmen Osten
Geborgtes Herz
Malen nach Zahlen
Neue Wege
Sein größter Fang

CARLISLE COPS
Feuer und Wasser
Feuer und Eis
Feuer und Regen

GESCHICHTEN AUS DER FERNE
Ein weites Land – Miteinander
Ein weites Land – Dunkle Wolken
Ein weites Land – Unruhige Zeit
Fremde Weiten

HERZENSSACHEN
Das Licht der Liebe

IM FEUER
Erlösung in Feuer
Gestählt im Feuer
Sieg über das Feuer

EIN NEUES KAPITEL
Ein neues Kapitel

SIEBEN TAGE
Sieben Tage

SINNE
Liebe kommt auf leisen Sohlen

Veröffentlicht von Dreamspinner Press
www.dreamspinner-de.com

ANDREW GREY

MALEN
NACH
ZAHLEN

Verhelfen das Polarlicht und eine Liebe im zweiten Anlauf einem sich quälenden Künstler zu neuer Inspiration?

Als der New Yorker Maler Devon Starr seine Sucht aufgibt, verschwindet auch seine Inspiration. Devon braucht eine Veränderung und reist wegen des Schlaganfalls seines Vaters nach Hause, nach Alaska. Die kleine Stadt, in der er aufgewachsen ist, ist jedoch nicht mehr so wie in seiner Erinnerung.

Enrique Salazar kann sich noch ausgesprochen gut an Devon erinnern und macht es zu seiner persönlichen Mission, Devon die Augen für die wilde Schönheit und all die Möglichkeiten um sie herum zu öffnen. Die beiden Männer kommen sich näher, und gerade als Devon langsam begreift, was immer für ihn da war, sind sie gezwungen, sich gegen eine Bergbaugesellschaft zu wehren, die die unberührte Natur bedroht, dank derer sie sich verliebt haben. Der gemeinsame Kampf verstärkt ihre Bindung noch, doch als das Verlangen, wieder einen Pinsel in die Hand zu nehmen, zurückkommt, vernimmt Devon auch den Ruf der Stadt.

Ein Mann gefangen zwischen zwei Welten. Devon bleibt nur, seinem Herzen zu folgen.

www.dreamspinner-de.com

NEUE WEGE

Andrew Grey

Geschäfte kann man planen, Liebe passiert …

Thomas Stepford hat über Jahre eine sehr erfolgreiche Firma aufgebaut. Jetzt, mit neununddreißig, wünscht er sich ein ruhigeres Leben. Als seine Eltern Hilfe brauchen, kehrt er zurück nach Hause. Weil er seine Geschäfte nicht einfach so an den Nagel hängen kann, wird ein Assistent für ihn eingestellt. Brandon macht sein Leben leichter, aber auch erst richtig kompliziert …

Brandon Wilson kommt frisch vom College und braucht einen Job. Seine Mutter besorgt ihm eine Stelle – als Assistent bei Mr Stepford. Thomas scheint sich nicht daran zu erinnern, aber Brandon hat schon einmal für den umwerfend attraktiven, älteren Mann gearbeitet: Vor Jahren hat er bei Thomas den Rasen gemäht. Thomas war Brandons Jugendschwarm. Und jetzt ist er Brandons Boss.

Thomas und Brandon sind beide entschlossen, ihre Beziehung rein geschäftlich zu halten. Sie lernen, miteinander zu arbeiten, selbst als das Knistern zwischen ihnen immer stärker wird. Als ihre Leidenschaft füreinander schließlich zum Siedepunkt kommt und sie gerade soweit sind, ihren Gefühlen nachzugeben, wird Thomas von seinem alten Leben eingeholt. Er muss zurück nach New York. Und dann erfüllt sich für Brandon ein Traum: Er bekommt ein Angebot aus Hollywood.

Hat ihre neugefundene Liebe noch eine Chance?

www.dreamspinner-de.com

Robin, der Empfänger eines neuen Herzens, weiß, dass er es nicht einfach an den Erstbesten verschenken darf …

Robin hat in letzter Zeit viel erlebt, von einer Herztransplantation bis hin zu einer sehr schmerzhaften Trennung. Doch seine Erfahrungen haben ihn gelehrt, dass das Leben kurz ist, und er ist bereit, jeden Tag zu nutzen und einen Neuanfang zu machen. Ein Job bei Euro Pride Tours ist genau die Art von Abenteuer, die er sucht. Dabei lernt er die Welt kennen und kann sein Leben genießen, aber an Liebe denkt er überhaupt nicht. Er ist sich nicht sicher, dass sein Herz das ein weiteres Mal verkraften könnte.

Johan mag seine Familie enttäuscht haben, indem er seinen eigenen Weg geht, aber als er Robin kennenlernt, hat er nicht vor, ihn im Stich zu lassen. Die beiden Männer sind für den anderen genau das, was ihm gefehlt hat, um sich wieder vollständig zu fühlen. Auch ist Johan nicht der Mann, für den Robin ihn ursprünglich gehalten hat, sondern er ist der Richtige, um Robins geborgtes Herz schneller schlagen zu lassen. Während einer Rundreise durch Süddeutschland kommen sie sich näher, aber als Robins Ex sich der Reisegruppe anschließt, könnte er ihrer aufkeimenden Liebe ein jähes Ende bereiten.

www.dreamspinner-de.com

Alles nur für Dich

ANDREW GREY

Der einzige Weg zum Glück ist Freiheit: die Freiheit, im Leben und in der Liebe dem eigenen Herzen zu folgen. Diese Freiheit in Anspruch zu nehmen erfordert allen Mut, den ein junger Mann aufbringen kann … Aber er muss sich der Aufgabe nicht allein stellen.

Im kleinen konservativen Sierra Pines, Kalifornien, ist Pastor Gabriel das Gesetz. Sein Sohn Willy folgt seinen Vorgaben … bis er in Sacramento einen Mann kennenlernt und ihn kurz darauf in seiner Heimatstadt wiedertrifft – genau vor der Nase seines Vaters.

Reggie ist der neu ernannte Sheriff von Sierra Pines. Sein Engagement für den Beruf verlangt, dass er seine Sexualität nicht zur Schau stellt. Aber als er Will wiedertrifft, wird er das Gefühl nicht los, dass sie füreinander bestimmt sind. Er möchte Wills Geheimnis wahren, bis Will bereit ist der Welt zu zeigen, wer er ist. Als wäre es nicht schon genug, sich gegen die Kirche und die Stadtbewohner zu stellen, drohen die Gefahren von Reggies geliebtem Job der Romanze ein Ende zu bereiten, ehe sie noch richtig begonnen hat.

www.dreamspinner-de.com

SEIN GRÖßTER
FANG

ANDREW GREY

Es könnte der Fang seines Lebens werden.

Zweimal im Jahr flieht William Westmoreland vor seinem unerfüllten Leben in Rhode Island nach Florida, um sich auf Mike Jansens Fischerboot einzumieten und auf den Golf hinauszufahren. Der Ausblick dort bietet zwar mehr als nur das kristallblaue Wasser und die tropischen Gefilde, aber William hat sich nie weiter vorgewagt. Er ist einfach nicht der Typ für eine Urlaubsromanze.

Mike hat seinen Charterservice in Apalachicola gegründet, um für seine Tochter und seine Mutter sorgen zu können. Ihre Sicherheit ist ihm dabei immer wichtiger als seine eigene. Er will sich nicht eingestehen, dass seine Zuneigung zu William mit jedem seiner Besuche wächst.

An einem wunderschönen Tag beginnt Williams und Mikes letzte Fischfangtour, aber ein unberechenbarer Hurrikan bringt alles ins Wanken und die beiden Männer sitzen plötzlich fest. Mitten in Regen und Sturm werden sie von der Leidenschaft überwältigt, die sie all die Jahre unterdrückt haben. Zurück im Alltag warten allerdings zu viele Verpflichtungen auf William. Werden die beiden es schaffen, die Distanz zwischen ihnen zu überwinden und einen Ort zu finden, an dem sie beide ganz sie selbst sein können? Ihre Reise mag von rauem Seegang geprägt sein, aber die hoffnungsvolle Zukunft, die sie am Ende erwartet, ist die Turbulenzen wert.

www.dreamspinner-de.com

www.ingramcontent.com/pod-product-compliance
Lightning Source LLC
Chambersburg PA
CBHW031236260626
47169CB00007B/2324